从催眠的世界中
不断醒来

当代诗的限度及可能

姜涛 著

华东师范大学出版社

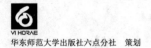

华东师范大学出版社六点分社 策划

本书出版得到蓝薇塔诗歌研究会的支持

目 录

辑 一

"羞耻"之后又该如何"实务"
　　——读余旸《还乡》及近作……………………… 3
当代诗中的"维米尔"
　　——谈朱朱的视觉及历史想象力………………… 25
当代诗的"笼子"与友人近作 ………………………… 50
个人化历史想象力:在当代精神史的构造中 ……… 71
"历史想象力"如何可能:几部长诗的阅读札记 …… 106

辑 二

"混搭"现场与当代诗的文化公共性………………… 137
拉杂印象:"十年的变速器"之朽坏?
　　——为复刊后的《中国诗歌评论》而作………… 146

"再给它们两天南方的气候"…………………………………… 157
从催眠的世界中不断醒来…………………………………… 165
窗外的群山反倒像是观众…………………………………… 173
浪漫主义、波西米亚"诗教"兼及文学"嫩仔"和"大叔"们 … 191
"村里有个叔叔叫雷锋"……………………………………… 203

辑 三

一个诗人的内战"时感"……………………………………… 213
《天狗》：狂躁又科学的"身体"想象………………………… 225
从周作人的《小河》看早期新诗的政治性………………… 245
从"蝴蝶"、"天狗"说到当代诗的"笼子"…………………… 270

附录

诗歌想象力与历史想象力
　　——西川《万寿》读后………………………………… 294
为"天问"搭一个词的脚手架？
　　——欧阳江河《凤凰》读后…………………………… 305
后记……………………………………………………………… 318

辑 一

"羞耻"之后又该如何"实务"

——读余旸《还乡》及近作

一

多年前,就计划着为余旸的诗写一点什么,但这个想法一直没能兑现,个人忙乱的托辞之外,一个原因或许是,自己始终没有想好,该采用怎样的言说方式。表面看,余旸用强力写作,诗行野草一样恣肆疯长,但其内部的"管线布置",实际相当缜密:既有火疖子一样瘙痒的个人隐疾,作为情感主线,还有不断扩张且内卷的社会视野,形成构图之总略,依了当代批评的惯性,贸然去读解,担心误会了他的创造力和雄心。

为甩脱20世纪的历史沉疴,当代诗的主流观念,倾向于信赖轻逸语风之中的偶然性,借用钟鸣对张枣的评价,为了在母语的"笼子"里不致僵毙,写作者不得不"病态地跳来跳去",分衍、折射、变形,寄希望于俄耳甫斯式的神话,以求"我们的突围便是无尽的转化"。这种颓废的即兴美学,诗人和读者大多喜闻乐见,顺带助长了人格上普遍的随性、不稳健。余旸写过长文辨析钟鸣的张枣论,清楚其中的困境。他自己写诗作文,走的则是一条相反的路,一开始就与各类"妙悟"、"奇境"诗学无涉,诗集《还乡》用了近十年时间写出,用思过深、用力过猛,在任何轻巧的环节上,似乎都不得其法,也因"选址明确"而兀立于渴望成为"同时代人"的同代人之间。

"选址明确"意味着,他要自觉进入一个"狭窄的有限领域"。在诗集后记里,余旸也声称要掐灭所有缠绕的电线,不理睬头上的"诗歌鸟儿",全力对付自己身体里无法排除的乡村毒素:

> 考上大学后的生活是一个主动或被动遗忘的过程,可无论是后来与之撕扯不断的生活,还是为我的自我感受寻找切实的判断基石的,仍然是那个脏兮兮的,又小又破的村庄。所以它还是来了。其实一直就在我的身边,生活里或梦中闪烁。
>
> 一旦它来了,它就以其血淋淋、袁隆隆的声音开进了我的眼睛、耳朵、皮肤里;它也在翻搅我的肠胃,拉拽我的神经;它迫使我去看、去想,某些时候为之失眠,在我力图割断与它的脐带尽力溶进城市节奏、诗歌的写作也试图朝向高贵的时候。但它的血淋淋、袁隆隆,其实是以溃散的面目出现,有些嘈杂、混乱、喧闹,又不失荒诞、野蛮,甚至滑稽,掺杂着人体内野兽的咆哮,而孩子长长的啼哭与猪抢食的声

音也不时突出来。有时候那一片板结郁积的旷野也以骇人的沉默堵在眼前。而我的生活、感情也与那片混杂的土地越来越血肉相连、筋骨拉扯。

——《还乡·后记》

我自己没有乡村生活的经验,没资格评价他书写的现实,但出于关联的兴趣,也胡乱读过一些乡土变迁之类的报告和学术,知道"三农"学术以及"三农"文学,早已汹涌成潮,包括近两年春节过后,总会有好事的作者,在拉杂回乡记中穿插乡愁与批判,凑合出一代新市民阅读的热点。余旸的写作其来有自,却从未刻意与潮流无关,对于当代隆隆作响的乡村学说,他下过工夫,对资本下乡、土地流转、阶层分利与分化、组织溃败与身心枯窘……等等,都有自己的认识骨干。只不过,借引述当代学人的论述,他向往过古人"为己成物"的境界,知道以自我为媒介,才能打通人我、历史、世界之间生机贯通的命脉。因而,他语言中执拗的不平之气、求真意志,不仅针对了"飞来飞去"的诗歌神话,对于宏观构架却不能体贴入微、悲情满溢却抽空实感、在导师、同侪与弟子之间循环扩张的当代论说,保持了基本愤慨——"多恐怖啊,峨冠导师们彻夜敲打键盘、争吵、规划"。结果,读过的学术没能治愈城乡撕扯形成的创伤,反而强化了他的怨怒,他选择的方式是,干脆如怨鬼般纠缠,将身体当作基础的"作业面"。

在最近20年的文化"场域"中,涉及身体书写的议题,总会牵扯到若干流俗的文化政治,给人以不三不四又"嘎巴嘎巴"作响之感。余旸并没有回避的打算,他专门写了长诗《身体》,将头脚的烧灼、肿痛、各类炎症,将裤裆里的污秽和激动,当作严肃的社会性领域,诉说一个乡村少年的成长史以及父老兄妹"共同的窘境"。这首诗标明"献给德·索托,秘鲁的经济学家",但往复的咏叹节奏,如"田野、河流抚摩着我们"、"座座陈旧的村庄控制着我们的身体,诉说着暴政的甜蜜"、"而岁月啊让我们温暖",却回荡了诗人穆旦40年代的口吻。1948年,穆旦写过《我歌颂肉体》,将肉体看作是"不肯定中肯定"的岩石,看作是抵抗现代知识规划、精神暴政的唯一阵地,甚至是从黑暗里刹那间站出的上帝。余旸没有这样的神秘主义,但身体对他而言,也是一个无法让渡的"作业面",他的语言就盘曲在这个"作业面"上,流着油汗,时时瘙痒又疼痛。"痒"、"痛"、"热"、"烧"、"粘"……对这一系列生理感受的执着,本身就包含了一种抵拒,以感受的迫切性,抵拒那些自圆其说的专业话语、公共话语的闭锁。这样一来,乡村无法被抽象,被知识化,更无法被消费、被热议,只能留在自己身上,乃至"溃烂不已、结疤不已、昂扬不已"。

为了强化这一点,他选取的风格是自然主义的,不惜使用一种笨拙的修辞,在句子中塞满乡村破败的物象,包括不加节制地堆叠形容词、名词,随便拎出一首《疾病》来看:"瘪歪"、"黏涎"、"轰叫"、"骨突"、"断茬"、"脓汁"、"喉洞"、"鳝鱼"、"苍蝇"、"黑鸟屎","恐龙挖掘机"、"红肿器官"……这些词汇像铁蒺藜一样簇生,目的还在于迫使读者去观看、去嗅闻、去置身,"一旦它来了,它就以其血淋淋、轰隆隆的声音开进了我的眼睛、耳朵、皮肤里；它也在翻搅我的肠胃,拉拽我的神经。"这些词与词的撕扯、鏖战,配合了野狗漫游、苍蝇飞舞、幢幢黑楼只剩骨架的风景,读者由是被困在了尘土飞扬的乡村公路上,"还乡"成为某种反复启动的自虐性仪式,一点也不上下半身。

当然,身体这个"作业面"不是封闭的,《还乡》贯穿性的主题之一,就是尽可能将其敞开,让更多的父老、乡亲、姊妹,更多的"你们",带着汗馊味和鼓胀的情欲,从四面八方包围过来,吐着舌头,挤压在"我们"脸上——"我陷入你们,成为你们","你们迫使我观看"。这种"观看"带有一种强迫性,首先还是诉诸身体的挤压、冲撞、肢体形象和气味的渲染。比如,他不止一次写到发廊小隔间里的媾和,写出身乡村的腼腆自我,消费本阶级女孩的初次震撼：

> 她终于倦地睡着。
> 这时,我们似乎才是劳作累后的青壮农民
> 单人床上,也像仰躺在
> 翻开的泥土上,粗大毛孔散发汗水的愉悦。
>
> ——《跟随者》

> 你迅猛扒掉了肉体与精神
> 的双层衣服。我们出于防御攫住你
> 又温声探问你的家乡,父母兄弟

带着怒火,赶着时间,你极不耐烦

我们像来调研的,而温情能够减免
欲望的羞耻,……

——《女孩》

"同是天涯沦落人"是文学史上一个流徙的母题,也最容易写成滥调。余旸不避其嫌,愣是赋予其更粗重的身体实感以及更纤细的层次性。在前一个例子中,发廊里的白日梦,或许曾寄托了一个乡村少年摩登的城市幻想,但口喷烟圈的"范冰冰"仍是土里土气的"邻居的女孩",虚妄的城市泡泡破了,仿佛又一次落回田间地头,身体的欢愉露出粗野、劳作的本相。后一个例子中,余旸的句子难得幽默了起来——"我们像来调研的"。在这里,我们能读出临场的局促,嗫嚅的温情,像为了掩饰小男生的不熟练。重要的是,我们也读出了一丝自我检视的痛楚感。

上面这一节诗还写到了"羞耻",这是余旸可能贡献于当代诗的一种特殊情感,包含了多种复杂的面向:羞耻于继承来的一幅"黑皮肤、铁裤裆",羞耻于"好学历没有带来好回报",羞耻于一次次落入老套的启蒙困境("丢在黑井里,暂时承受鲁迅的尴尬"),包括羞耻于"羞耻"本身。在小长诗《徒步送朋友所托衣物给其父母感怀》中,不出意外又一次出现了回乡者形象,在通村公路上,燥热的阳光下,"我"顶着头皮里爆裂的

瘸子行走:

> 我羞耻于厚重的沾灰深度眼镜。
> 我羞耻于自己的羞辱与不适。

这两行诗像两片石磨,转动出了"羞耻"的不同层次。余旸自己解释,在自己和一般乡人印象中,知识分子应该文质彬彬,带着金丝边眼镜,衣着干净,但这个归乡之"我",厚眼镜片上沾着灰尘,而且徒步负重于通村的公路上,暴露在路边闲散"看客"的目光里,这是第一重的"羞耻",被看的"羞耻"。这无疑是一种虚荣,但在乡村半熟人的社会里,靠"面子"维持关系的人情网络中,这又是一种极其真切的感受。作为一个知识者、自省者,"我"又觉悟于"虚荣"的虚无,痛恨内心的软弱,无法遵从书中圣训做到"宠辱不惊",这就有了第二重的"羞耻",无法从挣脱社会惯习从容自处的羞耻。如果说在"陷入你们、成为你们"的过程中,身体成为一个敞开的"作业面",那么"羞耻"则让这个身体进一步卷入个我、他人与乡村世界更为错综的情感和认知纠葛中,在惶恐、怨愤、懊恼、自责之间,正是"羞耻",给出了一个内部卷入的位置。

就这样,在鸟儿乱飞,专业分化,各路写作雄健有力却彼此隔绝的状况下,《还乡》贡献了一个羞愤难当的身体,这个身体卡在了那里,卡在了城乡之间流转迁徙的人群中,卡在了诗歌与学术的自动链条上,卡在怨愤、思辨与自我检视之间,不露底、不抽象、不升华、也不轻易滑出,像他在诗中写到的痉挛时刻——"我们的阴茎与阴道互相穿透又彼此包(宽)容",反驳各方同时又意外地关联了各方。

二

当然,即使动员了全部身体的羞耻,"你们迫使我观看",还是隐含了旁观的视角,拖着拉杆箱走在还乡公路上,"我"也早已是这里的局外人。在《还乡》的序言中,前辈诗人已指出类似书写的共同难题,"老家不是家。在老家,你顶多有义务而无实务"。在最近掀起的一波"返乡"之反思中,如何突破固有的城乡二元"带入政治—经济—情感的结构性分析",以寻求"批判性思考与建设性实践的契机",似乎也是较易达成的新共识。对此,余旸并非没有觉悟。他自己的工作领域,除了当代诗的研究与批评,在乡村建设的历史与实践方面,也有系统的阅读和思考。如何将这个部分思考转化成诗歌语言,如何不将乡村作为一个抽象整体,而能在具体状况中体贴、把握,如何从"义务"渐入"实务",关涉到如何在身体的"作业面"之上,构筑一种分析性的视野。这方面尝试在当代诗中并非没有,但数量稀少,且尚无法被近 30 年来先锋美学"规训"出来的当代批评所有效辨识、接纳。往来邮件中,余旸谈到了以往写作的限度,包括蓄积的能量有可能被耗尽、本能的直观也可能落入一种循环,他说"单纯的观看,已不敷写作的复杂情感,需要合适的议论才能呈现农村的纹理"。

何谓"合适的议论"？在我理解中，"议论"指向了乡村实务的内在把握，而"合适"则暗示了某种更为灵活，也更具整体感的形式安排。他在邮件中提到的《建筑工》，也就体现了这方面的努力。这首诗聚焦于城市天际线上忙碌的一群，他们并非笼统的农民工兄弟，而是其中的精英分子：身手敏捷，能在脚手架上猴子一般出没，又能"扎煞膀子"、"快活地小赌"；当他们返回家乡，带回了阔气和新时尚，让妻儿肥壮蛮横，也败坏了乡村风俗的肌体。余旸自言，这首诗关注"农民工中不同工种的等级差异造成的冲突"，他意图将分析性的眼光带入到"观看"之中。除了四面涌来的"老农民、蠢女孩、大嗓门农妇……"，可以注意的是，落户城市的新移民，在余旸的笔下，也逐渐成为一个有意缔造的社群。在《建筑工》以及《新梦》、《青年一代》中，我们能持续读到这一代"拉斯蒂尼"及"于连"们的窘况，虽然城市休闲、网络云端、各种按揭和指数，填充了中产阶级的白日梦，但他们还是卡在了社会进阶的中途，不得不"青壮累赘，神经冒烟，全世界颠沛地撞换低贱工作"。如果"乡村"是一种隐疾，那这种"隐疾"也就持续发作在双向的迁徙之中，发作在世代更替的负担与烦忧之间。余旸不仅要"迫使"我们观看，他还要引导读者更内在、整体地"观看"，观看城乡庞大人口流动之中新的阶层划分，看这种流动如何造就内外"共同的窘境"。"还乡"与"进城"早已相互贯穿，成为同一条不归的道路。

事实上，随着毕业后赴重庆任教，继而置业、生育，余旸个人的"义务"或"实务",也逐渐从村庄蔓延到了城市。身为人子、人夫、人父,他也不得不同时面对乡村和城市两个生活世界的难题,面对更多的尴尬与不情愿。依靠本能的身体直观,显然不能应对情感与认知的复杂,"合适的议论"也就一再显现为视野的腾挪、拓展。《还乡》之后的近作中,《闲聊》是风格上反差较大的一首,余旸少有地使用了戏剧独白和对话的技巧,语风紧凑,还押了讥诮的尾韵:

> 你上海工作,却不打算定居、
> "上海是个活地狱,只适合掘金"
> 找不到生活:本地美女
> 个个精致,携带不满足的玲珑心

以第二人称"你"为主线,"我"作为一个冷静的评述者,构成一条辅线,双线的并置与"轻体诗"的口吻,当代诗的读者早已熟稔,但对余旸个人而言,却属于新风,火气渐消,甚至多了一点油滑的反讽,暴露中产阶级悠闲视野中的"盲视"("你似乎忽略了刚路过的繁忙的京东配送站")。借助懒洋洋的插话——"哪里安放我们的家",余旸这一次要指点江山:中产阶级从北上广撤出,却焦灼于无处选址,以享受安全、环保与闲暇。从上海到省会、县城,再到乡镇,跨越不同的层级,一个风景、产业、社会危机及环境污染联动的中国视野,像卷轴一样被展了开来。

显然,余旸试图在一种动态的、充满差异的联动视野中"观看","观看"本身也成为一种"议论",这为他的写作带来一种新的缜密和结构性。上面提到的《徒步送朋友所托衣物给其父母》,这首"小长诗"同样起兴于公路上的见闻及羞耻,余旸好像也铁了心,要带我们整体地"看",不仅扫描沿途的"自闭的钢铁、水泥疙瘩"、歪扭的房屋、垃圾与少年,也依循年龄和阶层,兜揽奇形怪状的乡村情态。在全诗的后半部,顺着山路渐入密林,"看"的视角突然轻飏,被一阵松涛推向了"浩渺的峰顶","求真"的意志务必超现实了:

　　天空钢蓝、涡旋,像幽邃的天堂
　　光焰被柔风吹得混茫
　　我头晕,突然幻视,
　　腾身太空像戴墨镜,下看:
　　攀抓在星球上,渺小的人类蚂蚁手忙脚乱地手术
　　这里:机器锯子轰鸣着切开荒坟、良田的皮肤
　　丘陵裸出岩芯骨头尖吟
　　那里:野草绷带覆盖场院小径野猪野鸡卷土重来像地理大迁移

采用一个飞行员的高空视角,俯瞰山川、家国、人事的纵横脉络,是现代诗经典技术之一,在40年代曾被"九叶"诗人们热烈鼓吹、实践过。这首"回乡"之作后半程突然拔擢而起的视角,突破

了自闭的循环,在幻视的总体性之外,更具有一种航拍的精确性:从"这里"到"那里","我"眨巴着眼睛,渐次俯瞰田园、河道、水库、竹林,被荒野侵占、被弃置在病中,一切葳蕤狰狞、怨气冲天。画框之中,还出现了另一个飞行者的形象:"而白鹤,长长腿子,废涸的河面上啄饮,婉转回旋,又落回"。

这里出现的"白鹤",应该是乡村写实的一部分。它不是"乱入"画框的,肯定还暗含一种对话性,因为在当代诗的语境中,由于张枣的书写,"鹤"已经取得了一个超级意象的位置:

鹤之眼:里面储有了多少张有待冲洗的底片啊!

在张枣的《大地之歌》中,"鹤之眼"也是一个高空航拍的镜头,能够伸缩其焦距、巨细靡遗,包容事物的多个面向及透明之"内心"。作为中国传统精神之化身,或如里尔克笔下的"天使"形象,这只"鹤"经过众人解说,已成为某种诗人世界观的象征,它凌空高悬,代表了一种可以抽离俗世、无限转化的契机。但在这里,同样是高空航拍,余旸却故意将"鹤"纳入俯瞰之下,祛除了其魔力,"鹤"并不代表无穷转机,它的飞行还被还原为大地困局的一部分,"长长腿子",却只能旋起又落回,反衬河流之枯竭、土地之上生机的匮乏。在"鹤"之上,那个更高的航拍视角,有了宇宙的宏阔苍莽,却并非要在浩渺处提供穿插、转化,却依然固守了地理分布的次序和社会剖析的原则。不言而喻,在似是而非的"鹤"之上,余旸认为还有一种总体性、认知性的位置尚待争取。

三

从公路起兴到依序铺陈,再到被松涛推送,凌空总揽全体,这一首的"观看"起承转合,是否太刻意了,苛求的读者或许有这样的疑问。好在,余旸构架视角的努力并不单一,高空的"巡航"也可降入低空,落入乡邻的居室、院落之中,换做"鹰隼一般"的滑翔、游弋。《乡村纪事》就是这样相对别致的一首,他的句子意外短小、通透起来,好像抖落周身的铁蒺藜、土坷垃,不再塞入那么多的物象和形容词:

> 如果我退返农村
> 静悄悄地挟书入厕
> 蚊虫总还是过来亲热巴掌。
> 读书则像偷来的喘息——

这一次不出意外,仍是"还乡"的主题,但这一次的"还乡"是假定性的,改用一种旁敲侧击、试探性的口吻——"如果"、"静悄悄"、"偷来的喘息"、"哦,我所以为的……"。"观看"也不一定就是直面,也可选择一个如厕的角度,轻手轻脚,来往于院落的内外、明暗之间:

>……。我踏进屋子
>
>就滚落进地洞:
>
>阴湿的堂屋里
>
>黑白屏幕的侠匪对打出热闹。

"我像鹰隼翔巡空中",这一组乡村片段的记录,也仿佛伸展"轻体诗"的旋翼,嗡嗡来往,随处悬停,偶然撞见,为的是"厮磨四周无边的空洞",移步换形地探查本地的心情。譬如,"几年前冒领了成功人士的荣耀",我"懵懂为乡下人好客的本分",但也能感知人情冷暖,如今"掩饰不住的淡漠,想想也非势利"。农人生活艰难,寄希望于"成功人士"可能的协助,也属于常情,即便知道这种希望大概会落空,还是维持表面的热情,客套之中也流露着无奈又淳朴的乡村本性。"冒领成功"的回乡者,能感知这一切,关键是不要忽略的"欲求的悲哀之眼"。这里,不再有那么多"强迫的观看",有那么多本能的羞耻,句子在"几年前"、"当年"之间转换,"我"有了一种阅历和通透之感,闲笔枯墨,反倒能勾勒乡村原本淡淡的、复杂的精神剪影。

上述风格、语体的变化,在余旸的写作中意味了什么,我没有明确的想法,但隐隐感觉,利用视角的腾挪、语气的商兑,此类更"轻逸"一些的方式,勾连"合适的议论",更能辅助一种社会感觉和历史意识的生成。所谓"轻体诗"之"轻",依照奥登的解释,不单表现于诗体风格的层面,它还与一种社区生活的经验相关,在社区之中,诗人和读者分享实有性的亲密,不盲目追求抽象的匿名性,因而也能不悖常识,轻松又正面地交谈。在余旸这里,"轻逸"的效果还多了一份迫切的认知性,它恰恰是在争取总体性认知的过程中形成的一种灵活的形式感、一种体贴的洞察性。在这个向度上,他的写作已有看似隐约实则重要的突破。

比如,我注意到,对于前人或同代人诗体的模拟,是余旸一直以来的作风,但他的模拟不采取当代常见的"致敬"或"反讽"两种主流方式,以求诗歌形象上的认同或反差,而是真心诚意用特定的诗体、结构,作为撬动个我及群体经验的一种应手工具,仿写的对象包括言明的,如庞德、拉金、卞之琳、萧开愚,也有未言明的,但我们能读出潜在的气息,如穆旦。在他的近作中,我比较偏爱《变化迭出的一年》这一首,仿写的是拉金名作《奇迹迭出的一年》:

> 私人轿车疾驶在坑洼的小马路上
> 始于 2001 年。
> 在年轻人南下进厂
> 与心连心超市进驻小镇之间。
> ……
> 所以生活变化永远不会比
> 2001 年快
> (我至今依然不知所措)
> 在年轻人纷纷南下进厂
> 与心连心超市进驻小镇之间。

依旧是对急遽社会变迁的敏感,这一首却极其轻快,毫无滞涩之感,首尾两端的复沓节奏,带来一种饶舌的、甚至有点低级的画风,如"论钱至少以万为单元"、"裸着细脚杆"的伙伴,"一律换上耐克球鞋/忙着低头滑手机",这一系列时代印象,被文字音节的跃动所组织、贯穿,从2001到2016,某种历史内在的琴弦被无意碰响,让我们得以在人心变幻与世风转移间,感受某种回环共振的幽默与艰辛。

当我们不甚严肃谈论事物的时候,事物的严肃性反而可能会出现。在这首戏仿之作中,我们能感到在"年轻人纷纷南下进厂/心连心超市进驻小镇之间",依靠韵脚之间轻快的呼应,确实产生了一种历史穿透性、乃至传奇性。在这个意义上,诗体感觉的仿造,语气、节奏的调动,本身或可带来某种"建模"的可能,即:通过唤醒既往的文学经验,在感受和认知层面,给纷纭的当下以更为纵深的塑形。余旸频频将这一技巧引入诗中,以"仿写"来"建模",无意中成就了一种特定的方法论。在《乡村纪事》的结尾部分,他的尝试更为大胆,干脆甩脱当代诗的美学羁绊,直接进入实务的议题,而"合适的议论"又一次采取了"仿写"的方式。

刚才提到,相较以往,这组诗采用更为灵活的口吻和视角,但基本还顺延了余旸的三段式逻辑:起兴与进入,铺展与呈现,以致总体关照,写实或写意,把握乡村危机与困乏的全貌。这组诗分成五个部分,在第四首的末尾,他却一反消极表现的常态,在一片荒芜中贸然奋起,以当代诗中久违的肯定性作结:

> 是建设的时候了,是组织的时候了。
>
> 我渴望着,从空洞中砥砺积极的信心。

针对乡村社会"空心"与"涣散",怎样重建乡村的社会组织、文化网络,虽是一般乡村论述的常见口径,第一次出现在当代诗中还是有点冒险。如果"肯定"只为了情绪上的抑扬,"建设"与"组织"尚是一种构想,"从空洞中砥砺积极的信心"也难免空洞。但余旸并没有停步于此,肯定性的呼吁只是一种转折,随即倾泻而出的第五首《清远乡改革记》,才构成全诗真正的收束。这是余旸近作中最值得关注的一首,它开头引用了卞之琳当年《慰劳信集》中的两句:"把庄稼个别的姿容/排入田畴的图案"。

四

说《清远乡改革记》最值得关注,首先因为这一次不止于乡村"病象"的诊断,而进一步在如何救治方面有所主张了。"清远乡改革"指广东清远的农村综合改革实践。他的具体社会关注,我没有进一步打探,只在网上搜索过相关的报道,约略知道改革内容包括零碎土地的连片经营、村民自治中形成的基层治理,以及公共服务与社会保障等系统工程的铺开等,无不回应了"建设"、"组织"的议题。当代诗长于幻想、反讽、怨怼,如何应对正面谈论实务又不流于空洞表态,一直缺乏相应的资源。将实践中的改革方案纳入诗中,进行"合适的议论",必然涉及诗体形式的拿捏和构造。余旸有这方面的思考,他谈过"颂歌"的当下可能性问题,对于一个深思熟虑的作者而言,诗体选择本身就是一种态度,涉及到与书写对象之关系的考量。这首《改革记》不能称为"颂歌",但从头至尾却也洋溢一种乐观、昂扬的调子,而这调子不是来自被污名的政治抒情诗传统,来自战争年代的卞之琳。

依照当代诗的原则,用诗来处理具体的社会出路和走向,有点违背作为"一种特殊知识"的行规,相较之下,探讨疏离之中的自我虚无或凝定,更像是诗人分内的作业。然而,这个"行规"有其当代的特殊起源,从所谓"百年新诗"的传统来看,正面谈论"实务"原本正当,且积累了相当多的正反经验。在30年代末的《慰劳信集》中,卞之琳就参考奥登的十四行体式,杂采战地采访的鲜活见闻,书写战争时期的军民联动、社会重建的理念,并发展出一种独特的"轻体诗"语调:糅合文言的紧凑、口语的活泼,以及来自翻译的思辨感,由此贡献了一种体贴经验又近于构造、"不及其余"却可"辉耀其余"的弹性语风。这样的诗风在当时不一定讨喜,穆旦专门写过一篇书评,批评卞诗人写得过于机智,仅仅停留在"脑神经的运用"范围内,缺乏"血液的激荡",提供的只是战时中国的"部分的、侧面的拍照"。当时的穆旦正提倡一种"新的抒情",强调"诗与这时代成为一个感情的大谐和","新的抒情"应该能"有理性地鼓舞着人们去争取那个光明",而艾青是他心目中的典范。

抛开双方趣味的差异不谈,卞之琳、穆旦面对的问题,与余旸面对的问题,其实未尝没有几分相似。所谓"新的抒情"与旧的抒情之区分,除了"牧歌情绪"、"自然风景"等题材风格的扬弃,更重要的是,"新的抒情"要体现一种正面的建构可能,建构个体与群体、时代、国家之间的关系。这又是新诗中似乎较具"艺术性"的现代主义一脉根本缺乏的面向。穆旦以艾青为榜样,选取的是一种整体性的象征方式,让个体苦难的身影融入宏阔的家国风景中。这样的方式基于情感和经验的抽象化、整体化,无法容纳战时尖锐迫切的生存感受。结果"新的抒情"并没有充分展开,穆旦很快落回现代主义的轨辙,通过引入宗教与自然的维度,进一步强化了现代主义诗歌中原有的"纯洁无辜之个人"与"丑恶糟糕之社会"的循环对峙。

相形之下,卞之琳的《慰劳信集》却显示出一种体贴入微、宏观建构的可能。这组诗不简单"慰劳"战地的将士和百姓,也不局限于"局部的、侧面的拍照",借局部与整体、当下反应与长远效果、个体岗位与时代方向的不断勾连,卞之琳要提供一种战时社会动态进程的理解,将不同的个人、群体、党派,纳入到共同旋进的历史想象之中,却可能以动态的、体贴的方式达成了另一种建构,并"捧出意义和情感",未尝不包含"新的抒情"之可能。余旸引用的两行"把庄稼个别的姿容/排入田畴的图案",出自其中的《给西北的青年开荒者》,用"姿容"来形容庄稼,秧苗仿佛一列列站立的士兵,带来一种特别的妩媚与庄重;当"个别"排入"图案",风景写实又成为一种新的象征,传递了个我与时代的组织性构造。

余旸从卞之琳书中接过的,或许就是这样一种俏皮、亲切又严肃的抒情语风,以及某种经过考虑的、被象征主义过滤了的乐观精神——他的仿写也果真传神,整饬的诗行也如块块田畴,容纳了乡村跃动的新貌:

　　回避包村眼镜抱着胳膊乱点戳
　　也排除混混或富人把持
　　终于将政权下放到了自然村
　　白胡子抖擞地翘起来

　　机耕道绳索曾勒卡着脖子
　　细碎地块像械斗的战马僵持、喷鼻
　　任凭野草鬃毛疯长,覆盖川坡
　　而今大片田地平整如畴

几节诗分别写政权下放、土地整合、新文化建设、人心回归,每一节试图"泥手指点,激扬村庄"。佯装的文绉绉口吻、精准的形象捕捉与反诘、否定的语气结合,造成一种从容又专注的语风,非常便于"合适的议论",在"现实"与"模型"之间,也形成一种相互吸附又制约的关系:"村庄"可以成为象征"图案",但"指点"从不脱离"泥手"。这样一来,语言法度也就是社会关系的深浅投影,斟酌用词也就是现实审度的过程。诗最后一节原来是:

> 姑娘们尝试着评头论足
> 小伙子们即便出门,不再驰心向外
> 自救的力量,渊生于本土
> 宗族再次焕发了治理的魅力。

结尾满满都是正能量的期待,但感觉上有些轻飘,不够沉稳,"乡村治理"依托宗族势力的再兴,这个方案是不是过于明快?宗族、祠堂、乡绅网络,在形成基层社会纽带方面,是不是被寄予了太高的期望?余旸重视词语肌理中的社会判断,后来将最后一句改为:"宗族被迫激发了组织的魅力"。将"再次"改为"被迫",一个词的更换,带来的不单是修辞的节制,还有认识本身的深化,这首诗好像有了一个更稳定的基座,奠基于治理的复杂与艰巨之中。

无论 90 年代推崇的"历史个人化",还是新世纪以来对公共议题的持续关注,当代诗从不缺乏言说当下的兴趣。但由于没能觉悟进入实有性关系的必要,相关努力或限于碎片化的反讽呈现,或采用内在超越的方式,一次次回收于固化的情感与认识框架,以反复印证奥登所说"诗不能使任何事发生"的原理。余旸比一般作者心境单纯,思考深广,他从不仅仅在社会议题层面看待乡村问题,而是选择扎根基础,立足城乡撕裂又贯通的身心状态,还要更进一步在诗中探讨乡村治理的"实务"。在 20 世纪左翼到社会主义文学的实践中,通过改造写作者的位置和身份,使文学本身就成为一种内在于历史进程的"实务",早已积累下相当丰富的经验,也包括相当多的教训。但这种"传统"也因激进政治文化的整体挫败而早已退场,其在当代的再生尚在一种历史回溯和观念的提倡中。在专业分化的社会前提尚未动摇之际,怎么于既有的文学制度中、依旧强劲现代主义的风格中,创造出一个"实务"的位置,其实是最难的一种路径,也因违背现代诗的若干信条而注定引发争议。正因如此,这个向度上的任何突破,我们才更有理由期待。借用卞之琳的表述,"不及其余"恰可以"辉耀其余",怨愤辗转之中,个人困境往往隐含了总体困境,冲撞自我也就冲撞了时代的底限。有的时候,阶段性成果已足够令人惊喜,比如,在穆旦的身上意外复活一个卞之琳。

当代诗中的"维米尔"
——谈朱朱的视觉及历史想象力

一

大概90年代中期,忘记了在哪本诗刊上,第一次读到了朱朱的诗,包括《克制的、太克制的》这一首,结尾"她将电线拖到树下,/熨好的裤子像宪法,无可挑剔"一句,当时留下的印象太过鲜明,感觉有一把裁缝的剪刀在脸上掠过,略显暴力,还带了一点法律专业的严苛性。那个年代,整个社会在转型中野心勃勃,又处处显得粗枝大叶,年轻诗人渴望泥沙聚下的语言能量,能把句子写得这么干净、精准的作者,实在少见。但另一方面,句子(裤子)平直的缝线,又好像在"太克制了"之中,有意掩饰了某种内在的狂野、神经质。

这样的矛盾性,朱朱的评论者也注意到了,他的优雅,好像一副"淬炼的铠甲",抵抗外部干扰的同时,何尝没有向内强力给出一种秩序。因而,他早期的作品,常常暗含了内外的紧张,室内的整饬、自我的内在敏感、深邃,与稍显混乱、嘈杂的外部,形成一种相互抵抗又依赖的结构。有时猝然分离,则会带来一种震惊的效果:

> 我获得的是一种被处决后的安宁,头颅撂在一边。
> 周围,同情的屋顶成排,它们彼此紧挨着。小镇居民们的身影一掠而过,只有等它们没入了深巷,才会发出议论的啼声。
>
> ——《林中空地》

显然,这是一个触目惊心的段落,却又让读到的人,免不了心领神会:只有在极端决绝的状态下,在一种"身首异处"的断念中,灵魂才能获得全然的安宁。林中空地上那个头颅的视角,似乎也能为我们分享:仰面躺在那里,能看见蓝天,看见树梢的晃动,甚至能感到有一丝凉风,吹进了脖颈。朱朱写过有关鲁迅的诗,周围密匝的屋顶、掠过的身影和市声,不难让人想到鲁迅的文学原型:封闭的江南小镇、"砍头"的主题、庸众的围观与独异的个人。只不过,在朱朱这里,"个"与"群"的对峙,不单指向文化批判,它更像一种自我生成的仪式,某种心智的内在秩序,恰恰需要以外部的喧扰,乃至一种暴力为媒介。"它需要外部而来的重重的一戳",这是他后来名作《江南共和国》中,格外耀眼的一句。

当代先锋诗,兴起于"文革"之后"我不相信"一类精神气场,大家争先恐后,比赛着甩脱革命时代的大结构、大叙事。但事实上,逃离的过程不免是再次的卷入。无论"朦胧"还是"后朦胧",即便祛除了原来的意识形态内涵,20世纪革命年代的精神传统仍深刻在场,暗中决定了不止一代人的惯习、癖好和姿态。譬如,当代诗人普遍信奉一种语言机会主义,认为即兴挥洒,才能歪打正着,不断把握语言的奇迹瞬间,"敢叫日月换新天"。这样的"无政府"态度,距离20世纪的革命豪情,其实并不遥远,依赖于对个人乃至集体之主体能动性——"心之力"的高度信赖。顾城曾十分认真地说:中国道家文化的无为、无不为,一经翻转就是无所不为、无法无天,自孙悟空"大闹天宫"到20世纪的激进革命,都不外在这一传统,身为中国诗人,因此有理由"解脱一切概念和目的的束缚"。这样的武断和粗率,恐怕多数人都不会在意,觉得只是诗人性情之表现,殊不知其背后有多少集体性狂热,在历史颠倒的过程中弥散。连温柔敦厚的张枣,也曾说在他那一代人那里,即使温柔,也有走极端的特质,是一种"霸道"的温柔。在这样的氛围中,读朱朱的诗,看他用异样的眼光打量周遭,利用内外的反差剪出一条条汉语的裤线,我们有理由相信,新一代或许厌倦了不求甚解的文化,沿着屋顶之上"蹄声"散开的纹路,当代诗也有了走出固有精神结构的可能。

这是朱朱早期诗歌给我的印象,精准、微妙,在漫不经心之中,能将词的序列意外震悚。他的诗也和他的人一样,是天生的衣服架子,刚好装得下了一个疏离、飘忽的自我,衬得出现代文艺"衰雅"的风姿。但老实说,这样的写作可以独自深远,却还在现代文艺的基本轨道上,前途未必可观。2000年前后,他转向叙事诗的写作,对个人而言,这是一个相当成功的战略。那件无形"淬炼的铠甲",似乎被主动脱下了,内向矜持的自我开始移步室外,走入更广阔的时空,或者说将外部的戳伤、他人的故事,一次次内化为新的写作激情。这首先全面更新了他的语风。

刚才提到,朱朱的抒情短诗在散漫之中,往往能一语中的,但和部分当代诗一样,乐得享受"跳来跳去"的乐趣,语义的跨度大、私密性强,不少句子的妙处,仅有一二圈内友人能懂。像《厨房之歌》中的"我们只管在饥饿的间歇里等待",看过刘立杆对其家居生活的介绍,我才能知道,这一句是如何的传神。但叙事诗,不同于90年代以来包含叙事性的诗,它首先要放弃蒙太奇的"红利",要恢复一种讲故事的技巧,一种可将虚构空间用细节填满的耐心。像《鲁宾逊》这一首,朱朱在访谈中称它好像是对自己的一次施暴,必须硬了头皮,才能一直写了下去,但这次"施暴",无疑是成功的。诗中的"我",以一位遭遇车祸的艺术家为原型,瘫痪在床,也像一株植物永远种在了床上。"我"的戏剧独白,为什么让朱朱如此着迷,我猜不外乎这种失去全部行动可能的状态,恰好提供了一次完美的、从虚空中创造世界的机会。

这也是鲁宾逊的状态,孤身一人,荒岛余生,同样也面对了一次孤独创世的机会。在我们的印象中,鲁宾逊是一个冒险的旅行者,在求生方面坚忍不拔,但事实上,他还是一个虔诚的清教徒,按照马克斯·韦伯的逻辑,还是一个精于"算计"的资产阶级原型。他的历险开始于不安定的闯荡,而终于理性的设计和秩序,冒险的冲动与现代人的理性,在他这里结合在一起,包含了自我救赎的意味。对于诗中的"我"而言,虚空中的画板,正像海中的小岛,等待一个禁欲的冒险者,将秩序、理性和主权,赋予在它全部的荒凉之上,病床上不能动弹的"我",也由此获得另一种行动的可能:

> 先是染红那个用以调试输液速度的
> 　　小塑料包,
> 然后像一个作战图上的红箭头往上,
> 喷向倒挂在那个顶端的
> 大药液瓶中,
> 小花一样在水中绽开,
> 或者像章鱼施放的烟雾,
> 原子弹爆炸。
> 我被自己的能量迷住了

输液时,一滴血倒流入输液管。"我"在虚空中屏息、凝神,观察这一滴血的旅行,专注于想象,这一过程本身,也构成了救赎:"我终于画了一幅画,以一种另外的方式"。在这里,面具已被摘下,独白的"鲁宾逊"就是诗人自己,他要将自己放逐到一个空的故事原型中,然后凭借意志和想象力,赋予这个故事全部的细节和层次。显然,面对语言"核爆"后的现场,他也"被自己的能量迷住了"。

二

鲁宾逊在荒岛上，建筑、栽种、制作、捕获野人，并将其教化；诗人或艺术家，布局谋篇，在虚空中运斤，两种可平行比较的行为，都暗示了一种现代理性的强大规划。当代诗人普遍信奉的机会主义原则，喜欢在跳来跳去中享受语言即兴的活力，朱朱转向"叙事"，至少在个人脉络中，却无意中矫正了现代文艺对任性美学、对"蒙太奇"的过度依赖。正如鲁宾逊"不安定"的冒险精神，内在结合了清教的禁欲理性，在朱朱的身体里，那个看似神经质的"内在之我"，其实具有极强的拓殖能力、构造能力。特别是在一些篇幅稍长的叙事诗中，我们能感受到，对于刻画经验、场景的完整性，他有一种近乎偏执的爱好，他的想象力因而也具有一种强烈的视觉性。

《青烟》一诗，据诗人自己介绍，灵感得自"一幅旧上海烟草公司的广告画"，它的构思和佩索阿的《视觉性情人》也有一定关联。某种意义上，要感受朱朱的视觉性想象力，这一首应该是首选。

> 清澈的刘海；
> 发髻盘卷，
> 一个标准的小妇人。
> 她那张椭圆的脸，像一只提前
> 报答了气候的水蜜桃。

开头这一节,朱朱像在用文字绣像,既精雕细刻,又能烘云托月。然而,诗中的那个画师,或许是写作者自己的投影。但《青烟》的构造,与其像一幅油画,不如说具有一种动态的电影感,沿了模特的视线,朱朱用文字虚拟了一个镜头的游走、推转,从室内到室外,由此时此地,腾挪到多个时空,模特背后的沪上风景,以及广阔、多层次的生活世界,被徐徐展示出来:

> 透过画家背后的窗,可以望见外滩。
> 江水打着木桩。一艘单桅船驶向对岸荒岛上。
> ……
> 她已经在逛街,已经
> 懒洋洋地躺在了一张长榻上分开了双腿
> 大声的打呵欠,已经
> 奔跑在天边映黄了溪流的油菜田里。

游走的过程,是观看之中主客关系不断被拆解的过程,就连模特的真身,也从旗袍中那个青花的"壳"里跑了出来,走到画家的背后,审视起自己画中的形象。这首诗包含了对视觉形象的深深迷恋,画家(诗人)无疑爱上了自己的"视觉性情人",但他的视觉想象力不只追逐、簇拥了情人的形象,更是分析性、间离性的,在完整呈现一次观看过程的同时,也暴露了视觉消费的暴力性,质询了那个青花"模壳"的生成。当摄影师(嫖客)"把粗壮奇长的镜头伸出","她顺势给他一个微笑,甜甜的"。这个"微笑"很职业,对于这首诗的读者而言,同样构成了一种挑衅。

顺便提一句,由于构思的缜密和层次的繁复,朱朱的诗是非常好的"细读"对象。我曾在课堂上和学生一起讨论过《青烟》,涉及怎么理解画家不停涂抹的那道"烟",有学生提到本雅明在《机械复制时代艺术作品》中关于"灵韵"的论述。在本雅明早已成为"文青"必读的年代,这并不让人意外。有意思的是,另一位学生在报告中,则从《青烟》一直说到"全球化"的批判,认为这首诗内在拆解了流俗的"上海怀旧",而"全球化"带来的一个结果,就是类似"仿像"的无边生产与再消费。这位同学的左翼立场鲜明,在他的阅读感受中,朱朱应该是自己的"同路人"。这个判断,我想诗人自己未必同意,但画幅深浅之中,他对"视觉性情人"的爱慕,确实带了一种自我检视的成分。大概十几年前,老上海的广告画、月份牌,一时间成为时尚媒体和文化学者热衷的话题,这个潮流后来扩张为部分国人追慕的"民国范"。但"扛着红旗反红旗",朱朱能在看似趋时的书写颠倒、反动,牵带出内在的批判性,这或许是"抵抗又依赖"的精神结构之延伸。《小城》的最末一句"我们的一生/就是桃花源和它的敌人",可谓卒章显志,诗人批评家秦晓宇一篇很有见地的评论,也借用这个句式,取名"江南和它的敌人"。

事实上,有关"看"的诗学、凝视的诗学,在文学史上是由来已久的传统。远的不说,在中国现代文学的脉络中,对世间万汇、自然风景的观看,往往与一种将世界内在化的现代感伤

相关:

> 黑夜占领了全个河面时,还可以看到木筏上的火光,吊脚楼窗口的灯光,以及上岸下船在河岸大石间飘忽动人的火炬红光。这时节岸上船上皆有人说话,吊脚楼上且有妇人在黯淡的灯光下唱小曲的声音,……此后固执而又柔和的声音,将在我耳边永远不会消失。我觉得忧郁起来了。我仿佛触着了这世界上一点东西。看明白了这世界上一点东西,心里软和得很。

上面这段文字,出自沈从文1930年代的《湘行散记·鸭窠围的夜》。一个还乡的旅人,凝眸于暮色中的水上风景,在光、影、声、色的交织变幻中,感受平凡琐屑的人和事,以近乎沉默的方式轮回、重复着,在挽歌式的启悟中,一个"软和得很"的抒情内面,由是凸显了出来。朱朱的视觉性想象力,也散发浓郁抒情气息,却并不指向感伤的内面"风景",对于此类书写,甚至有一种天然的抵拒。在《视觉性情人》中,佩索阿说对他而言,"唯一的博物馆就是生活的全部,那里的图画总是绝对精确,任何不精确的存在者都归因于旁观者的自身缺陷"。这样的说法,用在朱朱身上,其实大致不差,换句话说,他的视觉想象力,更多与客观性、精确性相关,在语言中呈现一个个形象,也就是完美心智的一次次显现。这也让我想到了17世纪荷兰画家维米尔,朱朱不止一次提到他对维米尔的偏爱。

在绘画及视觉艺术方面，我完全是个外行，刚好对于维米尔，还有一点直观的认识。2011年春，在东京涩谷的一家美术馆里，有幸看到过他的几幅真迹，当时一下子就被深深吸引，特别是《地理学家》这一幅。作为一位风俗画家，维米尔画的多是市井生活，场景也多为室内，在画幅左侧，他往往会安排一扇窗户，让外部的光线洒入，带来一种光影错落的层次性和纵深感。《地理学家》也如是构图：身披长袍的地理学者，目光投向窗外，好像陷入片刻的冥想；窗外的光线，则反过来勾勒出学者的工作现场，窗帘、桌布、翻动的图纸、手中的圆规，以及墙上的地图、地球仪。此后，翻阅一些相关文献，我也大致知道了17世纪，正是"地理大发现"的时代，全球航路的扩张与天文学的发展，提供了全新的世界性感受，维米尔画中经常出现地图、地球仪，就反应了当时城市中的生活习尚。对于荷兰人而言，地图本身就可以作为世态风景画，挂在卧室里欣赏，体现了主人的良好教养。这意味着，在维米尔的时代，天文、航海、地理学、光学与艺术，还不是近代以来彼此分化的领域，而是共同指向对世界内在秩序的发现。赋予维米尔画面以深度和秩序的光线，并不是来自天堂，而是来自一种内在的笃定，来自天文学、透视技术、航海大发现所带来的主体自信。

　　对于维米尔，朱朱情有独钟，他的诗细节饱满，内部深邃，也有一种在窗前手抚万物的沉静。一首《地理教师》，还颇有几分大航海时代的理趣：

> 一只粘着胶带的旧地球仪
> 随着她的指尖慢慢转动,
> 她讲授维苏威火山和马里亚纳海沟,
> 低气压和热带雨林气候,冷暖锋
> ……

这首诗写少年人身体的觉醒,主题无甚稀奇,但"随着她的指尖"转动,火山、海沟、好望角、冷暖峰……,朱朱娴熟驾驭地理学、气象学的语汇,来绘制一幅身体和经验的地图,性的启蒙也被隐喻为对海洋、陆地和季候的发现。或许可以说,朱朱的视觉想象力,并未一味乞灵于奇迹的瞬间,而是发生在于有关世界的确定知识、信念之中,吻合于透视原则和事物的连贯性。正如维米尔画中那些阴影、褶皱、幽暗的地图,不可言喻的微妙,来自一束稳定心智投射出的光线。

三

《清河县》大概是朱朱最重要的作品,也为他赢得了极大的声誉。这一组"故事新编",同样具有强烈的视觉性,在潮湿的雨雾中,不断勾画人体的轮廓,流动的目光、那些动作、阴影和质感,逗引出无边的诱惑与暗示。为了"诱敌深入",朱朱也更多考虑到读者,不仅在第一首《郓哥,快跑》中,让我们随了郓哥的奔跑,踉跄跌入"一长串镜头的闪回"中,也非常注意布光的效果。

必要的时候,他甚至亲自提上一盏灯,让一束光照向身体的局部:

——可以猜想她那踮起的脚有多美丽——
应该有一盏为它而下垂到膝弯的灯。

这束光,好像在维米尔的画中出现过,却也有一种宫体诗的不厌其烦和恰到好处,时间的裙子被掀开了,我们作为读者,也作为"偷窥者",被指引了观看历史的私密之美、隐微部分的曲线。我最近一次讲朱朱的诗,是在台湾清华大学的课堂上,负责报告的一位小女生,津津有味地解读了《清河县》,她注意到无处不在的暗示性,比如朱朱经常使用"粗大"一词("我粗大的喉结滚动,/似乎在吞咽一颗宝石"),小女生停顿了一下说:"这能让我们想到其他地方。"对于《洗窗》中这一段:

她累了,停止。汗水流过落了灰而变得粗糙的乳头,
淋湿她的双腿,但甚至
连她最隐秘的开口处也因为有风在吹拂而有难言的
兴奋。

她也不由自主表达了喜爱,认为其中难言的快感,女性读者都能够分享。话锋至此,课堂上的其他女生,脸上也都漾起了"我们懂的"的光晕。这也印证了我的判断,朱朱虽然惯以男性的情色

视角,写女性的形象,但他不是那种"把粗壮奇长的镜头伸出"的蛮牛,而是能曲尽其意,同理以致共情,果然深受两岸各届不同世代女性读者的喜爱。

将历史情色化,处处着眼其阴影、褶皱,这种"稗史"式的眼光,在当代诗中并不意外,稍不留神,也会落入轻巧、流俗的趣味之中。在《清河县》中,朱朱有意挑起一盏灯,让读者窥见历史幽微的曲线、裂口,但这组诗最了不起的地方,还是一种维米尔式的专注和笃定,一种赋予结构的热忱。我读了马小盐的评论《〈清河县〉——朱朱所构筑的诗歌环形剧场》,看她煞有介事地梳理潘金莲、西门庆、武大郎、武松、王婆、陈经济等人物之间复杂的欲望与观看,并给出了一个令人咋舌的结构图:

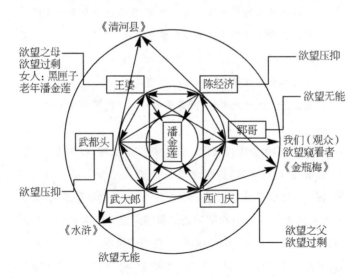

这个构图包含三个圆环和更多的三角,似乎评论者"脑洞大开"的产物,但她的分析,我基本认同。在这组诗中,朱朱的确显示了非凡的结构能力,单是《洗窗》这一首,就足以令人目眩:

> 一把椅子在这里支撑她,
> 一个力,一个贯穿于她身体的力
> 从她踮起的脚尖向上传送着,
> 它本该是绷直的线却在膝弯和腹股沟
> 绕成了涡纹,身体对力说
> 你是一个魔术师喜欢表演给观众看的空结,
> 而力说你才是呢。她拿着布
> 一阵风将她的裙子吹得鼓涨起来,腹部透明起来就像鳍。
> 现在力和身体停止了争吵它们在合作。
> 这是一把旧椅子用锈铁丝缠着,
> 现在她的身体往下支撑它的空虚,
> 它受压而迅速地聚拢,好像全城的人一起用力往上顶。

站在椅子上的潘金莲,巍巍然如一位凌空的女神,被全城人的眼光,也被"我们"(读者)的眼光向上顶起;而一个力量又倾泻下来,在与身体的抗衡、对话中,形成了一个复杂的平衡系统,绷紧的直线之外,还有曲折与凹陷处的涡线。如果把这张图画出来的话,应该完全符合力学的原则。我们能想象,朱朱像一个画师,更像一个工程师,倾身于视觉的想象,绘制了这样一个镂空的人体、一个摇摇欲坠的结构。"我们"也在他的引领下,参与了"洗窗"的游戏,感受危情的一刻。前面一首,诗中出现过的"绞刑台"意象,而此刻,看客们似乎站到了踏板上:"姐姐啊我的绞刑台/让我走上来一脚把踏板踩空"。

《洗窗》中重力与身体的争吵、合作,隐喻了"欲望"与"观看"之间的关系网络,同时也像一种分光镜,折射出了诗人思辨的光谱。朱朱似乎要用某种心理学的框架,试图给出一种人类生活、文明的阐释。如果说潘金莲作为一种幻视对象,寄托了集体性的欲望,王婆作为她的晚年映像,则蠕动于整个结构的最底部,吸纳了欲望解体后的剩余物:"朵朵白云被你一口吸进去,/就像畜生腔肠里在蠕动的粪便"。在后来的访谈中,朱朱交代过他的构想:

> 我尤其要将王婆这样的人称之为我们民族的原型之一,迄今为止,我的感觉是,每一条街上都住着一个王婆。我记得金克木先生在一则短文里提及,有两个人,王婆和薛婆是我国历史上最邪恶的两位老太婆。是的,的确邪恶,但她们所意味的比这多得多——文明的黑盒子,活化石,社会结构最诡异的一环,乃至于你可以说她们所居的是一个隐性的中心。
>
> ——《杜鹃的啼哭已经够久的》

这段文字应该被广为引述,有批评者提醒,不要以为朱朱也在操弄国民性批判一类话题,"王婆"作为一个原型,更多是一个构造幻象的语言动机、一个丰盈的伦理剧场。这样的判断吻合于当代诗歌的"行话",即所谓"历史的个人化",最终要归结到差异性、归结到"语言的欢乐",不然就会落入粗笨的历史反映论。在我的阅读感受中,朱朱还是一个相当较真的写者,不完全耽于语词的享乐。他挑起一盏灯,照进清河县的深处,灯火洒落处,巨细靡遗,他要指点给我们看文明隐秘的构造。

近年来,当代中国的强力诗人,纷纷转向历史题材的书写,间或穿插了民国的、晚清的、晚明的、六朝的符号和情调,这几近一种潮流。朱朱的叙事诗,多从历史人物和文学典籍中取材,如《清河县》、《青烟》、《多伦路》、《海岛》、《江南共和国》等,似乎随喜式地参与其中。但深细来看,他的"故事新编"有特别的路径,不完全在潮流之中,并不必然表现为对历史身体的随意撩拨、抚弄。由于在特定议题上反复纠结、倾心,不断尝试建立模型,不同于历史"个人化"之后的琐碎自嗨,他的诗反而有了一种"解构"之后"再结构"的活力。《清河县》之外,《江南共和国——柳如是墓前》也是令人瞩目的一首。

甲申年五月,清兵南下之时,江南的传奇女子柳如是,曾应兵部尚书阮大铖之邀巡视江防,以激励士兵守城的意志。朱朱的诗取材于这个传说,结合相关史料,让柳如是"盛装"出场:朱红色的大氅、羊毛翻领、皮质斗笠、纯黑的马和鞍,"将自己打扮成了一个典故"。作为"集美貌才智"及刚烈品格于一身的奇女子,晚年的陈寅恪为柳如是做传,意在"表彰我民族独立之精神,

自由之思想";同样,在柳如是身上,朱朱也寄托了很多,她不仅是"江南共和国"的精神代言,而且又一次凝聚了写作者的激情:

> 薄暮我回家,在剔亮的灯芯下,
> 我以那些纤微巧妙的词语,
> 就像以建筑物的倒影在水上
> 重建一座文明的七宝楼台,

用文字造境,构筑"七宝楼台",也就是进一步为文明赋形,"江南共和国"确实可以看作是一座写作模型中的"幻觉之城"。在论及当代诗中存在的某种"江南 style"时,在上面提到的文章中,秦晓宇认为"所谓'江南范式',我理解,是不那么'朝向实事本身'的","那些词与物的光影、流年、情绪,全都是审美意义上的旧物",写作因而显现为"一种呵护与调情般的互文"。他的话讲得漂亮,说破了"江南"的文本性、符号性,朱朱这首《江南共和国》也出色地体现了"调情般的互文",在静与动、明与暗、柔媚与刚健之间,实现了一种动态的平衡。然而,它果真缺乏"朝向事实本身"的努力吗,这倒是可以讨论的一个问题。

显然,对于自己处理的主题,朱朱在知识上、感性经验上,有相当的把握:"南京是一件易燃品,所有设立在这里的王朝都很短暂,战火与毁灭性的打击接踵而来。'失败'正可以说是这座城市的城徽。"朱朱曾这样谈论自己生活的城市,也道破了南京的历史特殊性。作为六朝古都,南京据守长江天堑,虎踞龙盘,有帝王之气,但自东晋南迁以来,又一次次成为北方铁骑南下袭扰、征服的前沿。建都于此的王朝(政权),不仅都很短暂,且无人能统一北方,如近代的洪秀全、孙中山、蒋介石。中国历史上的统一,"成事者皆以西北伐东南",这也包括20世纪的中国革命。从历史的长时段看,南北之间、游牧社会与农耕社会之间、北方的粗朴豪放与南方的绚丽奢靡之间,通过贸易、征战、掠夺和融汇,形成了一种相互冲突又依存的动态结构,如何将南北的张力纳入统一的文化政治构架,使北方免于匮乏,南方免于战乱,是中国历史内部的一种结构性难题,长江之水也犹如一根绷得紧紧的琴弦,一次次的战火,都仿佛内在焦灼的一次次释放,一次次文明的毁灭与重造。

朱朱擅长书写微妙的女性经验,这一次他"积习难改",仍用女性的身体来比拟一座城市的命运,在压抑与快感、守城与破城、文明的糜烂与"外来重重的一戳的暴力"之间,不断进行"猝然"的翻转。这一系列的辩证把玩,看似在身体与欲望的层面展开,事实上恰恰挑动了南北之间的结构性张力,尤其是"有一种深邃无法被征服,它就像/一种阴道,反过来吞噬最为强悍的男人"一句,带有一种可怕的肉感的吞噬力。当代诗的历史书写,往往会以"音势"的甜美、细节上的堆砌与转化,取消特定的社会政治内涵,或将"正史"的硬壳溶解,开掘"稗史"的妩媚、幽暗。在这方面,朱朱无疑是行家里手,但他的写作之所以脱颖而出,不为潮流所淹没,不仅因为在风格上造就"'江南'和它的反动",同时也在于虚实相济的能力,以隐喻的方式把握"事实本身"的动态结构,强力拨响了历史内部的琴弦,敞开了她的纵深和螺旋线,这是需要特别注意到的一点。

四

文明在成熟中颓废、糜烂,"已精确到最后一小截弯翘"(《野长城》),需要"外部重重的一戳"来唤醒内在的激情,类似的观念,在朱朱的诗中不止一次流露,也好像是《林中空地》中惊悚画面的不断复现:在暴力与宁静的辩证中,存在了一种强大的精神造型。对于文学风格的茁壮而言,这样的张力是必要的,正如诗中写到的:"即便他远行到关山,也不是为了战斗,/而是为了将辽阔和苍凉/带回我们的诗歌。"(《我想起这是纳兰容若的城市》)但我们只能在美学的意义上,看待战争和离乱吗,这一切只是为了让笔尖"吮吸了夜晚的冰河"？朱朱的写作,并不如一般评论所期待的那样简单,即便只是"辽阔与苍凉"的情调,也会有碎了的石子落入修辞的齿轮,卡住词语光滑的运作,迫使它翻转出经验粗糙的实在面。

随了身份和工作方式的转变,在朱朱近期的作品中,越来越多出现了漫游的主题,视野也逐渐从江南城镇、古典的小说和人物,扩张至对异域文化和生存情境的观察。这样的变化具有一定的普遍性,由于艺文活动的密集、国际参与机会的加多,"旅行诗"、"纪游诗"成为不少当代诗人开始热衷的类型。在朱朱这里,依照"××与它的敌人"之结构,在他的漫游之中,我们却不时能读到频频的反顾、一种重返本地现场的冲动。像《小城》一诗,描绘一座欧洲小城安谧、和平秩序的同时,又渲染"铺满天鹅绒的监狱"一般的幽闭。诗中的"我"渴望归期、渴望恢复弹性,好像"尖利的暗礁/和恐怖的漩涡"才能带来实存之感。《新泽西的月亮》这首,感叹一位昔日女友的变迁,她从激进、狂野的"时代女郎",变成美国舒适中产囚笼中的主妇,每当谈起原来的母国,"嘴角就泛起冷嘲的微笑"。作为不得不生活在母国的读者,我们能感觉到那一抹微笑中的隔阂,能感觉到所谓进步自由世界的教条、蒙昧。为了对抗失望的情绪,朱朱在诗中安排了一场梦中仪式:

> 无人赋予使命,深夜
> 我梦见自己一脚跨过太平洋,
> 重回烈火浓烟的疆场,
> 填放着弓弩,继续射杀那些毒太阳。

这样直率、热烈的文字,在朱朱笔下并不多见,"我梦见"只是激情退却后的一种对激情怀旧模仿,是为了将"辽阔和苍凉"短暂带回笔端吗?我们分明读到了一个"疆场"的存在,"烈火浓烟"或许只是一种象征,但这个"疆场"也是一个磁场,强力吸附着"病态的跳来跳去"的诗歌语言。朱朱的语风,也随之变得更硬朗、直接,甚至放下暗示的技巧、直陈式地发言:"我还悲哀于你错失了一场史诗般的变迁"。无独有偶,这个议题也出现在了他

写给张枣的《隐形人》中。不同于一般的悼亡之作,这首诗包含了某种有别于"知音关系"的对话性:

> 中国在变!我们全都在惨烈的迁徙中
> 视回忆为退化,视怀旧为绝症,
> 我们蜥蜴般仓促地爬行,恐惧着掉队,
> 只为所过之处尽皆裂为深渊……而
> 你敛翅于欧洲那静滞的屋檐,梦着
> 万古愁,错失了这部离乱的史诗。

这段诗写得有点沉痛,在诗人普遍倾心的"悠悠"、"万古愁"之下,朱朱强调地上发生的一切,他也不妨将其点破:"中国在变!""这部离乱的史诗"可能被错过、被无视,但无人能真的幸免,我们或如浮木般漂流,或"蜥蜴般仓促爬行"。"惨烈的迁徙"或许还是一个抽象的说法、一个模糊的背景,但朱朱的"精确性"中生成了一种论辩性,硬朗的语风背后,也有可以明确亮出的观点:

> 我戚然于这种自矜,每当外族人
> 赞美我们古代的艺术却不忘监督
> 今天的中国人只应写政治的诗——
> 在他们的想象中,除了流血
> 我们不配像从前的艺术家追随美
>
> ——《佛罗伦萨》

这首诗在写欧洲,写无处不在的"新东方主义"偏见:一个来自中国的艺术家怎么能不反体制就在欧洲随便出现?这首诗质疑了洋人的"政治正确性"(在这方面他们与我们一样的俗气、一样的不真诚),但实际上,也不怎么吻合当代中国的"美学正确性"。估计会有朋友不习惯这样的公然表态,也会有立场相左的读者,不同意他"唯美"的矜持与傲慢。和以往不同,朱朱似乎在写一些并不那么讨喜的东西,容易被左右两方面指摘。但问题是,当代的文化从不缺乏立场,缺乏的是"立场"背后的理解力和同理心,很多激进的政治表述,因不在意现实的状况本身,反而会沦为一种"去政治"的话语消费和自我迷幻。在一片嘎嘎作响的氛围中,朱朱不愿在诗中"写政治",拒绝的是一种"想当然"的政治,这种拒绝本身恰恰具有一种内在的政治性。

当然,从本性上讲,朱朱肯定不是一个民族主义者,他的文字还是萦绕了一种现代"浪荡子"的脱序感。但"脱序"不等于无动于衷,他的视角游走、不断跨越界限,旅行没有导致感受力在异域见闻中的扁平化、游牧化,却总在不经意间,揭破美丽世界的多重面纱,无处不在的"傲慢与偏见",也一次次拨动敏锐的心弦。《好天气》好像算不上朱朱的代表作,从未被人特别提起,却是我个人相当认可的一首诗,朱朱在他擅长的视觉、空间想象力中,内置了一枚反讽的芯片,将"颜色革命"后变动的世界感受,装入一个早晨的"模型"中。这是个美好的早晨,蓝天白云,每件事物清洁、鲜艳,闪动着"光亮的尊严":

> 好极了,这就像东欧的那些小国
> 从极权中醒来的第二天早晨,
> 长夜已经过去,不再有宵禁,
> 不再有逃亡,不再有镇压……
> 日子像摇篮,像秋千,

开头一段,洋溢了某种"历史终结论"的甜美气息,在"好天气"里,一个告别极权的、好的、民主的世界,正在"梳理自己的羽毛"。但还有一个流亡者正"踌躇于归与不归"之间,因为"好天气"之后会有"坏天气"、"漫长的危机,漫长的破坏",更重要的是"恶,变得更狡诈,无形的战争才刚刚开始"。或许有了前面的美好晨景,读了这些"漫兴"的闲话,我们并不觉得抽象,反而眼前会浮现出"民主"大潮退去后,那些裸露出来的地区上演的一幕幕灾变。最后,朱朱笔锋一转,写到了"我们",写到了我国"公知们"的尴尬处境:

> 至于我们,尚且在时差格栅的远端排队,
> 就像蜗牛背负着重壳并且擎住一根天线般的触角,
> 我们只不过是好天气的观光客,触角
> 偶尔会伸出大气层的窟窿。

这几行有一种极为传神的漫画感,"民主"与"极权"、"中心"与"边缘"的差序格局,结合了地理与时差的视觉想象,一道道环球

的"时差线",就是一道道有形与无形的"格栅"。"我们"正像一群难民,排队等待穿越国境,队列尽头的自由世界,则如一场盛大虚假的"楚门秀"。这是一首出色的政治讽喻诗,朱朱灵活地调动轻盈的语势,在"好天气"里带出了一连串的追问,态度也由歆慕、反顾,转入滑稽的自嘲、严肃的质询。这是一首"反极权"的诗吗?或是揭穿"好天气"里的"自由"意识形态?好像是,又好像不是,仿佛置身于格栅之中的缓慢队列,在雾霾天中向往"好天气"的我们,对于周遭的世界,也不免怵怵然,要竖起警觉的天线。

朱朱提醒读者和同侪,不要"错失了这部离乱的史诗",他的写作也暗示,"离乱的史诗"不仅仅发生于巨变的母国,同时也是更大范围内历史颠簸的映现。在我读到《好天气》之后的不几天,"疯川普"意外当选!"民主自由"的理想在欧亚大陆带来的混乱,不仅有目共睹,甚至在辽阔的新大陆,也有可能被唾弃,进一步露出金融地产军火商凶蛮的嘴脸。世界史是否会掀开新的一页,"重回浓烟烈焰的疆场",不再单纯是一种末世论的文学想象。"有一种深邃无法征服",朱朱在柳如是的身上,构造了一种江南的神话,同时也寄托了写作的内向激情:渴望破城、渴望来自外部的"重重一戳",也就是渴望用文字的精准、深邃、螺旋的褶皱,去反噬一部"离乱的史诗",在紊乱的线索中凝定一颗睿智丰沛的心灵。虽然那来自外部的"重重一戳",作为一种整体性的心理及欲望投射,尚未及在社会、政治、经济的脉络中去细致分辨,但当"历史个人化"的喧喧嚷嚷,我们已逐渐听倦,"跳来跳去"的无尽转化,也露出些许疲态,一种具有结构感、能赋予事物以格局、层次的想象力,有理由被更多期待。

本文刊载于《新诗》第 21 辑《野长城》(朱朱专辑),2017 年

当代诗的"笼子"与友人近作

一

张枣的《卡夫卡致菲丽丝》,写于 1989 年的特定时刻,个人"生活的踉跄"叠嵌于历史顿挫的巨幅之中,或许属于所谓"玄机当头,恒言受命,方能见一线生机"的作品,在语言关系、身心危机的调整之际,也贡献给当代诗一个原型式结构:

> 我奇怪的肺朝向您的手,
> 像孔雀开屏,乞求着赞美。
> ……
> 我时刻惦着我的孔雀肺。
> 我替它打开膻腥的笼子。

从敞开的胸肺,到孔雀开屏,进而血腥的条条肋骨,这几行诗有条不紊,扫描精神与肉身,让一个深度的幻视结构浮现,而这一结构得以成立,离不开诗人钟鸣的阐释。20多年前,在著名的《笼子里的鸟儿和外面的俄耳甫斯》中,由内脏演绎而成的"笼子",就被理解为"一种已受到怀疑和否定的生活方式和词语系统"。对于张枣而言,这个"笼子"就是母语,他既在其外,又在其中,但"并不完全是被禁闭在里面,相反,他寻求着一种可能,让笼子,不被冲破,至少也是变得对自己有利"。[①]

不言而喻,"笼子"象征了某种无法挣脱的系统,它既是写作发生的语言环境,又指向更为隐秘,也更为总体性的社会控制、文化控制。"在系统之中是不能反抗系统的",钟鸣的理解多少有点悲剧性,"这很像卡夫卡形容的,一只笼子去寻找鸟儿,而不是鸟儿逃离笼子",但他也顺势给出了方案:"或许只有不断的警觉",才能保证诗人不致被历史惯性吞噬,不致在笼中自我僵毙,让笼子"变得对自己有利"。张枣的做法,如诗中所说——"我们的突围便是无尽的转化",依靠不断的自我分化、折射、对话,去闪避抒情自我对系统的配合,发展一种温柔、绵长的理解力。20年后,张枣离世,"通灵者"沦丧,钟鸣在《诗人的着魔与谶》中,又换用另一种表达:"写作究竟近似'避谶'行为",以至张枣不得不"病态的跳来跳去","逃离命运、旧

---

① 钟鸣:《笼子里的鸟儿和外面的俄耳甫斯》,《当代作家评论》,1999年,第3期。

窠。怎样逃,方式何许,成败如何,评价如何……这些才真正决定着写作的内在性,或内蕴"。①

借谈论张枣,钟鸣其实赋予"笼子",以更深广的内涵。不同于韦伯式的现代理性"铁笼",供鸟儿歌唱、跳跃的笼子,似乎更为无形,膻腥之余,也可能散发异香。尤其当"大众文化整体覆盖,电子传播攻剽城邑","老大哥"也早就从旧体制里退休,摇身变为东方化的"美学上级","避谶"式地"跳来跳去",便不单为了瓦解固有的语言支配,狂欢于后现代式的语言嬉戏,更是为了"系统中的警觉",于历史晦暗之中保留一点人性洞察,与20世纪之"恶"、与大众传媒与社会运动带来的集体无意识作微弱抵抗。如果"没有真正的反环境和对真正罪恶的侦讯,除了词,还是词",他甚至认为,白话新诗百年来可以说毫无进步可言。②有些遗憾的是,上面两篇文章流布甚广、影响甚大,但文字"弯弯绕"背后的伦理觉悟,似乎没有被太多了解。在我有限视野中,仅有诗人余旸的长文《诗歌界的"南北之分"——钟鸣诗评专论》对此有细致、深入的展开,③另外的一些同侪、后辈,更倾向将张枣作为"诗人中的诗人"谈论,在审美层面去把握他的诗艺、他的姿态,对话性的"知音美学",结合共同体内部的交错回忆,服务

---

① 钟鸣:《诗人的着魔与谶》,《亲爱的张枣》,中信出版社,2015年,第143页。
② 钟鸣:《旁观者之后》,《诗歌月刊》,2011年第2期。
③ 此文载《中国诗歌评论》,2014年春夏号,本文思路也在一定程度上受到这篇文章的启发。

于同行之间神秘的连带感。

> ……而你的声音
> 追上我的目力所及:"我,
> 就是你呀! 我也漂在这个时辰里。
> 工地上就要爆破了,我在我这边
> 鸣这面锣示警。游过来呀,
> 接住这面锣,它就是你错过了的一切。"

《春秋来信》的这个片段中,"你""我"各自突围,游泳于共在的"时辰"里,抛接一面响锣,做"无尽的转化"。这个场面很有喜剧感,那面咣咣作响的锣,多少有点"霸道",张枣好像说过,在他们那一代人中,连温柔也要走极端,是一种"霸道"的温柔。

事实上,张枣生前身后,"跳来跳去"的写法,以及奋力突围之后的"无穷转化",早已被普遍的信任乃至效仿,或对接现代、后现代之虚无的可能性原则,或暗合颓废、放逸的传统文人姿态,区别于"启蒙"、"代言"、"经世之想"种种,确立了当代诗的基准线。换言之,"霸道"的随兴挥洒,也意味了"霸道"的自信满满,"反枯燥"、"反系统"已成当代诗界之主要意识形态。在钟鸣笔下,"枯燥"是诗歌的大敌,"反枯燥"也是一桩严峻的事业,因为"枯燥"具有笼子一般的隐蔽性,不是写得逸兴横飞、活色生香,就可以抵挡。20世纪激进文化导致社会心理的普遍粗疏、教条、专断、不求甚解,"'枯燥'作为中国社会意识形态的主要姿态,孳乳为大众文艺甚至反叛文学的要害,只在极少数聪慧的诗人那里被繁复地攻击着"。对于一代人的精神底色,钟鸣十分在意,知道缺少内在警觉及人格支撑,"枯燥"会以颠倒的方式,甚至以"反枯燥"的方式延续下来,写作和生活都很难逃离旧窠、很难"避讖"。余旸在他的文章中,也从自己的判断出发,大致列举当下诗界几种新型"枯燥"表现:

> 张枣的写作,可以说是对当下形形色色"伪道学"的一种挑战,具体到当代语境下的"伪道学",不仅表现为各种形式的"经世"之思想——或为以诗救世之虚妄,或为缺乏思考的模仿服从,也不仅表现为一种超意识形态的集体狂欢式的大众文学,放弃了批判与警省,还体现为一种忽略了诗歌的现实处境视诗歌为反叛的浪漫主义幻觉,如此种种,不一而足。①

在这样的环境中,"病态的跳来跳去",由窥视、折射、进而"无边转化"的写法,会不会自我迷失?没注意新的笼子正从羽毛下面,呼呼地长出来?

上世纪 90 年代,钟鸣曾提醒诗人不要落入这样的圈套:"他或许能承诺一个诗人摧毁僵死语言的囚笼,但他却不能发现一只笼子又如何更隐蔽地把他装了进去。"在 20 年后的文章中,他开始检讨老友性格的缺陷——"祖国的诗界风尚一向为'消极才

---

① 余旸:《诗歌界的"南北之分"——钟鸣诗评专论》。

华'所笼罩,爱丽丝漫游镜中,很难脱身"。钟鸣似乎暗示,张枣探索汉语写作的现代性,却因"诗对现实中精神层面的支配性框架早已解体",又不得不迷失于文学现代性的幻境之中,误食了有病的水果,问题以生活失序和疾病的方式爆发,最终像所有人那样,"只是选择以何种姿势摔下来"。这不能不说是个"谶"!诗人之离世、"通灵者之沦丧",则标志了大众传媒时代、电子仿象时代更大范围的全民昏眩,亦即"枯燥乏味的再次降临"。作为笼子中的"鸟",诗人如要保持持续不断的警觉,在跳来跳去地"避谶"之外,还要在心智上花费一些苦功夫,"盈濡而进,漫漫岁月,不断进行身体和语言的调整跟进"的努力,或许方能攥住"一线生机"。在这个意义上,对知音"诗学"的鼓吹,也就不只为提示文学精英俱乐部的门槛,而同时包含了某种"人心惟危、道心惟微"的时代感受,追问"词的胜利"之外,人性尚有多少收获。

二

拉杂引述钟鸣的张枣论,其实类似开场白,为了引出对一位友人近作的读后感,不是旁人,正是本篇的约稿人。今年4月间,哑石来信说正筹办《诗镌》,这个名字自然让人联想到新诗史上的新月派。在公众的想象中,新月诗人都是一副清风绮月的潇洒模样,脸上涂了雪花膏为布尔乔亚阶层代言,这样的认识实际有误。闻一多、饶孟侃、孙大雨等,也包括多半个徐志摩,反对感伤、尝试土白入诗、热衷戏剧性情境,这些都和当代诗人的趣味不远。

1926年,这伙人在《晨报》副刊上创办《诗镌》,虽然前后不到两个月,却是"第一次一伙人聚集起来诚心诚意的试验作新诗"。他们试验的格律化新诗,不乏轻柔悦耳之声,工稳美丽之形,但主流作风还是盘根错节、用韵谨严,加上诗歌主题的普遍社会化、政治化,《诗镌》时代的作品,不少像披了厚厚的外套,用粗大、火热的针脚(韵脚)缝制。在当下诗坛一派"嘉年华"的氛围中,重新征用"诗镌"之名,是否暗示编者有意调动一种严肃、恳切的新诗传统?

事实上,哑石的写作也给人类似印象:多年来,一直扎紧篱笆,在自己分内"诚心诚意"(也是"正心诚意")地工作,早已是当代诗西南方向上一座重镇。前几年的组诗"曲苑杂坛",相当引人瞩目,在蜀地方言的诙谐念叨中,引入北方曲艺的铿锵精神,诗写得锣鼓喧天,将市井琐事与社会政经杂煮乱炖,就像他在诗中说的,天地之间,权且作一张语言的大案板,"精神和肉体,统统剁成了精肉!"(《晦涩诗》)诗人批评家一行的哑石蒋浩合论,对此有非常深透的分析,不仅揭示其与相对性之时代精神的对应,也为"语素关联"或"混搭措辞"一类技术,提供操作手册一般精密说明。① 读了这篇诗人合论,心下佩服不已,同时又觉得,哑石"荒腔走板的戏谑性"写法,与张枣"病态的跳来跳去"多少有一点接近,技巧难度超一流,但将世俗生活无尽转化到语言中,这大致仍属于当代诗的"规定动作"。

---

① 一行:《相对性、有机技术与诗的喜剧:读哑石与蒋浩近作》,《诗建设》2015年秋季号。

最近,偶然读到了他2016年的一批诗,包括《伺奉》、《小心来路》、《喜鹊的眼睛》、《丙申猴年春分午后,与妻漫游温江近郊赏油菜花》、《恍惚的绝对》、《早高峰》等,整体的感觉稍有不同,在漂亮完成"规定动作"之余,作者似乎还另有主张。因为没时间系统阅读、比较,这个印象不一定准确,但当时个人的会心及惊喜,是肯定的。这组诗依旧开阖自如,但跳荡的、神经质的"碎碎念"语风,似乎得到了主动的抑制,向语言"无尽的转化"的速度也慢下来,句群回落到一个更为常识性的世界中,比较近距离地观察、体贴。但这不是通常意义上的风格调整,而是包含一种文学意识上的摸索、分辨:

> 去寒风管制的谁谁谁坟头,
> 献上一株红山茶,如在
> 晨雾的梦里但其实不是梦里,
> 她叫林昭,还是叫萧红,
> 取决弯腰时不同角度的唏嘘;
>
> ——《伺奉》

在诗人无法作为思想家、先知出场,为大众启蒙、疗救、代表良知的时代,"花费相当多的精力",调节自身和文学的关系,在钟鸣看来,是当代诗"主体和意义最深刻的一种关系"。《伺奉》一诗或者也可如是观。诗人在词语的星空之下劳作、写字,同时又"乘坐校车/往返于两个山雀型校区"之间,但两个过程不是总可以相互转化。校车在山道上慢性,诗人在句子里用典,上引一小节,暗中对话于戴望舒的《萧红墓畔口占》,多年前臧棣曾有《一首伟大的诗究竟可以有多短》一文,借这首四行小诗,阐发远大的新诗理念。读到这几行,这些新旧火焰自然会掠过面颊,但"默念修辞/也抵消不掉车行崎岖的事实",哑石似乎强调存在某种无法抵消,也无法被转化的现实感。这并不是多么新鲜的主题,包括对造作文学自我的善意揶揄,更重要的,是后面说给中国的帕斯捷尔纳克们的一句:

> ……"墨水,
> 哦,墨水,足以用来哭泣!"
> 事实是解决问题本身将成为
> 问题……

在笼子中,"我们的突围便是无尽的转化",这是当代诗歌普遍的精神境遇,问题在于,"突围"本身已是时代疾病的一部分。这首带有"元诗"行为的作品,没有像一般同类文字,沉浸于对语言与存在关系的感伤冥思,而是将听诊器伸进文学生活的内部,探问"词"对"人性"可能的遮蔽、简化、放纵,"祛魅"由是连带了一点较真的严肃:现实的杂碎中还能剩下一点什么、一点不能抵消、不能转化的东西,浇筑脆弱的自我模具("精巧如水母的微醺")。这首平实风趣的诗中,我们能感觉到:当代诗的警觉器官,又一次打开了。

当然,"病态的跳来跳去"时间久了,总会露出点疲态,相对于"无尽的转化",要求回到日常、回到现实,要求某种美学及伦理上的凝定感,是近年来诗人群落中一种常见心态。哑石的写作同样取径世俗,同样有回归"安稳"的迹象,可他的"警觉"表现在,世俗生活尚不是一个可以自明的领域,不能简单依靠"俗"与"圣"的反差与混杂彰显自身。毋宁说,尘世中的诸般"化现",仍在我们现有的知识、情感、认知方式之外,其中的喜悦、难处抑或隐衷,并不那么容易被说清。这正如诗里写到的杜甫的不容易:

> 他的忧喜,比神所忧喜的,具体多了,
> 但也可能更严峻。现在看来,
> 修水筒,树鸡栅,写诗,为诗立规矩,
> 确实是他杜家的事,旁边真能
> 插上手的,并不多。……
>
> ——《水明楼》

哑石知道这项工作的严峻性以及趣味性,作为一项非规定的"自选动作",现当代诗的操作手册也没提供太多指南,所以才要耐下心来,耐心刻画场景、人物,尽量画痕清浅又不失层次,因为"雨过新痕,我们都懂得折磨的小分寸"。在一个"主要看气质"的时代(诗歌界也是如此,上进诗人比赛谁的侧影更"策兰"一点),哑石这样的作者,好像更愿意邋遢一些,只要内心的丘壑在,写诗不妨像趿拉着拖鞋,行走市井之间,不期然却走出一种新节奏:"爱民主、爱自由、爱缓慢的春笋"。(《插花艺术》)不同于"曲苑杂坛"里"咙咚咙咚呛"的鼓点,这样的节奏散漫、正派,"施施然",给出了当代诗中久违的人物感,以及根本就欠缺的社区性。在《喜鹊的眼睛》中,哑石像一个调研员带着我们走进一户单亲家庭,让我们看到"这么个人",访问她的履历和现状:钢铁企业即将失业的职工、天天为儿子操心煮饭的母亲,诗人开始考虑能为"这么个人"做点什么:

> 可以说,她能向社会输出的技能,
> 别人赠与她的,都相当陈旧。昨晚,
> 她看电视剧,上床前,进厨房,
> 从冰箱里拿出一捆竹笋,可能
> 被防腐剂泡过,现在该放进清水里……

如此聚焦一个人物,堆砌细节,却没有一丝的叙事性沉闷,哑石构造了一个透视性的、可感的场景,仿佛能让我们闻到"一捆竹笋"的湿润清芬,但"她能向社会输出的技能,/别人赠与她的,都相当陈旧",我感觉是极其沉痛的一句,其中的社会感知不只萦绕特定的阶层,这首诗的作者和读者,或许同样深陷其中。

我想诗人的警觉,让他绝无消费底层的意识和潜意识,"这么个人"其实也是许多个人,也包括你我在内,无论在私人及公共生活的变动中,还是在语言中,多数情况下是无法与时俱进的,也是不能被转化的。虽然"这么个人","对离了婚跑销售的/前夫不太在意,对疯川普能否/当选美国总统更不感兴趣",独自面对"似是而非"的困窘,但这其中的反讽需要玩味。"不太在意"、"不感兴趣",恰恰暗示"这么个人"其实也在历史变轨的巨轮之下,为她不在意、不明了的力量左右,她的困窘、她的似水流年,深深嵌入30年来"变轨"所形成的政经、文教结构之中,正像看不见的笼子,长在了鸟儿的羽毛之下。因而,与其说这是一首社会关怀的诗,不如说是一首充满社会理解力的诗。诗"能为这么个人"、能为同样嵌入各类纵横结构而不自知的我们,做点什么呢?

"装上喜鹊的眼睛"吗?给出一种诗意关照的方法,漾起内心隐秘的波澜,扫描并破解"*一片粼粼波光呢*"?这其中存在矛盾,明知"解决问题其实已经成了问题本身",墨水的哭泣换不来什么,在诗中怎能轻言救赎、豁免,安顿身心?诗或许是一只喜鹊的眼睛,清冽细长,能兴味盎然地捕捉、曲折入微地揭示。那换个角度看,"这么个人"的出场,也让诗不得不戴上一副眼镜:"这么个人"就呆在那儿,不被转化,也无法跟进,卡在私生活与公共历史的缝隙里,却能联动霞光与国际,仿佛提供了一个机缘,让笼子里的诗和人反观自身,警觉不已。

三

从某个角度说,对自我的关注及不断发明,是20世纪新诗留下的好传统之一。张枣在其构想的《〈野草〉考义》中,曾勾勒了缔造现代美学原则的"消极主体":空白,人格分裂,孤独,丢失的自我,噩梦,失言,虚无……"凡是消极的元素和意绪,都会促成和催化主体对其主体性的自我意识"。① 虽未明言,所谓"消极主体"是相对"积极主体"提出的,后者充沛、果敢,或歌颂自然、人类、情爱,或批判社会、愤世嫉俗,热衷社会及生活领域的革命试验。但无论消极颓废,还是积极进取,二者均在现代性构造之中,分享了同一个主体的"内面"。这个"内面"形成的前提,是与外部社会生活的疏远,"外部"往往是因袭的、腐败的、糟糕的现实,要不然,就是需用文艺和革命来转化、提纯的惰性存在。相对而言,"内面"则允诺了独立意志,道德真纯、身体敏感,以及汩汩自发的创造力、想象力。古典"人性"之说,配合20世纪唯意志文化的浪漫狂热,造就了现代文艺的一个内在之"谶"。套用钟鸣的说法,只有"极少数聪慧"的诗人,才凭借对语言与身心关系的不断调整,侥幸"避谶"。在这样的线索中,读哑石近作,他笔下"这么个人"——从即将下岗的单身母亲到无名网络操作员,再到广告公司老板,一帧帧市井小照,也总是伴随了"内心生活"的辨认:

> 许多次,他,挖掘自己,
> 同事下班了,这间独立办公室,
> 酝酿着一层薄纱般小神秘,
> 每个漩涡,投下了旧得簇新
> 的影子;……
>
> ——《低俗广告》

---

① 张枣:《秋夜的忧郁》,《张枣随笔选》,人民文学出版社,2012年,第118页。

不是轻逸高飞、无尽转化,而选择内向"挖掘",这决定了写作的基本氛围、势能。有意味的是,以俗世男女为道具,内向辨认(挖掘)的戏剧非由外铄,也与诗人们常常坚称的"内曜"无关,这一过程投下了不确定的阴影,在时代生活与伦理感受的交错中"内陷"而非"内面"地生成。二者的区别在于:"内面"预设了人我、主客的对峙,消极抑或积极,无非现代二元构造"投下了旧得簇新的影子";"内陷"则意味根本没有一个独立的、与外部区隔的"我","我"是在各种关系、各种业缘的相互纠葛中"漩涡"一般地生灭。这种螺旋内卷的构造,在这组诗中不止一次出现,《恍惚的绝对》写出了社区生活的典型经验、与人为邻的经验:下楼买烟、深思摇晃的"我",作为问题中人,也在经历内陷辨认的过程:

> 一个人,虔诚地经历生死,甚至遭遇
> 奇迹。这,不是啥子了不得的事。
> 不过,仔细想想,也还是有点惊天动地吧。
>
> 困顿之体忽忽新矣。想思考的事,
> 开始用水晶的几何结构凝聚潮湿。

怎么把日子过好,本身就是一桩严峻的事业,这是作者一贯的立场,"新我"从困顿中的醒来,同样显现为一种"内陷"的过程——"用水晶的几何结构凝聚潮湿"。但这一次,内陷的"我"不再是中心,也不再独自"挖掘",而是站到了一边,知道一切醒觉除了

"挖掘自己",还有赖他人引航。在电梯口,"我"遇到一对母女:

> 母亲已没腰身,小女儿葱绿三岁。
>
> 女儿笑盈盈说:"叔叔,要排队"
> 电梯轿厢嗤嗤响,施施然上下来回。
>
> ……我笑着和孩子排队,
> 泥壳般腰身,半个光锥,内陷,开始呼吸。

诗中"施施然"的节奏,配合电梯轿厢的上下,让人由衷地喜爱,俏皮中带着一种厚道的观察力和伦理感。俗世皮囊,不过都是"泥壳",最终要回收于自然的周转,但总有东西"旧地簇新",总归要有情地成型。母亲的构造已逐渐松弛、塌陷,女孩的"半个光锥",正在内陷中,也是内卷中,完成未来造型。我呢?我的几何结构呢?诗中的遣词、用意,隐约透露了哑石的佛禅修养。如果呼吸是"觉知"的法门,"内向(陷)辨认"就发生在了人我之间,这里的他者,不是文字中游泳的读者或知音,而是共同经历尘世"泥壳"般的有情。这是从大的方面讲,小的方面说,则是社区中的邻人,人我际遇不同,却可能嵌入相似的社会结构,在交互关系中"虔诚地经历生死",恰可以彼此辉耀、映射中造型。

在这里,内陷"觉知"已非"警觉",有了"反系统"之外更大的伦理意涵。《丙申猴年春分午后,与妻漫游温江近郊赏油菜花》是另一首处理人我关系的诗,范围从市井、社区、邻里,收缩到了家人:夫妇在油菜花地里穿行,又在梦中交谈,虚幻与实在穿插如套盒,在时光的波动、褶皱处,花蕊晃动出一个华严世界,其中的超级写真,精密到了令人炫目的程度:

> 蜜蜂,不时会在耳廓极近处,悬停,
> 阳光细细摩挲着油菜花花蕊
> 六根俊俏、挺立的雄蕊,非常对称,两根略低些
> 它们,簇拥淡绿的二心皮雌蕊
> 轻轻摇啊,头顶块块划艇状温热花粉——

花浪与嘤鸣的蜂群之中,你我在尘世相伴,梦中的交谈机锋不断:"一条江水,仿佛人世的苦痛不断上涨","某个人说:如果这江水有一丝丝回落,我就出家"。这些哑谜、这些妄语,基于人世艰辛的幽默体认,是共同"觉知"的体现。果然,这首诗最后写出了一个绚烂的琉璃世界——"春风金黄,蜜蜂嘤鸣。我们继续,花浪中巨轮般穿行",这样的世界,人我相伴,共渡慈航,显然早已在任何批评的范畴之外。

四

还是接着上面的话题,针对"跳来跳去"写法,有意纠偏已成当下诗界的一种暗潮。形式的有机、经验的整全、生命的启悟、想象力的尊严、人性之谐和,凡此种种,似乎赢得了越来越多的

赞同。这是否意味"消极主体"所规划的美学原则,已在普遍的反思之中,是否意味了"词的胜利"与"人性的胜利"之天平,已经稍稍倾侧于另一端。应当说,相较于前些年"底层"、"草根"、"打工"等社会性议题的介入,这一暗潮与当代诗的主要意识形态("反枯燥"与语言本体论)并无违和之感,所以更容易在严肃的写作者那里激起回响,但怎样挣脱"枯燥"之宿命,怎样不致协入"词"与"人性"之间的单调摆荡,仍是一个需要花力气才能想清楚的问题。

在当代中国的知识与情感状况中,所谓"人性的胜利",难免根植于内面之"我执","我执"又难免落入经验与超验、入世与出世、诗歌我与社会我、后现代式分解与浪漫主义之凝定的参差对照中,成为简化的存在。"病态的跳来跳去",可以在一定程度上于笼中"避讖",发展一种温柔的理解力,却不一定有助于独立人格的深度培植,乃至进一步壮大。由于缺乏"盈濡而进"的伦理支撑、认识支撑,"避讖"的消极内面灵动有余,却少了内在构造现实的能力,结果往往是,反而被孳乳其中的结构反向支配,吸附于各种流俗的哲学、美学原理,"通灵"沦丧、关联取消,仍是"枯燥"全面降临。

在这个意义上,哑石的特殊性,或许可以稍稍概括一下:他体贴人世,从锣鼓喧天转向节奏的"施施然",这似乎与诗界风尚同步,但区别在于,"内陷"而非"内面"的自我觉知,须得谢绝各类认知的、道德的、美学的正确原理,先从社会关系中困顿的身心着眼,本身就包含破除"我执"、避免"枯燥"的线索。一行在他的文章中提出,哑石与蒋浩的诗中并不缺乏判断,但区别于"道德性的好"、"美学的好",这种判断体现为一种"审慎的好",一种对各种状况、理由、情境、动机和原因的综合把握,"导向明智、现实感和对具体情境的关切"。我同意他的判断。

那么相对性呢?那种碎碎念的神经质语风,在这组近作中仍然存在,"语素关联"或"混搭措辞"等技术动作,仍然被熟练展演。但诗人好像找到了一种方法,从内部改造了相对性的技术,赋予了其一种认知时代生活的功能。作为一位深思熟虑的作者,哑石对于当今世界有极强的认识兴趣,有关"相对性"的体认,也不停留在笼统的精神层面,而能落实到社会、经济、家国、人心这样具体的问题脉络之中。在一篇与流行的后现代矫情论述商榷的文章中,他曾提醒中国诗人,应多考虑使用汉语的"在地性"问题,不必绕远儿先去思考东欧诗人(如米沃什、扎加耶夫斯基等)思考的问题,并在另一层面上翻转了相对性的理解,这与他后来写作技巧的改造,或许不无关联:

> 被欢呼了解构的、相对化了的"同质性",恍若一条泥鳅,一眨眼就成功脱身,并演绎出大不同于以前的全球"美元"换算和"符码"体系,不仅仅在经济、政治上,而且在新型的军事博弈中、对峙中,还有个人生命、文化经验的独特性和偶然性——大国崛起、极权和小市民社会的怪异铰合。[①]

---

① 哑石:《"后现代主义"与新诗关系简议》,《当代诗》第4期。

从个体生命到全球格局,这段文字提供了一个相对开阔的视域,后现代欢呼的"相对性",其实是一种更为灵活的"同质性"。如果说"笼子"的形象,多少还具有极权主义的压制、禁闭色彩,新的"同质性"本身已采用相对化的形式,以全球的货币流通与换算为强劲驱动,泥鳅一般光滑,跨越大洋,也跨越阶层和公私生活,"一眨眼"就关联了一切、支配了一切,造就了"怪异铰合"的本地现实。某种意义上,这亦即现代性的"脱序"逻辑。在文学写作中,用钟鸣的说法,"所谓脱序,就是让一般和逻辑的意象和比喻,在诗里归到更深的综摄上去",这潜在支持了俄耳甫斯式的象征诗学,在纯粹的声音世界中,万物可从日常关系中解锁出来,获得重新的组织、转化;在资本的流动中,"脱序"意味了一切坚固的烟消云散,不同地方的经验、价值,可以在全球的货币、符号体系中重新换算。泥鳅一样的相对性,由是获得了一种贯穿精神和物质的总体性,"脱序"之后的纵横网罗,野蛮又文艺,已静悄悄把世界重新装了进去。

在这样的总体性情境中,"警觉"的诗人如何应对?在诗中批判、嘲骂、屈从、对抗,这些热闹而枯燥的东西太多了。"跳来跳去"的写法,其实不止于被动"避谶",反而可能是主动出击、一种游击性的战略,在混搭、穿越、周旋中,去追踪、辨认那泥鳅一般的相对性(总体性),去构架那内陷于时代的觉知。《早高峰》一诗,就处理了金融、投资一类话题,哑石在大学里讲授财经数学,对此有点热衷也是常理,以前就有《股市进行曲》、《风雷救世曲》等写作。在这首诗中,出现了一个"云手"的意象,或许暗指

金融市场的进退博弈,而"云手顺藤摸瓜的借势",与语言内部的无穷转化何其相似:

> 记得不久前,螺丝壳形状的公寓里,
> 一群通灵者,骑着电鳗,详细
> 分析过亚投行及云计算如何分解烟草
> 种植者的在地利益;……

"螺丝壳"不过是新道场,"通灵者"换做另外一群"知音",电鳗亦即"泥鳅"的亲戚,一样地光滑、一样地串联。国家战略与大数据统计云蒸霞蔚,构成了个体生存的缤纷背景。在地铁上,"新兴产业无名网络操作员"就吃惊发现:

> ……邻座的皮裤女,
> 身体的绿藤,挂着两条闪亮蜜瓜,
> 埋首手机,唇间白雾,瞬间就能
> 软化屏幕:她的云手,和你纠缠在一起。

这首诗极具魅惑,"热媒体"时代感性丰沛,让人恍惚回到丛林时代,"歌唱心灵与感官的热狂"。身体与云雾的纠缠,其实也顺势推转出了政治经济学的总体判断,混搭、转换的想象力本身就是一种认知能力、一只"云手",将娑婆世界中的力量和线索牵动,揭破人我之间盘旋生长的巨型支配。

在《笼子里的鸟儿和外面的俄耳甫斯》结尾，钟鸣曾意味深长写道："既然只有声音是自由的，那又何必去管身体被囚禁在何处呢。"这是张枣暗示给我们的、典型的俄耳甫斯式的知识——用甜美的音势，来消融固化的历史，在歌声中将万物转化：

> 小雨点硬着头皮将事物敲响：
> 我们的突围便是无尽的转化。
>
> ——《卡夫卡致菲丽丝》

然而，在张枣的诗中，"无尽的转化"又必然是悲剧性的，"突围"就是囚禁，声音也是幻影，抱入胸怀的必然是"焦枯的鲜花"，一切仍在笼中。20多年后，当笼子的版本不断升级，已成无边蒸腾之势，要在笼中保持持续的警觉，俄耳甫斯式的知识已不敷使用。在"跳来跳去"的同时，搞清楚身体囚禁在哪里，卡在何种漩涡状的社会结构里，并致力于身心的壮大，或许已是一个必要的"自选动作"了。其实，在《水明楼》一诗的结尾，哑石已暗示了这一点——"就像深水中，一头鳟鱼，用力稳住身躯"。

本文原载《诗蜀志》（2016年卷）

个人化历史想象力:在当代精神史的构造中

2014年10月末,陈超纵身一跃,离开了这个世界,他的诗学文集《个人化历史想象力的生成》恰好同月出版,仿佛一份特别的诗学遗产,被郑重地留了下来。"个人化历史想象力"这一提法,更可以看作他20多年来诗歌批评、诗学思考的结晶,既指向了先锋诗歌既往历史的总结,又与一种寻求"价值支点"的努力相关——"我试图以'个人化历史想象力'作为这个支点,为当代诗歌的写作和读者的知觉,提供某种理论力量"①。在历史的追溯与前景的瞻望之间,或许可以说,"个人化历史想象力"不是那类可以自圆其说、可以轻快写进诗歌史里的概念,它的内部包含了难度,甚至包含了某种隐忧和负重之感。面对这份沉甸甸的遗产,要真正接过它的分量,简单的

---

① 陈超:《后记》,《个人化历史想象力的生成》,北京大学出版社,2014年,第414—415页。

褒奖或重述,是远远不够的,能否在纵深的视野中,检讨它生成的脉络,体察内在的诉求和紧张,并进一步思考怎样激活它的可能性,或许更为关键。特别是在新世纪热闹的诗歌现场,所谓"个人化历史想象力"自身已略略显出疲态、又试图有所挣脱的时候。①

一

所谓"个人化历史想象力",依照陈超在《后记》中的概括,"约略指诗人从个体的主体性出发,以独立的精神姿态和个人的话语修辞方式,去处理具体的生存、历史、文化、语言和个体生命中的问题,使我们的诗歌能在文学话语与历史话语,个人化的形式探索与宽广的人文关怀之间,建立起一种更富于异质包容力的、彼此激发的能动关系。"②看得出,这一概括具有"综合指认"的特征,指向了写作的主体姿态、题材范围、修辞风格、人文视野等多个方面,核心命意是强调"个人"与"历史"之间的有效关联。熟悉当代先锋诗的读者也知道,这一概括不是在某种诗学"原理"的层面提出的,而是基于上世纪90年代诗歌特定的历史经验。对此,陈超也有清晰的说明:"大约1993年以后",相对于

---

① 2013年初,借评述几位当代诗人的长诗写作,我曾在《历史想象力如何可能:几部长诗的阅读札记》(《文艺研究》2013年第4期)一文中试着对上述问题有所回应,但当时匆匆忙忙,只罗列了几点观感,未及展开。

② 陈超:《后记》,前揭,第414页。

80年代"日常生命经验型"和"灵魂超越型"以及90年代初"有效写作的缺席",当代先锋诗歌的想象力出现了"重大嬗变与自我更新","个人化历史想象力"的诸般特征开始出现,并很快"由局部实验发展到整体认知"。

以一种简化的类型学方式,勾勒80—90年代先锋诗歌想象力的"转型",这一描述与我们熟知的"90年代诗歌"的生成叙述大致重合,"个人化历史想象力"作为一种"简洁的综合性指认",也大致涵盖了当年一系列流行说法指称的内涵,如"知识分子写作"、"个人写作"、"民间立场"、"中年写作"、"中国话语场"等等。① 说起"90年代诗歌",这个曾经引发诗坛激烈论争的批评性概念,如今已在诗歌史上牢牢坐实,成为一个特定时期的"类型"概念。可以注意的是,现有"90年代诗歌"的讨论,仍大多着眼当代诗的内部线索,集中在相关风格、表述的梳理和辨析,但对于支撑"90年代"的特定社会条件、思想氛围,尚缺乏比较深入的考察。在一次演讲中,诗人西渡就谈到了这个问题,他认为如果不了解当时的社会背景,"我们就不知道'90年代诗歌'为什么是这样,它是怎么发生的"。事实上,这不仅会妨碍对"90年代"的完整认识,也会妨碍当代诗自我意识的成熟、拓展,因为"社会背景"的缺失,会导致当年一系列写作方案的抽象化,可以脱离具体的历史情境成为自明性的"原理"。这样一来,自我反

---

① 陈超:《先锋诗歌20年:想象力维度的转换》,《个人化历史想象力的生成》,第11页。

思的契机很容易被错过。

根据自己的亲身经验,西渡还将"90年代"的起点提前至了1989年,特别强调1989—1992年这一早期阶段的重要性——"这个阶段的写作一直是被遮蔽的,在现在的'90年代诗歌'研究中几乎完全被忽略"。① 1989年与1992年,这两个年份在当代中国的重要性自不待言。短短两三年之内,先锋诗歌的圈子里发生了什么?诗人普遍经历了怎样的震荡?个人的写作在怎样的脉络上延续或转换?不少诗人的自述、回忆,都会涉及到这样的话题,一般会谈到的包括海子、骆一禾、戈麦等友人的故去。仅凭这些只言片语,我们尚不能重建一个时期的诗歌现场,但大体还是能感觉到,在周遭的历史变动中,一些方式被猝然打断,另一些方式随之开启,新的能量也在悄然聚合,像常被提及的"90年代"的发轫之作,其实大多写于1989—1992年之间。② 1993年以后,与其说以"个人化历史想象力"为核心的"90年代诗歌"开始浮出地表,毋宁说代表性的诗人诗作,已进入了公开的发表、出版和自我叙述的阶段。③

---

① 西渡:《"90年代诗歌"回顾与反思》,张志忠等编《走向学术前沿:"中国现当代文学学科前沿"系列讲座》,武汉出版社,2012年,第199、219页。

② 如王家新《帕斯捷尔纳克》(1990),欧阳江河《傍晚穿过广场》(1990)、西川《致敬》(1992)、于坚《0档案》(1992)、臧棣《在埃德加·斯诺墓前》(1989—1990)、萧开愚《国庆节》(1989)、孙文波《地图上的旅行》(1990)等。

③ 西渡在演讲中提到1993年底由韩作荣出编的《诗季》出版,可以看作先锋诗歌在90年代最早的公开出版物,随后由闵正道主编的《中国诗选》1994年由成都科技大学出版社出版,90年代的核心诗人几乎悉数亮相,它同时刊出的四篇诗论:朱大可的《先知之门》、臧棣的《后朦胧:作为一种写作的诗(转下页注)

包括西渡在内,强调1989—1992这个"初级阶段"的重要性,目的不是要为"90年代诗歌"确定一个准确的时间起点,而是说"90年代诗歌"乃至"个人化历史想象力"正是生成于80—90年代之交"历史的剧烈错动"中,与"错动"带来的犹疑、反省、再发现之能量有关。从更大的视野看,"错动"不只表现为中国"改革"进程的颠簸,伴随了"苏东"剧变的发生,整个世界也在这个窗口时期经历了结构性转向。借用历史学者的表述,这是所谓"短的20世纪"的终结时刻,80年代中国社会及文化领域的发生激变,不过是这个飞扬的、革命的世纪的尾声。② 换言之,"90年代"不仅开启了中国"改革"的新阶段,也是冷战结束之后世界史的一个新阶段,包括"90年代诗歌"在内的一系列文化现象,或许也可以放在这样的历史前提下进行透视性的观审。

臧棣写于1989—1990年间的组诗《在埃德加·斯诺墓前》,被西渡认为是"代表了90年代初期诗歌写作的一个高度","也

(接上页注)歌》、欧阳江河《89后国内诗歌写作:本土气质、中年特征与知识分子身份》、王家新的《回到四十个问题》,后来成为"90年代诗歌"批评的一个持续的话语来源。(西渡:《"90年代诗歌"回顾与反思》,张志忠等编《走向学术前沿:"中国现当代文学学科前沿"系列讲座》,第211页)可以补充的是,这一辑《中国诗选》中刊发的90年代经典诗论,还包括西川《答鲍夏兰、鲁索四问》;陈超也发表了两篇诗论,一为开卷诗人沙光的评论《有方向的写作》,一为《从生命源始到天空的旅程》。

② 霍布斯鲍姆在《极端的年代》一书,将20世纪看成是一个"短促的世纪",即从第一次世界大战爆发起,到苏联解体为止。对这一问题的讨论,也可参见汪晖《去政治化的政治:短20世纪的终结与90年代·序言》,生活·读书·新知三联书店,2008年。

是那个年代最有雄心的写作",这组诗试图所完成的,恰恰是要一次性地处理"20世纪所有那些激荡过人们的重大主题",如青春、革命、爱情、真理、美和爱、诗与历史、理智与幻觉、人性与权力:①

> 亲爱的先生,有时我想我能
> 把一个年轻的世界扶上花园里的秋千
> 只要狠命一推,我们俩就可以
> 听到树枝内在的嘎嘎声:像地狱里转动的门轴。

在后来的访谈中,臧棣谈到这首诗的基本场景,是"一个人与他在成长过程中所受到的历史教育之间的对话","写完这首诗后,我能感觉自己获得了一种心境,似乎从此以后,历史对我个人而言不再构成一种压抑的力量"。将一个"年轻的世界"(世纪)送上秋千的时刻,也正是与这个"世界"(世纪)可以分离、对话的时刻。与斯诺对话的"我",似乎洞悉了这个年轻、激进世纪内部的暗黑法则,同时也开始懂得享受秋千之上的失重、轻逸。他所提到的"历史",对自我构成压抑、同时也构成了教育的"历史",说白了指的就是20世纪——由"斯诺们"书写过的、由"红星照耀"过的20世纪。这组90年代初期的代表之作,将丰沛的历史沉

---

① 西渡:《"90年代诗歌"回顾与反思》,张志忠等编《走向学术前沿:"中国现当代文学学科前沿"系列讲座》,第206页。

思注入抒情独白之中,显现了"个人化历史想象力"最初的清新和宽广。在某种意义上,这组诗也可以读作一部"告别"之作,"告别"的方式并非与历史的断裂,更多是一种"对话"中的重述,沉甸甸的 20 世纪在被"扶上秋千"之后,也消除了它的沉重、专断——正如臧棣所言:"历史对一个人来说可以是一件乐器,而语言就像紧绷绷的丝弦那样。"①

将"历史"重述为一种语言的机遇,"告别"之感或许源于个人的成长经验,但诗行中如黄昏暮色一样弥散开来的历史感受,却并非偶然地同步于 20 世纪的"终结",非常值得进行结构性分析。在此一阶段其他诗人的笔下,我们也能读到类似的告别感受,包括哪些读者早已耳熟能详的段落,诸如"终于能按照自己的内心写作了/却不能按一个人的内心生活"(王家新《帕斯捷尔纳克》);"我不知道一个过去年代的广场/从何而始,从何而终/……/我不知道还要在夕光中走出多远才能停止脚步"(欧阳江河《傍晚穿过广场》);"曙光,这是我们俩的节日,/那个自大的概念已经死去,/而我们有这么多活生生的话要说"(萧开愚《国庆节》)。当然,在不同的写作者那里,与历史"告别"或"对话"的方式迥然不同:或追求"金蝉脱壳"式的语言解放,舒展写作技艺柔软的翅翼;或尝试一种不洁的、容留的诗歌,以碎片化、寓言化的诗体对应泥沙俱下的

---

① 臧棣:《假如我们真的不知道我们在写些什么……——答诗人西渡的书面采访》,《山花》,2001 年第 8 期。

世俗现实;或参照20世纪欧洲的诗人系谱,在见证、担当的意义上,确立凝重而不无感伤的自我形象。无论怎样,一个前提是被分享的:当激越的、宏大的历史已成过往,一个严肃的作者有必要在它漫长的投影中,在尚不确定的知识和情感状态中,重建自己的生活和写作。

二

这是先锋诗歌人文气息最为浓郁的时刻,也是"个人化历史想象力"凝聚、塑形的时刻,校正写作和历史的关系,成为此一时期最突出的主题。一般而言,这种变化会被放在80与90年代的反差中去论述,但如果将80年代看作是一个世纪的尾声,那些被修正的种种"自大的概念",无论是启蒙的、经世的文化幻觉,还是夸张、浪漫的自我神话,也包括纯粹的文学自足想象,其实都可以在革命的、飞扬的、创造的20世纪中,去寻绎其生成的脉络。因而,诗人在历史面前的姿态调整,与90年代初期人文思潮和知识方式的转变,具有相当的同构性,这其中也包括反思激进主义的思潮。所谓反思激进主义同样兴起于1989—1992年间,这股思潮同样与历史顿挫时刻的痛切感知相关,又不断与"反极权"、"反乌托邦"的自由主义论述、与强调渐进价值的保守主义立场相互激荡,并得到推崇多元、差异的后现代理论的支撑,颇为强劲地支配了90年代初期思想氛围、感受氛围。后来,这股思潮固化为相对较为僵硬的"反激进"、"反革命"姿态,但最初以一种非对抗的方式(暗中呼应了谋求稳定发展的国家论述)转向对20世纪历史和思想的重新检讨,重新寻找有效知识方式、思考方式,这种要求也开启了90年代学术思想的进程。

先锋诗人的群体并不居于人文学界的中心,但浸润于同样的历史感受,或主动或被动地,也分享了相似的知识资源。仅以陈超为例,在他的批评与诗学论述中,对于"极权"话语、乌托邦叙述的抵制,就是贯穿始终的内在线索。在接受李建周访谈时,他曾介绍自己所接受过的资源,特别提到波普尔的《历史决定论的贫困》,它"对我的世界观的改变是致命的,就像小说《一九八四》和《动物庄园》对我的致命性影响一样"。[①] 陈超的阅读始于1987年,但不能忽略的是,波普尔、哈耶克以及陈超引述过的伯林等人的著述,对于90年代初的反思激进主义、自由主义思潮,起到过极其重要的助推作用。在另一篇文章中,他又援引了利奥塔"元叙事"危机的后现代理论,强调"对乌托邦叙事的消解,是20世纪以来思想史、哲学史、文学艺术史上的重大事件,其持续性影响至今未曾消歇"。这篇文章讨论了辛波斯卡(波兰)、赫鲁伯(捷克)、布罗茨基(俄国)这三位诗人"对人的生存境况的勘探和命名",置身于欧洲"铁幕政治的笼罩下",这三位诗人的写作无疑都具有"反极权"的色彩。[②] 以苏联、东欧的诗人为参照,

---

① 陈超:《回望80年代:诗歌精神的来路和去向》,《个人化历史想象力的生成》,第389页。
② 陈超:《乌托邦和圣词的消解》,《个人化历史想象力的生成》,第56—58页。

来凸显"铁幕"之下写作面临的压力和展现的可能,也是90年代以来部分诗人热衷的话题。在这样的引征、表述中,不难读出90年代知识风气、历史感觉与文学理解之间的相互印证、激荡。从具体的作品来看,90年代一部分诗人的写作,也的确从个人的、情感的、日常的、稗史的视角,触及到了20世纪激进文化的剖析以及体制性权力的批判,如陈超在书中重点论及的于坚《0档案》、王家新《回答》等。即如臧棣的《在埃德加·斯诺墓前》,它几乎处理了"20世纪所有那些激荡过人们的重大主题",似乎也可以放在这样的氛围中去阐释。

在反思激进主义的氛围中,90年代初期人文知识界的另一取向,即所谓"思想"与"学术"之间的区分与消长。出于对80年代"新启蒙"知识方式的修正,一部分人文与社科领域的知识分子倾向于在严谨、规范化的知识生产中,重新调整自身的学术角色。这种调整与社会结构的科层化与知识生产的全球化进程息息相关,而韦伯"以学术为志业"的论述,则提供了一种具有感召力的伦理姿态。① 在90年代初的诗歌意识中,其实也可观察到类似的趋向,这表现在诗人对"写作"、"技艺"、"语言"的普遍热衷上。当然,将自由、自主的主体性想象,寄托于语言可能性的探索中,这一直是先锋诗的内在驱力,但当"作为一种写作的诗

---

① 汪晖发表于1997年的长文《当代中国的思想状况与现代性问题》在一开头,就提到了90年代初的这种专业化、职业化取向,与国家改革步伐的加快以及知识活动日益全球化等因素,"共同创造了一种不同于1980年代中国知识界的文化空间"。(《去政治化的政治:短20世纪的终结与90年代》,第60页)

歌"的观念在90年代初被提出,"先锋"便不再只是一个霸道的、极端的、自我挥霍的立场。① 它还应与一种对限度的认识、一种工匠式的专业意识与责任精神相关,对于写作的行为而言,审美的洞察力和文本的完美性也变得十分必要。在这个意义上,将"以学术为志业"改换成"以诗歌为志业"并不困难:在前者的逻辑中,符合规范的专业化研究,正因保持了"价值中立",才会更为有效地与现实发生责任性的关联;在后者的允诺中,正是在充满活力的、不及其余的语言探索中,生存的意识和历史的状况才得以被有效呈现。②

1997年1月,赵汀阳、贺照田主编的《学术思想评论》第一辑以"从创作批评实际提炼诗学问题"为题,集中刊发了西川、程

---

① 在一次访谈中,张枣提及对同代诗人的观感:"在我们的创作中,还是有某种很霸道的东西。它可能就表现为某种极端,哪怕是一个温柔,也是一种极端的温柔。"参见《访谈三篇》,颜炼军编《张枣随笔选》,人民文学出版社,2012年,第201页。

② 在写于1994年的《后朦胧诗歌:作为一种写作的诗歌》中,臧棣对于80年代先锋诗歌的行为主义、即兴主义作风提出了批评,认为类似的方案"缺少一种关于写作的限度感",他特别强调了在写作中"技艺"是"遏制蜕变的唯一的力量","在我们所卷入的'与语言的搏斗中',技巧是唯一有效的武器","诗歌写作的道德在于使人只能把他的内心世界织进语言的肌体。当然,写作的道德困境也在于此"。从某个角度看,在臧棣所提出的"作为一种写作的诗歌",既包含了先锋性的语言实验立场,同时也包含了对写作专业伦理的认知,构成了90年代初先锋诗歌自我意识的一次完整表达。(参见闵正道编《中国诗选》,第349—351页,成都科技大学出版社,1994年)在陈超的表述中,这样的关联表现为"我说"与"语言言说"的结合,前者是"对本真的生命经验的揭示",后者表现为"诗歌话语自身的魔力",而具有特殊感受力的"语言言说","会超越本身而自动地'吸附'我们未知的存在"。(《论元诗写作中的"语言言说"》《危险而美妙的平衡》,《个人化历史想象力的生成》,第343、345页)

光炜、肖开愚、欧阳江河、王家新、唐晓渡的文章,这组文章后来也成"90年代诗歌"批评话语的一个来源。① 在这本专门讨论学术史、学术方法的辑刊上,诗人批评家的文章自然十分醒目,但并非游离于"八十年代到九十年代的学术"、"不含规范的道德是否可能"等其他的专题讨论之外。在一篇专门撰写的书评中,孙歌细致读解了这几篇诗学文章,且特别指出诗人与学者在90年代面对了共同的问题,他们选取的策略、资源也不乏交集与共鸣:

> 在没有绝对标准的状态下思考并且负责任地面对生活中的一切变动和不确定,而不是简单地否定掉和破坏掉一切。正如同肖开愚在强调"中年写作"的时候所说的那样,"停留在青春期的愿望、愤怒和清新,停留在不及物状态,文学作品不可能获得真正的重要性。"诗歌写作如此,整个知识界又何尝不是如此?在《学术思想评论》的阐述、争辩和公开讨论中,我依稀看到一幅知识分子跨越专业藩篱而进行深层合作的动人图景:缺少这种合作,我们如何面对当今

---

① 这组文章包括西川《生存处境与写作处境》、程光炜《90年代诗歌:另一意义的命名》、肖开愚《九十年代诗歌:抱负、特征和资料》、欧阳江河《当代诗的升华及其限度》、王家新《奥尔菲斯仍在歌唱》、唐晓渡《"五四"新诗的现代性问题》。陈超在文章中也提到,他在90年代中期的两篇文章中已提出"个人化历史想象力"的概念,其中之一就是发表在《学术思想评论》第二辑上的《现代诗:作为生存、历史、个体生命话语的特殊"知识"》(《个人化历史想象力的生成》,第18页,注释1)。

"思考而又找不到参照系"的复杂世界?我们又如何勇敢地面对自己的迷惑?①

在共同的时代处境中,诗人和学者似乎分享了某种"态度的同一性",文章呼吁打破专业藩篱的实践可能,而在"依稀看到"知识界与诗歌界的互动图景中,90年代的先锋诗虽然被新兴的消费文化、新兴的文化与知识体制挤到了一边,但恰恰是"边缘"位置上的调整,带来了内在的紧张和针对性,也带来突破自身限制、直面共同精神困境的联动可能。这个时期的"90年代诗歌"不仅人文气息浓郁,而且充满活力,作者的写作意识相对饱满,拓展了一系列处理现实经验的灵活技艺。

遗憾的是,孙歌所提出的"跨越专业藩篱而进行深层合作的动人图景",并没有持续发生在先锋诗坛与人文知识界之间,"态度的同一性"只能是一种脆弱的"同一性"。90年代中期以后,中国社会的变动更为剧烈、更为内在,关于"改革"方向与市场功能的争议,引发了激烈的争论,对当下社会状况及深层历史结构的思考,也在多个层面上展开,但这样的争论和思考,更多从人文思想领域转向社会经济与政治的层面,先锋诗坛当然外在于这一过程,不可能追赶日新月异的学术更新。事实上,如何在花样翻新的语言实验中消化"历史突然闯入"的经验,如何应对诗坛内部即将爆发的冲突,如何不断解说自身写作方案的正当性、

---

① 孙歌:《论坛的形成》,《读书》,1997年第12期。

经典性,已让诗人们无暇分心。

与此相关,"个人化历史想象力"形塑于90年代初的历史感觉之中,对于乌托邦话语、宏大叙事等的反动以及个人对历史的担当意识,成为其不可或缺的前提("其持续性影响至今未曾消歇"),但换个角度看,该想象力也似乎长久受制、牵绊于上述感觉和前提。自90年代中后期开始,当"叙事性"、"反讽意识"、"及物性"成为流行的标签,"个人化历史想象力"似乎也常态化了,包括见证、担当的人文立场,以及语言与现实之间微妙的"张力平衡",也在诗人和批评家的把玩中,趋于一种不断自我重申的姿态。当然,有关"90年代诗歌"的批评后来也不断出现,除了从所谓"民间"立场出发,对部分诗人的人文姿态进行丑化外,不少批评也指向了"叙事"、"及物"一类策略的常态化。需要注意的是,"常态化"并非由于先锋诗坛缺乏突破的愿望,缺乏与变动现实建立关联的动力,相反,经历了90年代的洗礼,这已经成了不同诗歌旨趣的基本公约数。① 要检讨"个人化历史想象力"的内在磨损,在修辞惯习的指摘之外,更应注意制约该想象力的历史前提,在80—90年代特定的历史感觉中,甚至在当代精神

---

① 新世纪以后,社会矛盾加剧,公共议题凸显,文坛上也出现了反思纯文学的浪潮,90年代以来先锋诗歌的表意方式自然也在批评范围之内。有批评家依据延续社会批评、道德批评的惯习,指摘先锋诗人陷入封闭的语言游戏,缺乏现实的关怀。这类批评十分粗暴,根本不去注意先锋诗歌的"历史想象力"恰恰是在介入现实、处理现实的过程中"去历史化",问题不在面对现实的姿态,而是姿态背后的感受和认识"装置"。由于不能把握这一核心困境和难题,类似的批评并无多少建设性,结果不过一次次固化社会伦理与诗歌伦理的分化。

史的构造中,去分析它的起源性"装置"。

三

作为一个诗学概念,"个人化历史想象力"或许显得过于宽泛,可以拆卸下来的三个"组件"——个人化、历史、想象力,均未有非常清晰的界定。其中,"历史"在多数情况下可以和"现实"、"处境"相互替换,90年代诗歌批评引入"历史"的目的,在于打破"纯诗"的封闭,而在不同的诗人和批评家那里,"历史"的含义也不尽相同。至于"想象力",在浪漫主义诗学、哲学传统,本是一个十分核心概念,与超越理性与感性二元分裂的整体性认知能力相关。但在90年代诗歌语境中,"想象力"也仅仅泛指了诗歌特殊的感受力、处理经验的能力,亦即"诗人改造经验记忆表象而创造新形象的能力"。① 相比之下,"个人化"与90年代的"个人写作"、"个人诗学谱系"、"历史的个人化"等论述,似乎有更直接的关联。在这些论述中,鼓吹"个人"往往是为了强调写作风格、路径的多样性、差异性,"个人"是相对于集体划一的姿态而提出的,这既指向了毛泽东时代遗存下来的话语模式,同时也针对了90年代新兴大众文化、商品文化的"集体狂欢"。② 然而,究竟何为"个人"? 应在何种社会结构和思想脉络中把握其

---

① 陈超:《个人化历史想象力的生成》,第1页。
② 参见陈均:《90年代部分诗学词语梳理·个人写作》,王家新、孙文波编《中国诗歌:九十年代备忘录》,人民文学出版社,2000年,第396—398页。

内涵?"个人"的差异背后,是否暗含新的集体同一性?当时的诗人和批评家并未太多仔细考虑。

对此,陈超也没有专门讨论,但一些看似背景性的描述,却提供了可以进一步追问的线索。在《从"纯于一"到"杂于一"》、《"反诗"与"返诗"》等诗人评论中,他非常自觉地在20世纪中国的思想进程中,建立起先锋诗的历史连续性:

> 从精神来源上看,朦胧诗与第三代诗一方面与外国现代、后现代诗的影响有关,另一方面又与曾被中断的早期"五四"精神"立人"传统有关。借用伯林的概念,二者不同的是,朦胧诗走的是鲁迅郭沫若式"积极自由"的立人道路,弘扬人的主体精神,追寻预设的目标,宣谕社会理想;而第三代诗走的是胡适周作人式的"消极自由"的立人道路,在自明的个体生活(和写作)领域里,做自己愿做的事,尽量免受各种各样的权势所干涉。……但总的看,他们之间的差异性又统一于在具体生存语境中"立人"这个总背景。①

这一段粗糙的"背景"描述,杂糅了多种话语因素,上接"五四""个人的发现"之传统,下接80年代的主体性论述,并结合周氏兄弟的比较,以及自由主义的理论资源(伯林的两种"自由"

---

① 陈超:《从"纯于一"到"杂于一"》,《个人化历史想象力的生成》,第95页。

论),穿越20世纪的时空,将"五四"对接80年代,一种典型的"新启蒙"逻辑也体现其间。"第三代"虽然造了"朦胧诗"的反,"积极自由"被"消极自由"取代,但当代先锋诗的两个阶段是相互衔接的("穿过"而非"绕过"),离不开"立人"这个大命题、总背景。

"新启蒙"穿越与对接的逻辑,极具符号性的感召力,无形中却也消弭了历史语境及诉求的差异。如果说"五四"时代,"立人"的命题针对了传统社会伦理秩序对个体的束缚,试图在血缘、地域、家族的网络之外,重建一种能动的"群己"关系;那么在朦胧诗发起的年代,"一代人"的觉醒不仅与"人道主义"、"改革开放"、"走向现代化"同步,[①]而且包含了一个非常重要的对抗性起源,即"与蒙昧主义、现代迷信和文化专制相对立"。"蒙昧"、"迷信"、"专制"的标签,看似出于笼统的传统批判,但实际所要拒斥、所要丑化的,或许是20世纪激进的文化与政治。在接受访谈时,陈超也曾现身说法,大致描述了70—80年代"个人"之再发现的时代氛围,包括《中国青年》上影响广泛的潘晓讨论"人生的路为何越走越窄",在这样的氛围中:

> 那些被认为不响亮、不符合主流观点的东西,在比较有头脑的青年心目中恰恰是独立的、向上的。他们觉得生存现实被异化了,希望它好起来,而不是去粉饰它、去唱高调,

---

[①] 陈超:《"反诗"与"返诗"》,《个人化历史想象力的生成》,第141页。

这才是一种积极健康的现代人心态。①

所谓"比较有头脑的青年",一面昂扬、进取,一面又不免虚无、困惑,与周遭现实保持异在的紧张,对于"主流观点"代表的大历史、大叙述、大结构,更是保持疏远、对抗的姿态。这一经典的"个人"造型,其实与社会主义时代积极进取的"新人"形象多少有些关联,但又是呈现于一种历史的"颠倒"中。这一"颠倒"不仅表现为从"集体"到"个人"、从"理想"到"世俗"、从"大我"到"小我"的转变,更关键的是,"颠倒"的过程其实深深地为原有的逻辑所规定,呈现于看似挣脱、实则牵绊的精神构造中。

对于这一特殊的精神史构造,当代学者贺照田在分析"潘晓讨论"的著名长文中,有非常细致深透的梳理。依照他的分析,毛泽东时代号召人们在一种大结构、大问题中安排自我,获得崇高感、使命感,但对日常生活中个体身心的安排,缺乏合理的思考,没有在个人、日常生活与大结构、大历史之间建立一种富于活力和生机贯通的关联机制。有意味的是,80年代以后,集体主义、理想主义的"不足",又以"摆荡到一端的样式存在着",人们又习惯于"去结构"的眼光,把个体日常、身心的问题都认定为本然的状态,而不再从一种结构性的关系中去理解,这造就了当代虚无主义的一种起源,使得亢奋的个体不能将对大历史、大政

---

① 陈超:《回望80年代:诗歌精神的来路和去向》,《个人化历史想象力的生成》,第389页。

治的关怀,融入日常生活的实践,不能在与他人的共通关联中获得充盈的个体形态。① 从这个角度看,问题不在于"大历史"、"大结构"的反动,而是"个人"与"历史"始终被看作是相互外在的实体,始终缺乏一种有效的组织性、结构性安排,一种去结构、脱脉络的当代个人化"装置"便由此形成了。②

回到先锋诗的话题,在80—90年代多种写作取向的背后,都能辨认出上述个人化"装置"的作用。按照陈超的说法,朦胧诗以另一种"大叙述"来对抗"文革"时代的"大结构"、"大压抑",第三代诗人则回避这种精英话语,致力于"揭示出被整体话语的大结构所忽略的,日常生存细碎角落里的沉默或喑哑的生存'原子'"。③ 两种方式看似对立,所"立"之"人"也大有不同,但不管"积极"还是"消极","个人"与"大结构"之间或对抗、或疏离的二元模式也未变。颇为吊诡的是,在"个人"面前,大结构、大叙述往往显现为一种压迫性的存在,但二元模式并不一定总是对抗

---

① 贺照田:《从"潘晓讨论"看当代中国大陆虚无主义的历史与观念成因》,《开放时代》,2010年第7期。
② 扩张来看,无法安放个人的危机,个人与历史之间的结构性不足,并不单纯与革命年代的挫折相关,在一定程度上延续了晚清以降一系列"新民"、"新青年"、"新人"方案的困境,当修齐治平的传统逐渐瓦解,"国"与"身"的贯通性被中断,私德与公德分别对待,"被发现的个人"也不断被放置于"大历史"、"大结构"、"组织"关系中去鼓吹,将外在框架内化为自我的超越结构,但怎样在一种更复杂、更有层次性的社会伦理关系中去安排新的"个人",一直是个没有解决的问题。虽然化私为公的设计与扬弃个人的集体主义实践也一直存在,但因为遭遇了重大历史挫折,在80年代这些历史经验作为"主流观点"已很难获得广泛认同,直到20年后随着左翼思潮的复兴,才作为一份重要的20世纪资源,才重新"摆荡着"回到了人们的视野中。
③ 陈超:《"反诗"与"返诗"》,《个人化历史想象力的生成》,第141—145页。

性的,分离的二元也会以"摆荡到一边"的方式。比如,还是按照陈超的类型划分,在朦胧诗之后,先锋诗除了"日常书写"的类型,还有一条"灵魂超越"的路径,一个"崇低",另一个"崇高",效果都在甩脱"主流观点",开放当代诗的广阔前景。如果说在"崇低"的路径中,对日常生活的书写自动包含了对"大结构"的抵拒,①那么在"崇高"的路径中,"灵魂超越"恰恰不是回避大结构、大叙述,而是在更为宏观的形上境界、文化原型或语言本体论的层面,去构造新的大结构、大叙述,去展现个体自由意志的可能。

在这样的"摆荡"中,重置的大结构、大叙述,剥离了意识形态的内涵,但对"个人"的作用仍完全支配性、吸附性的,两端之间充满了紧张,可为激情贯穿,但到底包含怎样复杂的层次、要经过怎样的中介,并不需要诗人的想象力来负责。在这方面,海子的名作《祖国(或以梦为马)》十分典型,这首激情澎湃的诗作,大量征用政治抒情诗和阶级革命的话语,诗中出现的"祖国"、"烈士"、"将牢底坐穿"等表述,强烈地联系了 20 世纪激进的政治传统,也能成功调动读者潜在的心理能量。海子又用天才的手笔,将这些资源去政治化了,与"周天子的雪山"、"梁山城寨"等传统符号对接、混搭,将"祖国"改写为一个不朽的"语言帝国"。在这样的"大结构"中,诗人以梦为马、纵横踢踏,无需中途

---

① 对于日常生活的冷静、戏谑叙述,在 80 年代取得了革命性的效果,如能在多层次的情感和伦理结构中,进一步把握当代中国人的生活纹理、困境,当代诗本来能在这一向度上焕发更多的活力,但反"结构"心态的普遍存在,其实压制了相关诗学思考的可能,导致日常生活的书写后来的均值化、平面化。

盘桓,直接就可蹈入永恒之中。"为有牺牲多壮志",为革命献身的激情,直接可替换为语言的激情。

进入90年代,一种较具争议的说法是80年代的"对抗主题"失效了,因为历史的强力让"任何来自写作的抵消"都无足重轻,也因为"对抗"的写作"无法保留人的命运的成分和真正持久的诗意成分"。① 针对"断裂"之说,另一种说法则强调对抗模式的深化、泛化,认为"随着对抗的所指在现实中越来越具有匿名的、非人格的性质,它也越来越成为一个更内在、更多和写作自身相关的诗歌领域"。② 事实上,"断裂"与"延续"在根本上并不矛盾,当革命的世纪及其文化猝然终结,失效的是意识形态性的"对抗"主题、是文学实践的政治参与可能,而"对抗"的个人化结构不仅被延续下来,而且泛化为了个体诗学与一种匿名的、总体性现实的对峙。正如上文所述,在90年代初的反思激进的氛围中,经由"反极权"、"反乌托邦"的自由主义理论以及后现代诗学的包装,无论朝向总体的政治压迫,还是总体的市场侵占,"对峙"的感觉模式也被原理化了,获得了某种稳定的知识形态。

还是以臧棣的《在埃德加·斯诺墓前》为例,它几乎处理了"20世纪所有那些激荡过人们的重大主题",但在后来的自述和友人评论中,这组诗如何处理、回应了这些"重大主题",没有得

---

① 欧阳江河:《89后国内诗歌写作:本土气质、中年特征与知识分子身份》,《中国诗歌:九十年代备忘录》,第182—183页。
② 唐晓渡:《90年代先锋诗的几个问题》,《中国诗歌:九十年代备忘录》,第332—333页。

到更细致的说明,"一个基本的对抗主题"却被迅速提炼出来,即"诗学与历史学的对抗"。① 当"20世纪"的反思升华为诗学与历史、个人与历史的对抗,这也意味着与个人成长、与当代精神进程紧密相关的那些主题,可滤去缠绕冲突的面向、内部复杂的层次,整合成一个沉甸甸的实体,只是以一种压迫性的形象出现。由此,一种暧昧的格局出现了:自90年代初开始,盘旋的"个人化历史想象力",意图打破"个人"与"历史"之间的对抗,向芜杂的生存现场大尺度敞开,但在对"乌托邦话语"、"宏大叙事"等等的警惕中,"个人化的想象力"仍延续了去结构、脱脉络的特征。在这样的"个人"面前,历史的样子不再刻板,它像"巨兽"一样神秘、不可抗拒,也敞开了包罗万有的内部,但其中究竟包含什么样的关系与层次,在政治、经济、文化、心理等方面有哪些不同表现,新的历史状况下对个体的压制取得了什么形式,哪些部分限制了自由的意志,哪些部分又构成了支持,这些问题似乎是社会学者、历史学者关注的事,诗人并不需要特别在意,他的责任和兴趣,是尽可能用想象力吞噬这一切。② 这也就导致了年轻批

---

① 西渡:《"90年代诗歌"回顾与反思》,张志忠等编《走向学术前沿:"中国现当代文学学科前沿"系列讲座》,第206页。

② 当然,90年代的丰富性还有待开掘,少数敏锐的作者也突破了个人与历史之对峙结构,转而探讨人际关系的多重与对话机制,但这样的思考似乎更多停留在审美的"知音"层面,仍有脱离具体社会人伦关系的可能。参见钟鸣《秋天的戏剧》(收入孙文波等编《语言:形式的命名》,人民文学出版社,1999年),他认为50年代和60年代出生的众多诗人,"因个人的生活契机,把写作过程最易形成的自我对话的经验,转向与他者的对话","这是一代新诗最本质的变化"。

评家余旸所提到的"当代最为主要的诗歌意识形态":

> 在诗歌与批评中,"政治(历史)"以僵硬、无流动性的意识形态,一个压迫性的整体,或不言而喻的笼罩性背景出现。……这种隐蔽、褊狭的"政治"或"历史"理解与在专业分化前提下对诗歌特殊性的想象,两位一体,成了当代最为主要的诗歌意识形态。①

表现在修辞风格上,90年代诗歌一边发展了精微的"元诗"意识,一边又信任朴素的自发性理论,以为在自由的书写中,历史的轮廓或"生存的真相"总会悄然浮现。像一位诗人所说的,历史不需外求,你上公共汽车,去幼儿园接孩子,你本身就在历史之中。应当说,不能低估这种朴素认识的活力,90年代诗歌的确刻写出一个时期当代生活的"浮世绘",但由于结构性、关系性理解的匮乏,后来也造成"叙事性"一类策略的恶化,部分写作过于依赖生活现场的复杂摹写,患上细节的"肥大症"。如果说,在日常生活的书写类型中,上述问题还可为精湛的技艺所抵消的话,那么当写作的雄心"摆荡"向另一端,诗人尝试切入较为宏大的视野,去驾驭更为宏大的结构和主题,"个人化"的结构性不足便更为明显地显现出来。

---

① 余旸:《"技艺"的当代政治性维度》,萧开愚等编《中国诗歌评论》(复出号),上海文艺出版社,2012年,第51页。

于坚写于 1997 年的长诗《飞行》,应当是他继《0 档案》之后最有分量的作品,陈超在书中也进行了重点评述,认为它以"一次从中国到比利时的真实的跨国飞行"为背景,尝试打破时空的界限,将"博物志般的知识性互文和当下此在的故乡铺叙的人与事"融为一体。① 这首长诗代表了"个人化历史想象力"在 90 年代的一次自我突围,在"飞行"的视角中,在万物飞逝、不可抗拒的速度中,展开对"时间神话"的追问、对"全球化"总体进程的思辨,但怎样从乱云飞渡的铺排中,转换出内在的思想空间,其实考验着诗人驾驭繁杂经验的能力。陈超在文中引过的一段诗行,不妨这里再引一次:

大地啊　你是否还在我的脚下?
我的记忆一片空白　犹如革命后的广场　犹如文件袋
戎马倥偬　在时代的急行军中　我是否曾经　作为一只耳朵软下来
谛听一根缝衣针如何　在月光中迈着蛇步　穿过苏州堕落的旗袍?
我是否曾在某个懒洋洋的秋天　为一片叶子的咳嗽心动?
我是否记得一把老躺椅守旧的弧线?
……

---

① 陈超:《"反诗"与"返诗"》,《个人化历史想象力的生成》,第 162 页。

这一段的意图十分显豁,诗人试图从轰鸣的"飞行"中抽身而出,回溯那些"古老的人文价值和心灵体验"。然而,仅依靠一个疑问句式("我是否"),就荡开一个抒情的冥想空间,这样的转换或许有些生硬;而将诸般湍急流变的感受,回收于一种怀旧式的文化乡愁、一种相当程式化的故国情调之中,诗中上下升腾的语义势能,似乎一下子被大大缩减。

在这首长诗中,我们读到了"思接古今、视通中外"的努力,但稗史式的、去结构的"个人化"装置,又起到了一种潜在的"掣肘"作用。"飞行"提供了一种自由出入的视角,但这也只能是一种俯瞰的、枚举的、铺陈的视角,全球化时代的个人及乡土的处境,也只能得到一种看似包罗万有、实则外在直观的方式去把握。究其原因,可以探问的,仍是"个人化"的结构性不足。在先锋诗的"意识形态"中,一方面"个人"的直观、意志、语言,被看作是不可让渡的起点,是创造力和想象力的实体性源泉;但另一方面,这一自信满满的"个人",在内部又可能极为脆弱、困乏,一旦"摆荡"了进入公共领域,尝试处理与大结构、大叙述的关系,也就很容易被未经反思的感受模式、价值模式所吸附,仅仅维持外在的感伤、怀旧、反讽、或批判,而不能将想象力贯穿于现实的结构和脉络之中。新世纪之后,先锋诗越来越多地卷入公共性的议题之中,这样的问题也表现得更为明显。①

---

① 当先锋诗歌越来越多地卷入公共性议题,各类底层的、草根的、乡土的、阶级的话语,也不断渗入诗歌的写作和批评当中,因而,不能说当代 (转下页注)

四

将"个人化历史想象力",置于当代精神史的构造中、置于80—90年代的历史感觉与人文思潮的塑形作用中去理解,这也涉及到了怎样看待先锋诗与当代历史的关系。正如陈超在书中不止一次暗示的,先锋诗以对抗性的感受为起源,但与"改革开放"的总体进程一直保持了同步。即便90年代之后,意识形态的对抗被更广义、更匿名的对抗取代,对市场时代消费文化的拒斥,也是题中应有之义,但考虑到当代先锋文化缺乏一种社会分析的理论视野和价值前提,与"总体性压抑"的对抗,并不一定指向"改革"所释放的市场和资本活力。反过来说,90年代"改革"全面推进带来了个人性、多元性文化空间的发育,恰恰提供了先锋文化得以成长、扩散的可能。

在当代社会的格局中,既扮演"异端"的形象,又内在同步于市场时代的文化结构变迁,这无疑增加了先锋文化自我辨识的难度。上文提到,在90年代初先锋诗的自我意识中,写作的专业性和语言的本体性,得到了空前的强化。诗人们无论怎样表态,说写作应该介入历史的现场,但依照当代诗"主要的意识形态","介入"仅是一种诗歌的"纠正",它发生在语言的内部,并不

(接上页注)诗失去了与人文思想的关联,但这种关联或许缺乏一种对话的意识和能力,诗人的写作往往依着自身的情感和认知惯性,被外部的思潮所吸附,其"诗意"的参与尚不能构成"跨越专业藩篱而进行深层合作"。

投机于公共的道德或反道德,与其他的表意方式也有根本的不同。借用西川著名的说法,诗歌提供的是一种"伪哲学",它不指向终极的、连贯的解释,恰恰以颠三倒四、似是而非的方式,揭示人类浑浊、尴尬的生存状态,揭示既有文化系统内在的矛盾。①臧棣的一些说法也广为流传,比如,强调诗歌是一种"关乎我们生存状况的特殊的知识",在一个韦伯言及的"祛魅"的现代社会,它的价值和立场就是坚持"不祛魅"。②

应当说,这样的表述具有相当的弹性,在现代知识话语的支配性系统中,既强调了诗歌不可取代的独特性,也暗示诗歌包含了认知的可能,与其他知识方式竞争、对话的可能。相对于政治、经济、社会、思想等领域的讨论,诗歌想象力的特殊之处,恰恰在于打破专业壁垒,能在时代生活与个人经验错综暧昧的交叠处,引发强劲的"感兴"。但问题在于,如果这种在区分中竞争、对话的能动关系,一旦失去了动态的特征,在口耳相传中,简化为诗歌话语与知识话语的对立,或者说与其他知识话语的区分,成为诗歌最大的文化责任,并"隐隐然不可动摇",那么对诗歌表意之独特性的鼓吹,反倒可能进一步强化了现代知识话语的特权,暗中顺应了市场时代合理化的社会安排。即如"祛魅"这个概念,在韦伯那里,现代世界的"祛魅"是理性化的结果,也与学术归学术、文化归文化、政治归政治这一"道术为天下裂"的

---

① 西川:《写作处境与批评处境》,《中国诗歌:九十年代备忘录》,第 221 页。
② 臧棣:《诗歌:作为一种特殊的知识》,《文论报》,1999 年 7 月 1 日。

进程相关。在这个意义上,"不祛魅"的努力,便不单单要诉诸想象力的自由嬉戏,也要考虑如何在分化的趋势中逆向而动,挣脱专业的范例,重建知识、思想的内在有机性,不致使诗歌之"魅"变成另一种"祛魅"的结果。

先锋诗与"改革"时代的关系,也可放在某种社会学的视野里讨论。90年代以前,所谓官方与民间、地上与地下的区别,曾是先锋诗坛的基本构造,先锋诗人的群体,大体由文科大学生、青年工人、机关和部队小干部以及各类文化流浪汉构成。这些"有头脑的青年"大多在体制之外,或并不居于体制的中心,莽汉式的江湖作风、行为主义的生活及写作方式,多少都与这个群体极强的流动性与"反体制"的能量相关。90年代,诗人群体被彻底边缘化了,但可以注意的是,除了一部分漂流于海外,大批的先锋诗人已逐渐在波西米亚式的流动状态中安稳下来,为蓬勃兴起的文化产业以及大幅扩张的学术机构所吸纳。经过了胡作非为的青年时代,一代人总要成长、成熟,总得找个位置安顿身心,进入到社会结构之中,但这种集体性的身份转移,与90年代之后新媒体、新的文化产业以及学院体制的发展不无关联。①

提及这样的事实,不是要学"大诗人"做派,批评当代诗人屈从于现实,被市场体制俘获,而是说当代先锋诗歌的文化视角、

---

① 胡续冬的《写给那些在写诗的道路上消失的朋友》一诗用戏谑的方式,写出了90年代后期诗人身份的变化:"我们的诗在闪电上金兰结义,而我们的人/却就此散落人间,不通音息:有的为官安稳,/有的从商奸猾,有的在为传媒业干燥的下体/苦苦地润滑,有的则手持广告的钢鞭将财富抽插。"

自我意识和行为"惯习",是可以进行社会性分析的,是可以结合90年代以后文化生产环境、社会阶层与群体的变动来考察的。当代诗歌反体制的对抗、批判视角,发生于体制的瓦解与重构过程中,但90年代以来对"庞然大物"的反对,也越来越多地卷入到文化、学术的新型体制之中。① 无论混迹民间,还是藏身学院,特定的社会结构中诗歌意识的暗中固化,在各种类型的诗歌圈子、群落中都不同程度地存在。当然,在当下的社会生活中,诗人的群体还是保持了较强的流动性,从一地的"诗歌节"到另一地的"颁奖会",从一处的山水到另一处的庭院,相对于以往,诗人们在大江南北、全球各地旅行、采风的经验增加了不少,但这种流动似乎更多发生在同一"水平线"上,发生在相熟相近的先锋、时尚文化"场域"之间,超出特定群体之外的认识与感受契机,仍可能被错过。

概言之,在当代人文思潮及社会结构的双重视野中,考察先锋诗的历史展开,会将一个问题推至前台:在区隔的社会文化结构中,当代诗的位置如何,应该有怎样的文化抱负,能否超越30年来"改革"、"现代化"及"后现代"的逻辑,重构个人与历史之间的结构性关系、重构诗歌作为一种"特殊知识"的可能。这一系

---

① 在1999年爆发的诗坛论争中,一部分投身传媒出版行业的诗人,较早采用了媒体的发言方式,知道如何制造话题、吸引眼球,这样的技术被证明颇为成功,后来也屡试不爽。新世纪以来,基于"媒体意识形态"的美学风尚、伦理风尚,如温情的道德关怀、符号化的现实理解、"公知"式的"反体制"视角、迎合中产阶级读者的怀旧与享乐情调,也流行于各类写作及阅读的平台。

列追问,不仅关乎诗歌本身功能的思考,甚至也会涉及对当代中国社会状况及发展路径的感受、判断。在这方面,先锋诗坛内部其实存在重大的分歧,即便在"多元共生"的格局中,这些分歧不一定以公开论争的方式表现出来。

谈及"个人化历史想象力"的前景,陈超笔下那种特别的隐忧感、沉重感,多少也可在上述分歧的背景中理解。一方面,对于新世纪传媒话语的膨胀,以及诸种以"后现代"为名的网络风尚、口水化实验,他一直保持警惕,希望90年代"刚刚培养起来的深入生存/生命能力"不致过早被消解、毁弃,"跌落为一种对个人世俗荣耀的虚荣本能提供服务的趣味,和对'能指'本身的盲目奉祀"。另一方面,"个人化历史想象力"也遭遇到另一重挤压,即陈超约略提及的,以"自由幻想"为名,对诗歌想象力的极度推崇,认为诗歌写作恰恰应从"历史"的沉疴中解锁出来,以"话语的神奇组合","遨游于自由想象的文本世界"。[1] 将这后一种倾向说成是"自由幻想",可能有点简单了。强调想象力在历史中独享的"治外法权",这不仅是一种文学自主性的固有表达,在新世纪的诗歌"场域"中,这一态度与"浪漫主义传统"的意外复兴相关,包含了对当代诗之独特文化使命的理解:诗人的想象力不是批判或认识的工具,而应指向存在的揭示和生命意识的彰显。[2] 表面看,这

---

[1] 陈超:《先锋诗的困境和可能前景》,《个人化历史想象力的生成》,第43—45页。

[2] 对当代诗歌论述中浪漫主义复兴的分析,参见余旸《从"历史的个人化"到新诗的"可能性"》,《新诗评论》,2015年总第19辑。

无非纯文学话语的老调重弹,但当各种有形或无形的社会控制、权力话语、资本压迫浑然构成的现实,在今天依旧被看作是一种总体的、压迫性的"庞然大物",当各类"体制"内外"比较有头脑"的文艺青年苦读诗学经典的同时,仍无法在个人与现实之间形成结构性的思考和感受,从历史中逃逸而出的想象力神话,想必在相当程度上,仍会具有覆盖性的影响。

针对"自由幻想"的诗意政治,陈超在文中点破了其与消费文化可能的亲缘关系,特意重申:"当前汉语先锋诗歌面临的考验,主要不是在生存的双重暴力(权力话语和拜金浪潮)压迫下,如何逃逸,另铸唯美乌托邦的问题;而是更自觉地深入它、将近在眼前的异己包容进诗歌,最终完成对它的命名、剥露、批判、拆解的问题"。① 在热闹喧扰、快感四溢的当下现场,这种苦口婆心的劝说,或许应者寥寥,却也令人感佩。然而,"个人化历史想象力"面对的最大挑战,可能还是自身的限度。上文已提及,"个人化"、"历史"、"想象力"这三个概念,更多是在常识的层面提出的,"个人化"相对集体性、整体性而言,"历史"或被简化为一种"现实感",而"想象力"与感受力、认识力、语言组织能力的关系,也尚待澄清。这种常识性的理解,势必在笼统涵盖的同时,无法烛照更为复杂的内在差异和难题。比如,谈及"个人化想象力"如何处理"历史",这就不简单是"深入灵魂、深入生存"的文学姿

---

① 陈超:《先锋诗的困境和可能前景》,《个人化历史想象力的生成》,第31—32页。

态问题,也不仅是一个技巧问题,经由"具体—抽象—新的具体"之类的修辞策略,就可在写作的内部获得解决。特别是90年代中期以后,中国社会生活的变动如此剧烈,要进入这一"巨兽"体内,把握多方面绽开的矛盾,对于认识、感受的能力与知识储备的要求,以及对语言诗体方面创造性的要求,与90年代初相比已不可同日而语。热忱的思考和吁求如停留于一系列"张力平衡"关系的维护——在挽歌与讽刺之间、在历史的个人化与语言的欢乐之间,在"见证的有效性和审美的必要性"之间,类似的"张力平衡"恰恰有可能制约了想象力的进一步深入。

两年多前,谈及"个人化历史想象力"的培植,我曾拉杂写出几条意见,诸如"自觉恢复包括诗歌在内的文学写作与思想、历史写作的内在有机性"、"更广泛的读书、穷理、交谈、写作、阅历社会人事"等。这些说法聊胜于无,并无多少实际的意义。在修炼个人的"内功"之外,要重建"个人化历史想象力",或许首先应意识到其背后的精神史构造,意识到去结构、脱脉络的个人化"装置",形成于怎样的历史感觉和人文思潮中,由此才有可能"脱壳"而出,粉碎想象力上厚厚的硬痂,深入到当下社会"各方面绽开的矛盾"中。在这个意义上,"个人"不一定是想象力的前提,如何具有一种历史的、乃至社会学的想象力,反倒是重塑"个人"的一种方式。① 事实上,一些可能的契机也在展现。比如,

---

① 依照社会学家米尔斯的描述:"具有社会学的想象力的人能够看清更广阔的历史舞台,能看到在杂乱无章的日常经历中,个人常常是怎样错(转下页注)

近年来一部分颇具雄心的诗人,开始以长诗、组诗等"大体量"方式,在传统或当代的问题视域中,比较正面地处理个人与历史的纠葛。这样的尝试也引发了一系列的争议,像如何在专业性的视野中看待诗人提供的历史理解?诗歌的修辞结构与时代经验有怎样的内在关联?诗歌容纳历史经验的文体限度在哪里?诗人书写的"中国经验"、"中国形象"到底该由谁来阅读、评价?对这一系列问题的追问,相信会敞开"历史想象力"更多的层面。另外,出于对"个人化"内在的局限的洞察,个别自觉的诗人早已绕过"诗学与历史"的对峙,意图改善被"宠坏了"(败坏了)的个人与世界之间的关系,不再将后者看作抽象的"庞然大物",而是考虑应在怎样的问题脉络上、怎样的现实处境中,引入一种善意的价值观维度,重构具有内在结构感和针对性的"个人"。因为用心的别致和思路的曲折,且偏离各类现代文艺"常识",类似思考尚不能引起广泛的回响。

无论怎样,在辩难的过程中,批评的重要性是不言而喻的。与小说等文类的批评相比,当代先锋诗的写作与批评之间,存在水乳交融的关系,诗人与批评家是"混"在一起成长的,诗人往往

(接上页注)误地认识自己的社会地位的。在这样的杂乱无章中,我们可以发现现代社会的构架,在这个构架中,我们可以阐明男女众生的种种心理状态。通过这种方式,个人型的焦虑不安被集中体现为明确的困扰,公众也不再默然,而是参与到公共论题中去。"(《社会学的想象力》,陈强、张永强译,三联书店,2001年,第3页)米尔斯不是在特定学科的意义上提出这种想象力的,而是认为社会学的想象力对"不同类型个人的内在生命和外在的职业生涯都是有意义的",它也不会妨碍诗歌成为一种"特殊的知识"。

本身就是最重要的批评者。这样的"亲密无间",使得批评高度内化于写作,但也会造成距离感的缺失,批评家同样受限于特定的历史感觉、受限于去结构的个人化"装置",某种诗歌圈子内部的"意识形态"也会被不断强化。① 在这个意义上,陈超倡导"历史—修辞学的综合批评",与他对"个人化历史想象力"的阐述,其实有一种战略性的配合关系,都旨在突破"狭小的文学社区",为先锋诗的展开提供更开阔的人文社会视野。现在看来,对"历史—修辞学的综合批评"的强调,不只是要在传统的形式细读之中,引入社会、历史的维度,为批评带来某种广袤性与丰厚性,更为重要的是,如何挣脱宽泛的人文情怀、批判立场,落回具体的历史情境和问题脉络,为当代诗强力构造一种内在的反思视野、一种与当代思想深层对话的图景。换句话说,除了为"朝向语言风景的危险旅行"保驾护航,批评也应有稍远大一些的抱负,也能有所纠正、主张、规划,这或许正是批评自身的"工作伦理"所在。

在长文《先锋诗歌20年:想象力维度的转换》的最后,陈超以"士不可以不弘毅,任重而道远"作结,给人印象深刻。这个看似高调的结尾,一方面重申了知识分子担当道义的精神传统,另

---

① 在90年代的诗歌批评中,也能感觉到"去结构"、"脱脉络"的个人化装置的限制。相较于前后10年,90年代诗歌批评,最为热衷谈论历史、现实、处境、生存、本土、中国"话语场"等概念,这些概念往往是在一系列修正关系中提出的,如用"历史"来打破"纯诗"、用"本土"抵抗"国际风格"、用"生存处境"来夯实语言实验,但对于何为"现实"、何为"本土"、何为"中国",看似多元实则划一的讨论其实很难深入。

一方面也暗示了某种"世事艰难"的感知。而实际状况,也确乎如此,在一个依旧"思考而又找不到参照系"的复杂世界里,"个人化历史想象力"如能成为当代诗的一个理论支点,那它必将是一个负重的支点,要在不可预知的前景中,勉力撑起写作、阅读和批评的幅面。如何在"弘毅"的同时,又具有一种广泛洞察的智慧,我猜想,陈超已将这个问题及其全部的分量,非常郑重地留给了我们。

本文原载《新诗评论》,总第 20 辑,2016 年

"历史想象力"如何可能:几部长诗的阅读札记

在《先锋诗歌20年:想象力方式的转换》一文中,批评家陈超提出可从想象力"范式"转换的角度,考察近二十年来中国当代先锋诗歌的内在线索。他首先辨析了20世纪80年代新生代诗歌两种基本想象力范式——"日常生命经验型"和"灵魂超越型",继而重点论述了90年代之后出现的一种综合性、个人化"历史想象力"的价值。所谓个人化的"历史想象力",简单说,具有"异质混成"的性质,"是指诗人从个体主体性出发,以独立的精神姿态和话语方式,去处理我们的生存、历史和个体生命中的问题"。在修辞的层面,它有多种表现,如扩大文体的包容性,能强有力地处置各类"非诗"经验,由抒情转入深层的叙述,怀疑、反讽、对话因素的普遍渗入,以及不同语言类型的杂糅与扭结等。由此出发,先锋诗歌得以在文学话语与历史话语,个人化的形式探险与宏阔的人文关怀之间,建立起了一种彼此激活的能动关系。当然,陈超没有忘记勾勒90年代末至今诗歌想象力的种种新变,但这不影响如下的判断:"我对未来先锋诗歌走向的瞻望,也不会离开以上的历史想象力的向度。"①

可以说,个人化"历史想象力"的提出,具有盖棺定论的性质,意图超越诗人群落的分化及流行的诗学标签,拨开纷乱的表象,对先锋诗歌进行一次综合性的价值指认。这种指认不仅是历史的总结,也可看作是一种历史的建构、一种主动的价值期待,背后蕴含了一代人特有的精神立场,即:在所谓"后现代"多元、相对的氛围中,人文知识分子固有的批判责任和精神品质,如果想继续保有活力,必须与一种开放的、容留的、论辩的活泼心智相结合,才能获得具体的历史现实感。在市场化时代,这似乎又是边缘化的诗人群体唯一可能的选择了。这一指认包含了吁求与批判的曲折含义,在历史及价值的层面,都具有相当的涵盖力、说服力,但沿着这条富于启发性的线索,或许还可以进一步追问的是:在近二十年的思想及文学的谱系中上述人文立场存在的前提和条件是什么? 在当下情境中,这种立场在自我说明之外,是否还具有充沛的活力? 同样,为它所哺育的个人化"历史想象力"是否自明? 为了回应新的思想及生存问题,"历史想象力"有否存在内在的限制,又该怎样突破限制? 这一突破又将伴随了怎样的困境?

这一系列追问并非出于"为赋新词"的批评强迫症,因为在

---

① 陈超:《先锋诗歌20年:想象力方式的转换》,载《燕山大学学报》,2009年第4期;另可参见陈超《重铸诗歌的"历史想象力"》,载《文艺研究》,2006年第3期。

某种意义上,部分当代诗人颇具抱负的写作,已将这些问题推至了前台。尤其近年来,一些体制庞大的长诗、组诗相继出现,暗示了当代诗歌内部能量在重新聚合,或许会将新的前景、问题挤压出地平线。这些大体量的写作,一方面延续了"历史想象力"的动能,保持并拓展了个人与历史之间异质混成的开放;另一方面,诗人也试图进入历史内部,通过重构诗歌的位置和形式,来获得某种总体性的驾驭、洞穿能力。换言之,"历史"二字不仅是想象力的一种修饰或限定,同时也是一个大写的"宾词",也是想象力必须与之遭遇、缠斗的对象。"稗史"的视角、个人化的诗艺、人文主义立场与历史这个庞然大物之间的紧张,乃至"历史想象力"本身的伦理暧昧性,在缠斗中也得到了更为戏剧化的展现。本文尝试以诗人柏桦的《水绘仙侣》、"史记"系列,西川的《万寿》,萧开愚的《内地研究》,欧阳江河的《凤凰》等作品为个案,在简要评述的基础上,探究一下"历史想象力"在当下遭遇的顿挫及展示的可能。

一

2007年,诗人柏桦复出诗坛,先后抛出两部大作品:《水绘仙侣——1642—1651:冒辟疆与董小宛》与"史记"系列(包括完成的《史记:1950—1976》、《史记:1906—1948》、《史记:晚清至民国》以及计划中的"从改革开放到现在")。前者,以明清易代之际的冒辟疆与董小宛为题,着力刻画他们婚后在"水绘园"中的红尘生活,从"家居"写到"食"、"茶"、"香",写到"水绘雅集",乃至离乱与疾病、死亡与宗教,似乎要为乱世之中的文人发明一部"思想与生活的总志";后者,则更为雄心勃勃,从晚清贯穿当代,要揭开时代总体性的帷幕,暴露出各色人物及日常琐事的荒诞,有评论者就用"小人物的喜剧"来概括"史记"系列的全体①。

尝试以诗著史,两部作品分享了同样的抱负,在写作方式上,也都具有类似"准学术"的性质:不仅材料和灵感来自相关文献、学术、及报刊的研读②,大量注释文本肆无忌惮的穿插,也带来了一种诗歌、笔记、笺注充分互动的文体效果。以《水绘仙侣》为例,全诗不足两百行,而 99 个注释的字数就多达十万。而注释的功能,也不限于词句、典故的解释,更多情况下,柏桦挥霍了"文抄公"的能力,顺手拈来,拉杂敷衍,将各种相关及不相关的史料、诗文、故事、评论,进行编辑、剪贴,合成恣肆汪洋的一片。诗文本与注释文本既相互配合,又可彼此"引爆",成为独立的阅读空间。而在"史记"的写作中,"准学术"态度进一步落实为考据式的转述,柏桦声称自己的作用,尽量像 T. S. 艾略特所说的,

---

① 杨小滨:《毛世纪的"史记":作为史籍的诗辑》,见 http://www.fyddwx.com/read.php? tid = 239。

② 柏桦自言,《水绘仙侣》的引文"皆见冒辟疆著作《影梅庵忆语》、《梦记》"。另外,台湾历史学家李孝悌的著作《恋恋红尘——中国的城市、欲望和生活》一书中的两篇文章对此诗颇有贡献(柏桦:《水绘仙侣》,东方出版社 2008 年版,第 11 页)。《史记:1950—1976》的写作,也是因为读旧报纸。柏桦仔细查阅 20 世纪 50 至 70 年代的一批旧报纸,从中搜罗条目,加工排演,"为了给历史学家和文体学家呈现一个别样的毛泽东文体(或共产主义话语)之文本"(李万峰:《柏桦访谈:人生得放下,得释然》,载《上层》,2010 年第 5 期)。

像一个催化剂白金丝那样,"只是促使各种材料变成诗",保持自身中性,并不介入其中:

> 我必须以一种"毫不动心"的姿势进行写作,我知道,我需要经手处理的只是成千上万的材料(当然也可以说是扣子),如麻雀、苍蝇、猪儿、钢铁、水稻、酱油、粪肥……这些超现实中的现实有它们各自精确的历史地位。在此,我的任务就是让它们各就各位,并提请读者注意它们那恰到好处的位置。①

冷静、克制的"零度风格",的确是"史记"留给读者的突出印象。但"毫不动心"的转述姿势,其实接近于一种伪装,因为片段的选择、编辑、加工,本身正是一种介入方式,仅举一首较短的《语文考试题》,伪装的效果不言自明:

> 1975年,上海育才路小学学生
> 为自己的语文考试出了一个命题:
> 为什么说西郊公园展出我国自己捕的大象,
> 是对林彪、孔老二的有力批判?
> 教师一听觉得很好,就组织学生讨论。②

---

① 柏桦:《后记》,《史记:1950—1976》,第268页,台北:秀威资讯科技股份有限公司,2013年。
② 柏桦:《史记:1950—1976》,第247页。

如果说90年代诗歌的"历史想象力",主要体现为语言的包容与伸缩,那么柏桦的"诗史"写作,在题材、体式、语言、主体位置等几方面,无疑向前跨越了很大一步。历史学家李孝悌就感叹,自己以前对"毛时代"也有相当阅读,但作为专业研究者,未想"事隔多年之后,再读到柏桦兄这本《史记:1950—1976》,竟然读出更多历史的纵深"①。篇幅所限,关于两部作品的文本成就,这里不能援引更多诗例,做具体的展开,但有一点值得注意:自《水绘仙侣》问世,周边的批评家似乎就热衷在后现代"历史书写"的脉络中,为柏桦的尝试量身定位。江弱水就这样写道:

> 这正是后现代主义发散式的"稗史"(Les Petites histories)写作。其体制本身就是一个隐喻,暗含了作者对理性整合的现代秩序的反叛。

区别于一脸肃穆的宏大"正史",柏桦的"稗史"写作不仅新鲜可人,更重要的是,其中还包含了对"政治正确"的反动——"柏桦用这样的抗拒一体化的尝试,把他反宏大叙事的'养小'型思维发挥到极致"②。"养小"一语,出自孟子:"饮食之人,则人贱之矣!以其养小以失大也。"(《孟子·告子上》)孟子还说过"天降大任于斯人",一贯倡导"养大",反对"养小"。在《水绘仙侣》注

---

① 李孝悌:《别样的"史记",另一种新视野》,《史记:1950—1976》,第4页,台北:秀威资讯科技股份有限公司,2013年。
② 江弱水:《文字的银器,思想的黄金周》,《水绘仙侣》"序",第8页。

释41中,柏桦对于中国人的"养小"传统,也有相当详尽的阐发①。"养大"与"养小"的对照,连缀了文与野、雅与俗、正史与稗史的分别,似乎可以完全容纳于中心破除、系统解纽的后现代历史观。柏桦的不少评论者,最后也都落脚于此,或强调诗人出色地表现了"现代性宏伟意义下的创伤性快感"以及这种快感的撒播,或认为历史的呈现并无"真实"可言,不过是一场话语的狂欢。②

柏桦的诗以浓郁的文人感性著称,自有其一贯的风水气脉,其实本无需新潮理论的印证,但有意味的是,对于上述后现代评论,他不只坦然收纳,而且相当程度上也在写作中回应。《水绘仙侣》的写作直接受到李孝悌的两篇文章《冒辟疆与水绘园中的遗民世界》与《儒生冒襄的宗教生活》的启发,而作为明清文化史专家,李孝悌的学术颇多北美"新文化史"的色彩,他对中国明清及近代城市生活、欲望的研究,特别包含了对传统"逸乐"这一价值的褒扬:

研究者如果囿于传统学术的成见或自身的信念,不愿意在内圣外王、经世济民或感时忧国等大论述之外,正视逸乐作为一种文化、社会现象及切入史料的分析概念的重要

---

① 柏桦:《水绘仙侣》,第94—95页。
② 杨小滨:《毛世纪的"史记":作为史籍的诗辑》;朱霄华:《历史话语的诗体转述与考据癖——对柏桦〈史记:1950—1976〉的解读》,见《史记:1950—1976》,第12页。

性,那么我们对整个明清历史或传统中国文化的理解势必残缺不全。①

"逸乐"代表了中国历史及文化的一个重要面向,而"内圣外王"、"经世济民"、"感时忧国"三个大叙述,也从古代到现代,凸显了与"逸乐"构成论辩的另一面。显然,某种后现代式的文化政治,也暗中支配了"逸乐"的史观。类似的阐述,从学术挪移到文学,从李孝悌挪移到柏桦,其实都大致适用,在某种意义上,《水绘仙侣》正仿佛"逸乐"价值的一个长长的、用诗歌写成的笺注,"稗史"与"逸乐"的结合,也可能同样影响了"史记"内在的视野和结构②。

"后现代"出于对"现代"的反思,无疑自有深刻、复杂之处。由于允诺了某种解放,由于允诺要释放出"被压抑"了的某元,在辗转流布的山寨转述中,却极易陷入一系列雄赳赳的二元,我们也习惯了大小学者,不断对着"载道"、"启蒙"、"左翼"、"革命"乃至"现代"发出"被压抑后"的创伤性呐喊。某种新的"正确性",也已在对"政治正确"的反动中汩汩涌现,对思想、学术、乃至文学的不良影响,也早已显露。在柏桦"诗史"的尝试中,当囫囵的"历史想象力"明确落实为一种"稗史"想象力,在欢呼发散式敞

---

① 李孝悌:《明清文化史研究的一些新课题(代序)》,《恋恋红尘:中国的城市、欲望和生活》,上海人民出版社,2007年,第8页。
② 一位年轻的评论者就指出:"史记"的写作,"实际上是以另一种方式延续了《水绘仙侣》中的'逸乐'思想"(李春:《历史魅影中的"逸乐":关于柏桦"史记"的批评及其文体政治学》,2012年10月"诗歌批评与细读学术研讨会"论文集,第263—272页)。

开的同时,上述后现代史观的暗中掣肘,也有必要注意。《水绘仙侣》之中,对日常起居、男女清欢的刻绘,突然插入了"避乱与侍疾"一段,结构上的失衡,或许就暗示了"稗史"想象力面对严峻时的慌乱。而"史记"中的一幅幅"行乐图小照",的确令人拍案,但如果串联起来,荒诞琐屑的喜剧感,似乎又伴随了些许无常又庸常的单调之感,读者不禁会疑问:"这些依赖于大同小异的各个历史细节所精确地转述的诗歌叙事,其本身很难获得诗意的文本性自足与满溢。"①更进一步说,诗人和批评家都摆脱了对历史"真相"的焦虑,主动放下了历史理解的框架,专注于词语的狂欢;但另一方面,"稗史"的想象力,又预设了日常细节的鲜活、保真,可以留住人性的本然。虚无于"养大"之虚,却崇信于"养小"之真,这本身就是一个矛盾,本身就很不"后现代"。

事实上,"养大"与"养小"、正史与稗史、宏大叙述与日常琐事一类对峙,都有成立的道理和隐衷,作为一种"显影液",也可有效呈现历史的妩媚与晦暗。关键是,过度依赖这种"显影"机制,历史影像也会因缺乏整体与细部的辩证,而色调稍稍单一,线条略略呆板。在这种情况下,专业读者意外读到的"历史纵深感",在多大程度只是一种陌生化之后的"创伤性快感",是颇值得讨论的。虽然,由于各类"熟悉、日常和平淡无奇"事物的变形,类似"快感"仍会沿着词语的网罗自由散播、逃逸,但作为消

---

① 朱霄华:《历史话语的诗体转述与考据癖——对柏桦〈史记:1950—1976〉的解读》,《史记:1950—1976》,第216页,台北:秀威资讯科技股份有限公司,2013年。

费时代的读者,我们对舌尖上、心尖上诸般后现代"快感"其实已几近麻木,有理由期待更多,期待某种更为浑厚的、真正纵深的历史经验。

二

《水绘仙侣》的扉页上,写着"谨以此书献给江南",柏桦的"逸乐"书写,也表达了对绮丽、阴柔之江南传统的偏爱。与之相较,西川则是一个典型的北方诗人,泥沙俱下,朴而不文。自20世纪90年代初的《致敬》开始,在近二十年的写作中,他发展出一种松散的、具有强大吞噬能力的诗体,在铺排、杂陈和无序中,能蝙蝠吸血一般吸纳各种芜杂的经验、知识、话语,从而对应当代精神与社会的普遍紊乱。由是,西川的写作也一直被当作是个人化"历史想象力"的代表。据我个人的揣测,在"历史想象力"方面,西川如此孜孜不倦,除了要表达跌跌撞撞的混乱"现实感",还与他对现代诗歌文化位置、形态的构想相关。

多年来,西川推重"知识人格"的建立,强调诗人"伪哲学"的重要性,在一定程度上,是出于对诗歌界整体的智力水准的担忧。他希望先锋诗歌能更多褪去"文学嫩仔"的矫揉与躁进,多一些成人的开阔、成熟与睿智之感,从一种单纯的审美,成长为一种茁壮的文明方式。在最近出版的论文集《大河拐大弯:一种探求可能性的诗歌思想》中,西川也集中探讨一种"诗歌思想"的可能,这种思想"建立在观察、体验和想象之上,它包容矛盾、悖论、裂罅、冲突、纠缠于妥协"①。虽然他的某些表述,大大咧咧,开合自如,细节上并不严谨,容易招致非议,但这种态度一以贯之,也有自身的来龙去脉。

在《大河拐大弯:一种探求可能性的诗歌思想》这本书中,《传统在此时此地》是非常重要的一篇论文,可以读作西川近年来"诗歌思想"的又一次总结。此文涉及的话题范围相当广泛,包括古典文化的断裂与重拾,"晚世风格"或"晚世情怀"的评价,"新清史"研究提供的边疆、民族视野,20世纪革命历史的巨大影响,以及对唐代思想品质的看法。跳荡、拉杂的谈论,最终回到了"历史想象力"这一命题,即:"传统可以帮助我们再一次想象这个世界和我们的生活。"②表面看,这个说法还是有些笼统的,但在西川这里,传统带来的"历史想象力"并非是无条件的,而应该从"真问题"出发,立足于"此时此地"的情境,他特别强调了清代以来一系列更为切近的"现代性"经验,更为内在、也更为紧迫地支配了我们当下的生活和困境。这种明确的历史意识,相比于以往一般性的谈论,显然已不在同一个层面。

在文章中,西川表露了他对清代中晚期以后中国卷入"现代"这段"大河拐大弯"历史的兴趣,而从2008年起陆续写出的长诗《万寿》,则刚好构成了呼应,因为它明确以晚清到现代的人

---

① 西川:《大河拐大弯:一种探求可能性的诗歌思想》"序",北京大学出版社,2012年,第3页。

② 西川:《传统在此诗此刻》,《大河拐大弯:一种探求可能性的诗歌思想》,第26页。

物、风俗、事件为对象("万寿"一题,就暗指甲午年慈禧太后的"六旬万寿庆典")。具体说来,这部大诗以"历史札记"的方式开展,像敞开的万花筒,容纳了太多的内容,诸如戏园子代表的政治传统,作为一种文化现象的"砍头",黄色读物与文明的多面性,天象中的历史变迁,传教士与中西交流关系,印度与鸦片贸易,洪秀全和义和团,夫妻关系与宗教、时间体验,"土产"的资本主义的萌芽及夭折,后来的革命与政变……康有为、郑孝胥、庄士敦、利玛窦、康熙、艾儒略、洪秀全、萧朝贵、赛金花、裕隆与慈禧、辜鸿铭,乃至当代小说家莫言,众多人物也在诗中轮番登台。虽然,西川没有刻意区别宏大与琐屑,大人物与小人物,但与柏桦的"史记"相仿,《万寿》还是不乏"稗史"写作的特点:

>戏园子里外的游手好闲之徒招不得。
>喝茶的,嗑瓜子的,较好的。
>沉默不语的民间社会。
>
>……
>
>这黑道的必经之路:戏园子。
>黑道的戏园子传统与白道的戏园子传统
>其实没什么两样。人多人少的问题。
>
>弹古琴高山流水可以正心诚意不错。
>弹三弦的不懂正心诚意就相信了阶级斗争。
>既不会正心诚意也不懂阶级斗争的读黄色小说熬夜到

天明。①

三行一节的诗体,如同一段一段随手写下的"札记",这无疑是"稗史"的发散式表现,但更具支配性的是,"民间社会"的沉默和幽暗,时刻构成了"大历史"的内在反动,黑道与白道两种传统的对立、两种文明的对立、阶级斗争或孔孟之道与黄色小说的对立,作为一种想象力的结构,在整首诗中也若隐若现。在一篇匆忙写就的短文中,笔者曾指出:《万寿》的风格松弛、宏大,但仔细阅读也会发觉一丝拘谨之感,诗人纵横的能力不仅被"箴言"的语风压制,某些常识化的认识痂壳,尚未被完全粉碎②。诚然,如此规模的历史写作,如何不被庞杂的素材所困,保持一种穿梭、通脱的能力,确实是一个难题。然而,这里提及的"拘谨感",不仅是一个修辞问题,同时也涉及到"稗史"想象力本身的限度。

西川写作的优势之一,就在于他颠三倒四、东拉西扯的语言能力,在矛盾修辞的充沛释放中,现实的尴尬、悖谬及荒唐,往往能被准确把握,他所谓"诗歌思想"的直觉力量,也由此表现出来。在《万寿》中,西川虽然沾染了一点"文抄公"作风,也大段引述一手或二手的文献,但总体上,还是保持主动介入,维持了一种激越的评书、讲史风格:"什么人的疯话"、"不读就来不及了"、"靠"、"就这样了"、"老一套"、"他们也配!"……这些粗口的旁

---

① 西川:《万寿》,载《今天》,2012年春季号"飘风特辑",以下所引诗句也出自该诗。
② 姜涛:《诗歌想象力与历史想象力》,载《读书》,2012年第11期。

白,都暴露了北京侃爷的底色。然而,在某些段落中,西川似乎不满足于"稗史"的直觉,也想抽身而出,想以"箴言"的力量,获取纵深的历史洞察:

> 康有为作《大同书》,娶小老婆,
> 泛舟西湖复活了苏东坡泛舟西湖的情景。
> 文明的两面:大老婆和小老婆,犹如孔孟之道和黄色小说。

这也是气象很大的一节,关照了文化的整体,但有关"文明的两面"之总结,似乎有些匆促了,落入了上面提到的若隐若现的二元结构。

简言之,如果说诗人强大的直觉能力,在处理历史矛盾修辞时驾轻就熟,但当对历史内在奥秘有所总结的时候,"稗史想象力"便不敷使用了。有关大传统与小传统、文明之两面的划分,作为一种文化史观无可厚非,但当这种说法自洽为常识,它对历史的说明能力也会大打折扣。还好,诗人毕竟不是思想、历史学者,依照审美主义的正确原理,立足于"观察、体验和想象"之上的"诗歌思想",也无须承担历史反省、梳理之繁琐责任①。然

---

① 在《中年自述:愤怒的理由》中,西川谈到自己曾想撰写《六朝以前中国人的想象力》一书,并阅读了六朝及六朝以前的全部笔记文,但终究发现只是堆砌了一些材料,尚缺处理这些材料的理论和方法,而现有的理论和方法又不令人满意,"工作量太大了——除非我是诗歌学者,心无杂念,杜绝旁迁他鹜,可我偏偏是个诗人"。(西川:《大河转大弯》,第302页)这种坦诚让人尊敬,类似的难题在诗歌写作中,其实也会不同程度地存在。

而，如果不满足于"稗史"片段的自由把玩，培植更为扩大的"历史想象力"，那么在诗人的强大直觉之外，想象力内部的认识骨干，也需进一步挺拔、粗壮。

在20世纪中国，关注野史、笔记的作者，不在少数，周氏兄弟就是其中代表。同样是阅读明季的野史，鲁迅的感受则是"有些事情，真也不像人世，要令人毛骨悚然，心里受伤，永不痊愈的"①。此外，他们读史，既要读《嘉定屠城记》、《扬州十日记》、《蜀碧》、《蜀龟鉴》和《安龙逸史》一类笔记，更要读"二十四史"的堂皇大观；而读史的目的，不只是要看透历史的混乱和虚无，也意在考察民族精神深处的"奴性"与"蛮性"的形成——"现代中国上下的言行，都一行行地写在二十四史的鬼账簿上面"②。类似的阅读，可能缺少播撒的"快感"，却包含了为专业作者所渴望的那种"历史纵深"。

三

扩展来看，"稗史"想象力之所以支配了当下历史题材的诗歌写作，自然源于整体性、客观性历史叙述的瓦解，诗人在分享某些"后现代"学术的视野同时，也分享了类似学术的困境。除

---

① 鲁迅：《病后杂谈》，《鲁迅全集》第六卷，人民文学出版社，1981年，第167页。
② 周作人：《伟大的捕风》，《周作人散文全集》第五卷，广西师范大学出版社，2009年版，第567页。

此之外,"稗史"的吸引力,或许也拜20年来诗歌群体自动"稍息一边"的文化位置所赐:"稍息"造就了"边缘","边缘"构成一种限制,但同时也构成了特定美学享乐主义、犬儒主义之前提:既然诗歌的想象力无法承担严肃的伦理责任,那么在见证、反讽、观察的位置上,想象力自然可以"逸乐"、"自由"为名,使一切轻逸化为风格,让历史在碎片中有趣,这已是当代诗歌美学正确性的一部分。在这样的氛围中,诗人萧开愚却宣称:"我写诗以主流自任",显示了耐人寻味的独特性:

> 我很少单独考虑诗歌方面的事情,但其他方面的考虑最终还是渗透到我写的诗歌里面。不一定从题材和论辩的途径,主要从语言秩序含有的伦理关系暴露我的有所判断以及忐忑不安。我一直设法避免诗歌和文学占据我的全部视野,不是说我以为诗歌以外的内容紧要而值得用功,而是我涉足的诗歌以残缺牵连其他。①

"写诗以主流自任"一说,容易引起误会,以为诗人要不识时务继承"载道"、"宣传"的衣钵。实际不然,"主流"是针对诸多自觉"稍息一边"、在边缘自娱的态度而言,萧开愚想试图恢复的,是传统写作的广泛联动性,是那种"斡旋实效"之中与"其他方面"打成一片的能力。在古典诗学"第一义"的层面,他看重新诗

---

① 萧开愚:《回避》,《此时此地》,河南大学出版社,2008年,第383页。

"重建人和世界关系"的政治性,但此"政治性"非关以选举为代表的民主制度,也与嘎嘎喧嚣的阶级、底层话语关系不大,更多诉诸语言秩序内在的调整,由此牵动"心性、人际、社会与国际和自然等内外互助的议题"[①]。一般读者往往惊讶于萧开愚在形式上的奇崛实验,但对于语言背后的伦理、政治思考,似乎还来不及辨识、体认。诗人不会等待知音的批量涌现,他历时多年完成的长诗《内地研究》,又一次提供了一个难以被批评消化的样本,也给了当代诗的"历史想象力"一种沉郁顿挫的"在地"形式[②]。

长诗《内地研究》由五个部分构成,每个部分都可独立阅读,又彼此关联,按照诗人自己的解释,还潜在对应于"五行"结构。"内地",意旨以河南为中心并蔓延至陕西、山西二省的中原地带,全诗开篇就写道:

在河南的地壤中埋伏着一台吸尘器
偏南朝代的屈尊台阁和含悲出没,概被吸收。
疑点尤是漏洞,将阿谀自觉的幽空探测,漩涡到折光不到的蛇管尽头的纸袋。

河南这片土地传统深厚,山川草木都是典故,也因文化早熟而逐

[①] 萧开愚:《我看"新诗的传统"》,《此时此地》,第391页。
[②] 《内地研究》目前尚未公开发表,只是作为诗人蒋浩主编的《新诗》专辑于2012年推出,并以打印稿的方式在一定范围内传看。

渐衰败。地下藏着数不清的资源、文物,似乎能将历史的烟尘尽数吸纳,地上人口稠密,乱象丛生。与作为某种传统符号的江南相比,中原与传统的纠葛必然更为错综、幽暗,以致"漩涡到折光不到的蛇管尽头"。萧开愚的这首长诗,便以一种类似地质勘探、田野考察的方式,用错落的、锋利的长短句,劈开地上地下的重重痂壳,分别从地质土壤、文化传统、农村状况、司法监狱、地方财政、环保产业、精神处境等诸多方面,如泼墨般自由书写,总括"内地"的历史现实,辨析当代中国人的知识与心灵。

> 环保业抵制节制,如同洛学南迁而关学不北盛,五百强
> 把总部、帐篷和汽水搬来,不由你不滚屁,关学必须关张。
> 不像休耕的土地在休闲中开春,迷糊而苏醒,
> 不像慢悠悠在城郊转圈,累了回家砸东西。

在语言上,诗人创造了一种文白夹杂、骈散交替的特殊语体,它的伸缩性、扩展力极强,能波澜运势,将描写、考辨、讽刺、质询,想象,贯通于盘旋的语言气脉之中。譬如上引的一段,"南迁"与"北盛"、"关学"与"关张"、"休耕"与"休闲"等一系列谐音与反义的流畅滑动,当然符合自由衍变的游戏诗学,但传达给读者的绝非如此轻薄的快感。在自然与历史的宏大现场与慢悠悠的个体剪影的交叠中,地方传统的溃败、全球化的覆盖、荒凉的农业现实以及集体性的神经官能症,如此密集地放送、传递,让人不得不佩服其中灵活的诗艺。值得提出的是,与柏桦、西川的写作类

似,《内地研究》也包含了与当下学术、思想对话的努力,并有意加入相关的讨论,但作者没太在乎现成的认识格式,反而对新兴的"左""右"思潮都有一定的鞭挞:

> 两条路线并行,间种着,比拼着,
> 有时交叉,发发嗲,有时抱在一起忘记出丑。
> 两边同步改制,从窥到卖,牺牲的不是别人,
> 对手从他自己身上揪出蛇蝎,泡酒自饮,新我不已。

由于文本自身的幽深与阔大,要完整评价《内地研究》需要更绵密、深透的阅读,批评者自身的知识和问题"武库"大概也得更新。但哪怕只是粗浅的浏览,读者也能强烈感到,被诗人豢养的"历史想象力",如何一改凌空的惯习,转而沉落平原,并盘旋着深入"魅影嗰啾"的地层,并穿过社会政经的重重帷幄,斗胆与真问题对撞,而问题之逼真、具象,乃至中央与地方的分税,乃至转基因学者的功过评价。

按照现代文艺的传统,诗歌只是一种"伪陈述",与"求真"无涉,它更多应该提供一种心理的、情感的、快感的模式,而不具体涉及认识上的真伪、高下。艾略特就认为,诗人对思想体系的运用,具有半真半假的性质,即便但丁、莎士比亚,也不是依据像样的哲学写作,只不过他们的情感和一种理论碰巧融合了罢了。在思想破碎的时代,像邓恩一类的玄学诗人,更多像一只喜鹊那样,"随意拣起那些把亮光闪进他眼里的各种观念的残片,嵌入

自己的诗篇中罢了"①。为了抗拒外行的思想干预、抗拒现代的"专业化"挤压,这样的表述捍卫了诗人高亢的自主性,但诗歌行当内部的从业者,也不必为此就固步自封,自动切除思想内部严肃的认识器官。按照萧开愚的说法,诗歌以外的东西也值得用功。"历史想象力"不单是一种高级的心智游戏能力,更是一种综合性的判断能力,或许只有回到现实的腹地,在对丛簇问题的广泛研究中,诗人"想象力"才能获得"在地"的洞察以及伦理政治的实感。

四

上述三位诗人,对待历史、现实的态度不同,却都采用一种开放的模式,无意给出一个总体性的思想造型,当代体量较大的诗作,也大多偏爱此类并置、杂陈、不受目的论支配的展开结构。受艺术家徐冰2010年展出的大型装置《凤凰》启发,欧阳江河的同名长诗《凤凰》却体现了另外一种努力,一种要为经验总体赋形的努力:"得给消费时代的CBD景观/搭建一个古瓮般的思想废墟。"②这两行诗的意图显豁又张扬,大概可读作《凤凰》的中心思想。

---

① 艾略特:《莎士比亚和塞内加的斯多葛主义》,《传统与个人才能——艾略特文集·论文》,上海译文出版社,2012年,第171页。
② 欧阳江河:《凤凰》,载《今天》2012年春季号"飘风特辑",以下所引诗句均出自该诗。

> 给从未起飞的飞翔
> 搭一片天外天,
> 在天地之间,搭一个工作的脚手架。
> 神的工作与人类相同,
> 都是在荒凉的地方种一些树……

欧阳江河的写作,以"左右互搏"的风格著称,《凤凰》的写作不出意外延续了这种手法,依然用诡辩、悖论的语言,强有力地搅拌政治、历史、社会、金融、地产,但这首诗最突出的抱负,却表现在上面这个开头中:一开始,就凌空竖起一个超验框架,一个可供想象力飞腾的"脚手架"。在后面的诗行中,飞翔、思想、写诗,与地产商拆房子、盖房子的相关性,也不断被提及,人的欲望、人的劳动是和在"神的工作"的类比中展开的。这是全诗的一个大前提,为《凤凰》带来了一种当代诗少有的崇高风格,也催生了全诗向上飞升的整体势能。

当然,这种"崇高"具有一定的怀旧性,因为诗人心知肚明,"神"早已死掉,天外也早已无天,在后现代的城市、知识景观中,人与神的古典象征结构,正如那种叫做凤凰的现实:"它的真身越是真的,越像一个造假。"所以,诗人的征用,或许是一种自觉的"冒用",他为时代经验赋得的总体性——"古瓮",也只能以一堆词语"废墟"的形式呈现。在这一点上,欧阳江河很是明智。即便如此,天地之间高高耸起的"工作脚手架",毕竟带来一种形式上"总体性"的可能,欧阳江河也出色地将其把握,在空间和时间两个维度上,展开大规模的词语施工。

在空间上,由人与神、人与鸟、飞与不飞的垂直紧张出发,诗人熟练地引申出上与下、轻与重、大与小、空与实、凝定与分散、整体与部分、历史与当下、望京与北京等一系列可以自由把玩的二元。在这些二元关系的牵引下,诗中写到的一切似乎都"铁了心"要飞,包括拆迁的空地、从叛逆转为顺民的青年、夜路上渴睡的民工、几个乡下人、几个城管……都盘旋着,被吸附到巨大的脚手架上。诗人声称要处理的消费时代,也由此得到了百科全书式的展现。到了全诗的后半段,欧阳江河又逆转视角,以时间为轴,谈论起凤凰的"前世今生",从庄子、李贺、贾谊、李白、韩愈,一路写到郭沫若、艾青、凤凰牌自行车,纵横古今,梳理了"凤凰"在传统文化、革命理想、家国想象、日常生活中的不断变形,为它塑造出一个肉感的世俗真身。最终,空间和时间的两股力量汇合在一起,在长诗尾部喷泉一样涌出,令人惊叹地以一场宏大的视觉盛宴作结:

> 水滴,焰火,上百万颗钻石,
> 以及成千顿的自由落体,
> 以及垃圾的天女散花,
> 将落未落时,突然被什么给镇住了,
> 在天空中
> 凝结成一个全体

作为一大堆飞起的"垃圾",一座内部镂空的"废墟",这个瞬间凝定的全体,其实也可瞬间撤销、解体,回到"空"中,对时代精神内部空虚的悲剧性洞察,也就包含在凝定与溃散的辩证中。然而,这座"废墟"并没有在本雅明的意义上,呈现于严峻的末世论视野,散发出死亡的寓言气味,反倒活色生香地怒放着,如北京鸟巢上空大朵绽开的奥运开幕焰火——绚烂后立即消散的"盛世"幻象。换言之,一种失败感转瞬化为崇高的审美胜景,欧阳江河的悲剧性洞察,由是包含了享乐的气质。

徐冰的同名艺术品让财富中心与建筑垃圾并置,依靠环境与行为的错位,"将资本和劳动在当代条件下的关系以一种反讽的方式呈现出来"①。同样,《凤凰》中"历史想象力"所表现的总体性特征,也可置于它与消费时代资本逻辑的关联中去考察。在全诗的第四节,曾出现一群神秘莫测的地产商形象,他们远离大众,高高站在了星空深处,把星星:

> 像烟头一样掐没,他们用吸星大法
> 把地火点燃的烟花盛世吸进肺腑
> 然后,优雅地吐出印花税。

地产商吸尽"地火"与血汗,建立起资本高耸的、"易碎的天体"。事实上,这种高超、漂亮的"吸星大法"同样也为诗人所用。熟悉

---

① 汪晖:《凤凰如何涅槃——关于徐冰的〈凤凰〉》,载《天涯》,2012 年第 1 期。

欧阳江河作品的读者都知道,在各种矛盾、对立之间自由把玩的"诡辩术",似乎是他一项个人的诗歌专利。在这样的技术中,词的能指和所指被随意剥离,经验的稳定结构也被尽情拆卸,然后通过出奇制胜的再组装,不断衍生出新的感性。这和地产商对与空间的不断拆除、重建,与金融资本的流动与再生产,在逻辑上其实并无根本的不同:"为词造一座银行吧,/并且,批准事物的梦幻性透支。"《凤凰》的写作与它试图凌驾的当代经济、消费现场,有着惊人的同构性,时刻洋溢着政治经济学、符号经济学的想象力。

依据新潮理论的表述,金融资本正是通过将一切坚固的、在地的事物摧毁,兑换成可以交换的符号,并透支时间,将未来打包贩卖,以营造城市与发展的"乌有之境"。所谓"乌有之境",就是时空关系的错乱与扬弃,就是消除一切障碍又将一切组合的盛世蜃景。这是《凤凰》的主题,也可以说是"铁了心要飞"的立场:顽固地用词的轻盈取代物的沉重的立场。房地产不断透支我们的未来,词语不断透支感我们的受力和经验。而"飞"与"不飞"、"超验"与"经验"、"人工"与"真身",这一系列二元紧张,是否还具有思想的活力、能对应于当下中国的现实,暂且不论,从某个角度看,它们恰恰是资本运动内在逻辑的一种修辞表现,恰恰是制造"盛世"幻象所需的动力装置。

无疑,欧阳江河强大的历史想象力触及并揭示了这一装置——"词根被银根攥紧,又禅宗般松开",但也最大限度地模拟了、享用着这种装置。在这样的"吸星大法"中,"凤凰"虽浸透地火与血汗,却也"镂空"地缺乏一种在地性,因为大地上的人和物,都被迫飞了起来,纷纷扔掉了自己的暂住证、医疗卡和各种各样的问题和情感,只是成为施工的"脚手架"边应手的时代风景。生活的实感告诉我们,在当下的中国现场,许多人和物、许多经验和观念,在很大程度上其实是飞不起来的,也无法被"吸星大法"彻底吸干。这不仅是个伦理问题,也同样包含了修辞上的考量。多年前,欧阳江河曾撰文反省诗歌中的"升华"模式:"词升华为仪式,完全脱离了与特定事物的直接联系,成了可以进行无限替换的剩余能指。"[①]为塑造高悬的"凤凰",超验的"吸星大法"其实也具有"升华"的功能。虽然这种"升华"并不指向可公度的象征,"凤凰"也只是崩溃中的一个"反词"造型,但以总体性为名的"历史想象力",怎么去处理那些"飞不起来"的部分,怎样转而"铁了心"不去"飞",转而去对抗以"超验"模式为包装的经验"透支",恰恰正是诗人和艺术家要进一步考虑的课题。如果意识不到这一点,"飞"起来的历史想象力,可能突破不了华丽的"盛世"逻辑,反倒在无形中再一次变成对它的深深认可和屈从。

五

如果将20世纪80年代的先锋诗歌,设想为一个精力四射

---

① 欧阳江河:《当代诗的升华及其限度》,陈超编《最新先锋诗论选》,河北教育出版社,2003年,第189页。

的愤怒青年,那么经过近三十年的江湖历练,这个小伙子也该进入"知天命"之年了。上面谈及的四位诗人,年龄大致都在五十岁左右,刚好与先锋诗歌同年,他们的写作成就,也大致能显现先锋诗歌成熟的年轮。无论回到时间深处、释放出历史缤纷又暗黑的片段,还是贴近地方、幽微洞察社会人心的变迁,还是以"透支"为"升华"、为溃乱的当代精神赋予造型,四位诗人的长诗写作其实已突破了诗歌"历史想象力"的固有模式(日常社会生活及个体经验的挖掘),并全面释放了先锋诗歌近二十年积累的修辞活力。然而,同样值得注意的是,这种大体量的写作也从一个侧面,暴露了个人化"历史想象力"的内在限度:在新的时代情境中,一旦触及更大的历史对象,朝向更严肃的写作前景,"历史想象力"难免会疲软为一种"稗史想象力",或在崇高的"升华"结构中模糊了"在地感"。稍作把脉的话,或"阴虚"或"阳亢",显然并非源于诗人个体的气魄、能力,而更多受制于"历史想象力"的深层逻辑,受制于90年代以来支撑先锋诗歌场域的基本话语。

简单说,90年代以来的先锋诗歌场域,除去故作放诞、撒娇卖乖的一部分,主要奠基于两种基本话语,一为捍卫想象力之自主的文学自由主义,一为强调个体良知的人文主义。这两种话语之所以强劲、持久,既源于其本身的感召力,同时也与先锋诗歌分享的历史"红利"有关,这份"红利"大概有三个部分:其一,出于对既往政治统制及专断的本质主义的反动,诗歌必然注定是一项个人化的自主创造,必然享有"治外法权";其二,"语言转向"之后的后现代理论,一波又一波袭来,又为文学自由主义提供了语言本体论包装,既然一切都是符号关系的产物,诗歌必然也是语言对自身的礼赞,先锋诗人即便强调历史介入,但也会首先声明,这只是一种"风格"的介入。其三,"后发达地区"作者基本的现实感,这并不一定来自"经世济民"、"感时忧国"一类传统的教训,而几乎出于中国人固有的伦理性格和社会峻急变动中的本能直感,大多数严肃诗歌作者,其实不太能完全专注于自娱自乐的快感。

可以说,"后现代"的文艺原理和历史记忆的羞愤难当,交相作用,共同塑造了先锋诗歌的"意识形态",也推动"历史想象力"在"异质混成"中生成,但经过二十年代的滚动,两项话语仍能维持诗歌这个行当的正常运转,以及对新人的褒奖、拣选,但不一定能超越行当的阈限,鼓舞"历史想象力"重塑自身的羽翼。这不只是书写空间、对象的扩展问题,同时也是内在识见的增长问题,诚如西川所提到的,历史想象必须立足"此时此地"的"真问题"。那"真问题"又是什么?贫富分化,社会溃败,食品安全,空气雾霾,海岛紧张?对诗人而言,这些状况并不一定就是"真问题"。"真问题"还要从历史的纵深和思想的多层次中寻来,包括鲜活伦理感受之匮乏、"左""右"政治之僵硬,包括诸般后现代表述之"雄赳赳"气概,都是"真问题"局部的表现,诗人不求独立担当,也可放眼四外。

在那篇《万寿》短评的末尾,笔者曾提出诗歌"历史想象力"的培植,并非是诗歌自身可以解决的,需要不同领域的人文知识分子的联合,应该自觉恢复包括诗歌在内的文学写作与思想、历史写作的内在有机性。聊胜于无,这大概是一个方案,需要更广泛的读书、穷理、交谈、写作、阅历社会人事,等等。然而,除了此类缓不济急的水磨工夫,诗人的"历史想象力"首先需要自我唤醒,不仅一味包容,颠倒于繁复的风格,首先要从各种"正确性"的格套中挣脱出来,有勇气上天入地,且有经有权。

本文原载《文艺研究》2013 年第 6 期

附记:《"历史想象力"如何可能:几部长诗的阅读札记》中的第二、四部分,分别由此前《诗歌想象力与历史想象力》、《为"天问"搭一个词的脚手架?》两文内容的摘录、压缩而成。为了完整展示当时的思路,最初的两篇文章也附录于书后。

辑 二

"混搭"现场与当代诗的文化公共性

据说,诗歌与生活之间存在"古老的敌意",现代诗一向边缘的处境,也反复印证了这一点。久而久之,分化的社会结构也内化为稳定的认识装置,诗的作者和读者倾向于认为诗意的世界,原本就是社会网格之外的一块飞地,同时也自动豁免了现实关系中的责与权。这一总体性结构,已隐隐然不可动摇,即便试图挣脱的努力、试图在诗歌写作与阅读中重建某种公共性的努力,也一直持续不断。这也涉及到如何看待近年来一个特别现象:诗歌与社会性议题的相互卷入。

2015年,先是女诗人余秀华意外走红并引发热议,后有一场名为"我的诗篇"的工人诗会在线下与线上同步,同名纪录片随后斩获上海电影节"金爵奖"。一时间,底层与苦难、疾病与自杀、工人或农民工,似乎成了谈论当下诗歌离不开的关键词。当然,对类似话题的关注并不始于2015年,有关"草根写作"、"底层文学"、"打工诗歌"的讨论,早些年已开始流行,但在这一波热潮中,我们能感受到更复杂因素的作用:既有身体和影像的抒情展示,又有媒体不出意外的推波助澜,既有工人自己的发声,更有作品的编纂、专家的研讨、学术争鸣,以及更为高端的国际化观看。一位当事人这样感慨:当"工人诗会"的主创者在茫茫人海中将十几位身份相近的诗人淘到一起时,"我便知道,知识分子诗人和工人诗人的混搭时代来临了",而这一"烟熏火燎的、机器味浓重的"、看着有些芜杂的现场,可能使"某些当下的腐儒倍感吞咽困难"。(魏国松《炸裂之后,碎了谁的一地贞操》)这位工人诗人说的没错,2015年的诗歌现场,确实具有"混搭"的风格,"吞咽困难"也说明任何单一的文学、文化逻辑都不足以消化。社会关怀与悲情消费、非政治的诗意与泛政治的学术、真的问题与伪的姿态,"混搭"折射了当代文化的暧昧困境,其实也向当代文化思考提出了挑战,关键在于能否撕掉那些人为的标签,重构方法和视野,将芜杂的现场重新征用,将其转化为一个可能性的空间。

这件事说说容易,怎样落实并没有现成的方案。可以观察的倒是,包括专家意见在内的公众反应,更多还是依据既有的社会惯性、审美惯性,在大家熟悉的游戏规则中展开。比如,余秀华的诗一开始就赢得了城市读者认同,但在所谓"专业"诗人那里,一开始也有截然相反的评价:肯定的一方,强调她的作品真挚感人,体现纯粹生命的强度;否定的一方,认为她的抒情老套、用词宏大,写出来的不过是心灵鸡汤一类状态。从媒体的角度看,这样的争论看点多多,但给人的感觉是,争来争去还是老一套,无论强调感染性,还是推崇先锋性,还是落回不同的美学"正确性"中。在这个问题上,诗人臧棣的发言其实颇为有趣。他说余秀华"就是比北岛写的好",又说中国比她写的好的诗人"至少有300人",好像有意在挑事儿,为这场争议带来了某种喜剧性,但不能忽略他的基本洞见,即:我们太急于从好与不好来判断,这可能落入了一个陷阱,更重要的是,"余秀华的诗,向我们今天的诗歌文化提出了很多问题"。(《臧棣访谈:关于余秀华》)确实,余秀华的写作可以放在一个更大的视野中去思考,包括"人人都能写诗"这一文学民主的想象,也包括对当代诗文化可能性的重新构想:一位生活在偏僻乡村的女性,先不说身体疾患,在相对贫瘠的环境中,怎样用诗歌的方式建立起自己的生活世界?她依托的文学资源和社会网络是什么?怎么看待当代中国普通人的精神焦灼和饥渴,包括诗歌在内的文学能否安顿这些不安的身心,帮助重建人和世界的内在关系?

相比之下,"工人诗会"只是在一个小范围内得到关注,但引起的争议要更为复杂。从年初北京郊外皮村的云端朗诵开始,"工人诗歌"随后登上天津大剧院的舞台,接着又走上上海国际电影节的红毯,这一过程包含了当代诗介入公共场域的一次次尝试,主创者们希望以诗歌和影像为媒介,让沉默的底层炸裂、发声。然而,质疑的声音也随之出现:有人提问,工人形象经过了集体的美学包装,这样被整合出的声音是否还具有抗争性、主体性?(武勤《炸裂之后的沉默,打工诗篇已死于舞台!》)还有人指出,诗会与纪录片的主创者"没有深刻地切入政治经济学",因而没能剖析工人所处的权力关系,只能让人感受悲伤和残酷,却无法理性认识其来源。(郦菁《情怀和感动之后,工人诗歌如何挑战资本的逻辑》)当面容模糊的社会问题不被解答,矛盾对立不被认识,个人的苦痛只能被中产阶级价值观回收,"被嫁接到个人奋斗的励志叙述中"。(高大明《个人奋斗价值观的局限与工人诗歌应构造的文化》)

看得出,这些质疑大多出自文化研究或社会批判的理论视野,措辞不嫌尖锐、立意务必深刻,可以看作是"工人诗歌"卷入公共"场域"之后的必然震荡。底层如何发声?谁来替他们发声?被整合过的声音是否构成新的遮蔽?怎样突破资本游戏设定的界限?震波的扩散过程,亦即上述问题空间的生成过程。为了使这一生成中的空间不致过早封闭,在对知识分子及资本权力保持警惕的同时,批评者或许也要警惕自身的理论预设及潜在的优势感。悲情的浪漫美学会掩盖资本与权力的运作机制,可以追问的是,有关工人、底层的主体性想象,是否也复制于激进的批判理论,因无需面对实践的艰巨而显得过于明快?比如,出于对工人阶级能动性的强调,不止一位论者提出工人作者应摆脱外在包装,立足草根环境,在与"机器的异化"的抗争中,创造一种新型的主体和文化,甚至"有能力对自身的主体位置进行描述甚至超越:在白天工作,在夜间写作,在小酒馆中畅谈政治与文学,朗诵自己的诗歌,随时'成为'知识分子——这种新的政治主体性无疑搅动了无知者与智者的界限,这才是真正的'偷换'。"(杨枒《这是一场无关工人诗歌的讨论》)这段描述依据了朗西埃对十九世纪三四十年代工人档案的调查,其中乌托邦式的工人文化景观,基于十九世纪欧洲经验,能否构成当下中国现实的有效参照,显然是值得疑问的。借用一位论者的说法,在"未有新的工人阶级之前"(王磊光),工人群体的状况势必复杂流变,工人的主体意识势必幽暗不明,自发的及被整理的工人诗歌,势必暂且集中于诉苦、维权、记录个体经验,尚不能进步到"在小酒馆中畅谈政治与文学"的境界。

同样,工人文化的发生现场,也势必是一个"混搭"的、不纯粹的现场。在这样的现场之中,纠结于"好与不好"的判断,可能会落入"一个陷阱";置身局外,洞若观火地进行症候分析,也会显得陈义过高,缺失了一份在地的同情和耐心。换言之,有人匆忙吞咽,另有人拒绝吞咽,两种迥异的反应,背后的态度可能颇为一致,即仅将一系列"诗歌嘉年华"看作当代诗学与当代理论的外部事件,可鼓吹、可借用、可批判,却没有意识到可以将其内化,思考其中拓展视野、自我省察的契机。这样一来,结果无非是:热闹终会过去,当事人终会落入常态,诗坛还是那个诗坛,理论还是那些理论,底层还是那个被曝光、被代言的沉默多数,读者还是会在疲倦的刷屏中,等待下一个不知从何处冒出来的热点。

在这个意义上,"吞咽困难"反而是机能健康的表现,因为思想与方法的暂时紊乱,往往是新感受、新实践必要的出发点。为了摸索这样的出发点,一些相对具体的工作,有必要持续地展开。在讨论中,大家都对工人形象的标签化使用有所反感,纷纷指出工人群体不是一个同质性的存在,在社会主义时代老工人与"血汗工厂"中的新工人之间,在国企、民企、外企的职工之间,在工人与农民工之间,存在相当大的差异,实际的社会阶层和利益诉求并不一致,即如参加"工人诗会"诗人们,有不少已脱离一线的生产劳动,跻身企业的管理层,或投身到文化事业当中。由这样的问题意识出发,以"工人诗歌"为对象,考察不同时期、不同场景中劳动者的感受方式、经验构成,考察文字背后社会结构的变迁,或许有助于把握"未有新的工人阶级之前"丰富的群体和意识状态。

在非文学的领域,这样的工作早在进行,且成果斐然。"工人诗歌"的引入,相信会为相关讨论提供更多第一手的情感资料。然而,仅仅将底层的、工人的作品,理解为社会考察的"资料",仅仅用这些资料去对应我们已有的社会观察,是远远不够的。在更积极的意义上,包括诗歌在内的文学经验,本身就包含了认识的活力,可以通过对现实状况的复杂呈现,修正乃至更新我们一般性的社会理解。从这个角度看,劳动的异化、身体的伤残、人与机器的纠葛、漂泊感受与乡土记忆,的确是"工人诗歌"常见的题材,但对"工人诗歌"的丰富性、多样性,还有待进一步挖掘。阅读秦晓宇编选的《我的诗篇——当代工人诗典》,我的感觉是,不少作品已溢出了底层文学的常见类型,贯穿了对于语言可能性的探索热情。像矿工诗人老井,他的写作有意回避诉苦、对抗一类主题,偏爱在劳动经验中引入神秘的自然感受,如《地心的蛙鸣》中为人称道的这一段:

> 漆黑的地心,我一直在挖煤
> 远处有时会发出几声,深绿的鸣叫
> 几小时过后,我手中的硬镐
> 变成了柔软的枝条。

地心深处黑暗又寂静,金属与地壳的持续撞击,仿佛唤醒了亿万年前沉睡在矿石中的远古生物,人的劳动与其说被田园诗化,毋宁说被嵌入了自然史的纵深中。同样偏爱超现实书写的,还有年轻诗人乌鸟鸟,他的诗意象密集,如计算机的语码高速转换,往往能在具有压迫感的现实场景中提升出宇宙倾覆、大地腐烂的总体幻象。我猜想这和更年轻一代人新的经验来源相关,比如对电子媒介、网络游戏的沉迷。据调查,富士康的工人群体对于新技术、新媒体的接受程度,就要高于一般的市民阶层,要考察代际差异中工人群体变动的文化接受,这应该是一个不可忽略的切入点。包括自杀的诗人许立志,他对死亡的谶语式书写,令人印象深刻,但正如秦晓宇在其诗集的序言中提到的,这位悲情愤怒的诗人,还有幽默诙谐的一面,时而会以戏仿的方式来恶搞。在《请给我一巴掌》中,"我"连续佯装成不同的社会角色:作为父亲,"我"应该挨上一巴掌,因为愧对儿子,不能卖肾给他买一部 iphone5s;作为诗人,"我"更应挨上一巴掌,因为"活到今天还没自杀也没打算自杀","我愧对媒体愧对大众"、"愧对诗评家愧对诗歌史"。这样的反讽写法,还略显直露,却蕴含了一种批判性的社会觉知。这首自轻自贱的诗,作为一记"抽向社会的耳光",在语言游戏中暴露了普遍的伦理危机,也预知了个人悲剧难免被集体消费的结局。

针对"工人诗会"的浪漫化倾向,曾有论者建议,诗会的总体风格不妨更客观一些,更有距离感一些,以形成内部的批判性空间。许立志的自我嘲弄,就体现了类似的"间离化"意识,它产生于痛楚的个人感受,却能在更为复杂的认知层次上展开。在这个意义上,挖掘"工人诗歌"的丰富性乃至实验性,并非是要将这些片段尝试回收于当代艺术推崇的先锋原则中,而是说自发的语言探索,可能连缀了不断变换角度去理解自身生存状况的努力,它们不能轻易作为"资料"被征引,却会对批判性的社会思考提出更高的要求。目前,这部分努力其实特别需要耐心的体认、揭示,其中可能包含了"主体位置的描述与超越"的线索。

回到当代诗公共性的话题。这里的"公共性",并非等同于影响力的扩张,更无关时下流行的"圈粉"策略或眼球经济,也不单纯是指所谓文学的"介入",将诗歌写作与各种各样的社会保护运动做表面衔接。在我的理解中,"公共性"应更内在一些、微妙一些,在社会性的衔接或卷入中,同时指向了一种联动的"场域"。在这样的"场域"中,一个议题不简单被提出、被附议或被否决,而是能被不断调整、深化,并且结合于实践的进程;不同的群体、不同的逻辑也可彼此"混搭"、碰撞,破除各自原有的认识格局,尝试在"同情"中"同理"、进而分享共同的难题。比如,争议中频频出现的知识分子与工人的二元划分,预设了一方掌握特权,另一方在"沉默"中被包装、被代言。先不说工人群体也可能"被沉默",所谓"知识分子"同样不是同质化的一群。在劳动日益非物质化的语境中,包括"工人诗会"组织者、检讨者在内,许多人不过是分工体制之下文化生产流水线上新型的打工者。"混搭"的可能,正是来自对类似二元结构的破除,将对他人状况的关注,转化为一种切身切己的普遍觉悟。在某种意义上,在"未有新的工人阶级"之前,"知识分子"或许也是一种尚待争取、创造的思考位置。

这样的"公共性",难以成为公共关注的焦点,却能潜移默化改变周遭的氛围,影响到思想、实践的方式,自然也会渗透到写作中。这倒不是鼓吹公共题材的优先性(类似题材的泛滥,往往带来"公共性"的表面膨胀与实际缩减),而是说当代诗的作者,也能从联动的思想氛围中获益,体认他人的情境、洞悉现实的责权,从而翻转现代文艺孤独的美学"内面",重构写作的位置、视野,发展某种伦理的乃至政治经济的想象力。在这样的向度上努力,卷入公共生活的诗歌,或许真能甩脱"古老的敌意",不只为巨大的社会艰辛涂抹几缕抒情的光晕,也不只在语言的"飞地"上营造奇观,而真的成为一种全新的诗。这样的诗,针对了普遍的身心不安,又能拥抱我们生活世界的内外层次和多方面关系。

本文原载《艺术评论》2015 年第 9 期

拉杂印象:"十年的变速器"之朽坏?
—— 为复刊后的《中国诗歌评论》而作

一

大约是在 10 年前,收到同代诗人韩博的打印诗集《十年的变速器》,当时就觉得名字取得真好,恰切又具象,不要说大家过往的写作都到了 10 年这个关口,需要某种自我的总结、省察,"变速器"三个字逗引出的机械感,也吻合于成长阶段身心反复拉锯的经验。依照人生的通俗哲学,一个人的成长意味着向更高智慧的迈进,生理与社会的条件也决定这一过程必须遵循某种步调,而 10 年的时间正好构成一个平稳的台阶、一个可资盘点的阶段。这不仅对诗人的个体有效,对于当代诗歌的整体进程而言,似乎也可做类似的观察:自上世纪 70 年代开始,每隔 10 年,诗歌界的风尚就会发生剧烈的变动,一茬新诗人也会"穷凶极恶"地如期登台。2002 年之后,《中国诗歌评论》无疾而终,如今恢复也大致经过了10年,某种时光内部的恒常节奏,好像暗中支配了许许多多人与事的安排。

其实,不只当代诗歌如此,即便广义的新诗,从诞生之日起,不是也受控于"十年的变速器",逐渐从白话演为现代?无论"加速"还是"减速",诗人先是与传统争吵、继而与"看不懂"的批评家和读者争吵,紧接着与文化的、意识形态的教条争吵,与诸多不公和压制的势力争吵,以致和冥顽不化、自命不凡的同行们争吵,10年的历程困厄重重,也能豁然开朗,危机养育了新诗基本的警觉,也形成了抗辩中柔韧、曲折的线条。久而久之,年轻的诗人会有这样一种印象,群体的、历史的节奏与个体的、生理的节奏并无本质不同,诗歌史的班车总会定时发出,以10年为间隔,只要少年时勤奋、并且足够紧张,就会有一班车停在身边,当然能否挤上去要靠运气和天分。

这种印象,显然是一种错觉。因为从某个角度看,"十年的变速器"或许只是一件20世纪特殊的装置,一件甚至可以废弛的装置。诗人们一贯苦心孤诣,想在文字与想象力的系谱中承担一切荣光和责任,但事实上文学的动荡只是20世纪历史动荡的一部分不甚紧要的投影。有一种说法,20世纪中国每隔十年,必有大事发生,改变社会与人心的走向,列举出一些特定的年份即可说明:1911、1919、1927、1937、1949、1958、1967、1977、1989。急遽变动的历史,加剧了价值重构与社会重构的速度,诗人们在文字中游击巷战,小小的抱负之一,即是挣脱外部他者的粗暴掌控,殊不知却歪打正着,有意无意分享了20世纪中国价值重构的频率。可以猜想的是,如果中国诗人只照猫画虎地取法欧美、按部就班地先锋且现代,我不相信新诗能够一度成为某种激动人心的文化,在"心声"与"内曜"意义上,一度成为某种唤醒的文化。大陆以外有些区域的汉语诗歌,在先锋且现代的方面发育更为完整、营养似乎更健全,然而做出的表率竟索然无味,这不出意外。

二

动荡的20世纪,变速的20世纪,革命的20世纪,在当代学术的视镜中,也可能是短命的20世纪,与所谓"漫长的19世纪"相较之下。这个"短的20世纪",像历史中的另类,拒绝缓慢生成的合理化秩序,意图在普适的文明与经济之外,辟出另外一个体系。"短",由此也引申出一系列的革命、冲突、重构、危机、转变,20世纪中国"十年的变速器"有更复杂的机械传动,但从这个角度去检修一下,应该也大致不差。然而,世纪末出现了一种时空错乱的奇观,有影响力的学人已经惊呼:革命时代的冲击和改造似乎没有发生过,经济的增长、全球化的深入、霸权的联盟与危机、社会问题的堆积,使得这个时代更像"漫长的19世纪"的复归或延伸,而与即将告退的20世纪相距更远。换句话说,90年代以来的中国,大概有意要挣脱20世纪的节奏,冒着热腾腾的废气,一头要闯入貌似更为恒定的历史进程之中,这也让那个疲惫的"进程"有点猝不及防。

有影响力学人的说法,与其说在陈述事实,毋宁表达一种抗拒与思辨的诉求。事实上,怎样理解、评估两个世纪交错带来的冲撞,已让各界人士鏖战了良久。20世纪的结束不一定意味着某一世纪宏大方案的单调胜利,任何形式的"历史终结论"更多在修辞的意义上有效。或许我们注定要栖身在不同"世纪"、逻辑的相互纠葛与反对之中,注定还要寻找一种可能的语言说明自身的矛盾。在这里,对于习惯了坐在"十年的变速器"上,感伤地看待生活与世界的诗人来说,关键是:在这历史节奏又一次突变的节骨眼上,诗歌的群落怎样了呢?

简单地说,与十年前相比,大部分诗人写得无疑更好了,从乡镇到都会,诗歌界整体的技艺达到了水平线上。十年前的重要诗人,如今仍然乃至更为重要,少数人能够持续地掘进,写出了一批又一批可信赖的代表作,并将风格严肃地发展成各自的轨范。在这里,"严肃"取其中性含义,指的是某种正儿八经又心事重重的样子,不仅传统的人文主义诗人、"好诗"主义诗人,面对若有实无的外界非议或猜测,要端正着表情和衣冠,原来"反道学"的莽汉们,逐渐将反对事业扩大为广泛参股的公司事业,因而必须在"反道学"的章程中加入"道学气",这一"颠倒"在招募新人方面,往往很有成效。等到一代少年诗人,刚刚登场就已深谋远虑,迅速地掌握了前几代人辛苦积攒的武备。在好心人的眼里,他们令人遗憾地老成,缺失了好勇斗狠、朝气蓬勃的时代。

与十年前相比,因为众所周知的原因,诗歌的人口无疑更多了,诗歌的门槛也更低了,似乎先于教育、医疗,实现了真正的平民化,诗歌地域的分布也更为均衡,无论走到哪里,都能冒出一两个欣欣向荣的诗人团伙。原本恶斗的"江湖"越来越像一个不断扩大的"派对",能招引各方人士、各路资源,容纳更多的怪癖、偏执、野狐禅。出于对传统诗歌交际的反对,新诗作为一种"不合群"的文化,曾长久地培育孤注一掷的人格,放大"献给无限少数人"的神话。近十年来,诗之"合群"的愿望,却意外地得到报复性满足,朗诵的舞台、热闹的酒桌、颁奖的晚会、游山玩水的讨论,从北到南连绵不断,有点资历的同仁们忙于相互加冠加冕。这当然是好事,虽然加重了诗人肠胃的负担,但带来了心智和欲望的流动。

与十年前相比,批评的重要性降低了,集团之间的大规模冲突,各方都在无意识中规避,但批评的社会功能却取得长足发展,有时候让人联想到某一类服务行业,比如,为毛头诗人们修剪出一个干净利落的发型,好让他们出现在"派对"和选集上的时候,能够被轻易地辨认出来。这种服务甚至不需预约,可以随叫随到。另一部分批评,则立足长远,忙着在当代思想的郊外,修建规模不大的诗人社区,好让德高望重的诗人集体地搬迁进去,暗中获取长久的物业经营权。影响之下,名气略逊一筹的诗人们,一定会自动在附近租住青年公寓,期望能够联动成片,成为郊外逶迤的风景之一种。这样的结果是,有抱负的诗人不喜欢具体繁琐的城市政治,更厌倦了资讯与娱乐匮乏的乡村乌托邦,他们乐得搬入熠熠闪光的诗歌传统中,在那里消费拟想自我的各类版本。

似乎,从任何一个角度看,十年后的诗歌的生态似乎更为健康、从容、平稳,诗歌界的山头即使还林立、丛生,但那只是衬托出文化地貌的多样性而已。唯一让人略略吃惊的是,诗歌写作的"大前提"较十年前,没有太大改变;诗人对自己形象的期许,也没有太大的改变;诗歌语言可能的现实关联,没有太大改变。真的,没有太大改变。如今,大部分诗人不需要再为自己写作前提而焦灼、兴奋,也不必隔三差五就要盘算着怎样去驳倒他人、或自我论辩。他们所要做的工作,无非是丰富自己的前提,褒奖自己的前提,并尽可能将其丰富。从"20世纪"的角度看,从充满争议的新诗传统看,这倒是件新鲜事。

换句话说,在"短的20世纪"看似终结的时候,当代诗也有幸从一个世纪的逻辑中悄悄剥离开来,缓缓降落于新世纪热闹的、富裕的现场。这意味着,我们不再可能依靠惯性,以十年为限来看待身边的一切,或许十年间的诗歌没有太大改变,或许没有改变正是一种更内在的、更具结构性的改变的开始,这一过程远远超出了生理成长隐喻所能负载的说明力。那支配了历史节奏、那咬合在心头的变速齿轮,在这十年间是否已逐渐发福,并在发福中松弛、以致滑落,这需要更旷远的眼力才能洞察。对于年轻的又打算团结成一代的诗人来说,这个问题可能更早凸显,因为除了年龄、体力、心气儿的差别外,他们似乎很难找到与前代人在诗学旨趣方面的根本差别,10年的"代际"区隔不再是自明性的。当然,要澄清这个问题,还需要举办若干次高峰论坛,占据某些大学学报珍贵的版面。

三

简单地说,"短的20世纪"崇尚另类,发明阶级,鼓吹平等,特别将对时间的暴力揉捏看作创造力的源泉,由此而来的进化想象、路线斗争、线性思维,都成了20世纪需要不断批判的痼疾,诗歌界作为时代神经元密集的区域,自然更多被传染。以10年为间隔,总会有人斗胆站出来,以"时间"中崛起的姿态,站在历史制高点上,将以往的写作方案判断为无效,将大批同行归入落伍的阵营。"登山训众"的口吻真是让人讨厌,夸大其词的表述,也伤害了不少诗人的感情。然而,在时间齿轮的推动下,骤然的加速、减速,使得均质的空间也有了纵深和分布,类似左右、上下、前后、内外之类的方位,随时可以转化为诗歌政治与诗歌动员的标签。在时间的催迫下,在空间的选择中,诗人习惯了一种危机式的感受和写作,将主体交托给了那一系列不稳定转换中的平衡。

如果说"十年的变速器",在一个新的世纪里已慢了下来,甚至可能在长久弃用中的逐渐朽坏,这也意味着时间和空间的逻辑的悄然转换。不知什么时候起,诗人捣烂了时间的机器,跳出紧绷绷的针对性,纷纷变成了文艺学者,更愿意在一个普遍性的美学框架下,看待自己的写作及伴随的快感:历史不再是一个需要急速穿越的箭簇横飞的峡谷,仿佛成为一间通透敞亮的书房,端坐在正中,古典的、浪漫的、现代的、后现代的、左派与右派、激进或保守,位置和资源不是选择的对象,而是随手取用的对象。更为实际的情况或许是,大家不仅适应了"时间"被"空间"取代,同时也拒绝了任何空间的特权化:我们精心地写作、大规模地出版、小规模地细读和交谈,其实每个人都身处高低错落的"千座高原";这些高原无中心、非层级、不攀比,闷着头各自生长,彼此的重叠、褶皱、衍生,给了自我足够的滑行、变异的可能。这自然是一种自我解放的状态,从意识形态的诡计中真正醒悟的状态,也是诗歌进一步觉悟到自身的状态,不再能用道德教鞭随便指点的状态。

随着时间的"空间化",较劲的、"拧巴"的诗歌不知不觉转变成跨界的、越境的诗歌,诗人身份终于可以在不同的"场域"兑换,想象力简单加工,就可投入社会的再生产。时间紧张的变速,曾像一个密封的瓶子,束缚了诗意的生产力,那么在各种紧箍咒"祛魅"之后,仿佛打开瓶塞后升腾起的雾状魔鬼,弥散的诗歌空气,不仅迷倒了大众和地产商,也间接可以沸腾驱动"航母导弹"的铁血热情。在这样的情势下,被解放了的诗歌应该欢呼自身的胜利吗?被解放的诗歌,怎么反而有些沉闷?

无论19世纪,还是20世纪,现代性的核心诉求仍在于主体的确立。传统"家国天下"世界观分解之后,这一难题原本以为可以外包给自由的、革命的主义,但事实证明,这有点困难,冒牌的东西不太经得起磨损。在没有确定价值系统支撑的现代思想中,主体位置往往显现于批判性的张力,例如破除恶声,伸张灵明的鲁迅。直白地说,在你不知道"正路"、"公理"的时候,至少你还可以依靠反对什么、轻蔑什么,来确定自己,这不能简单归为西方人所谓"怨恨"的伦理,与现代中国精神的困局相关,而主体概念的本身,也必然涉及对抗、说服和较量。20世纪时间的骤然加速或减速,无疑提供了主体性生成的契机,因为变速的瞬间也就是可能性涌出的瞬间。这在一定程度上造成了立场的权宜化、策略化,也带来了性格普遍的操切、不稳健,怎样深刻地检讨也不会过分。然而,时间性的紧张毕竟给出了具体的脉络和现场,无论是在山冈上游击,还是从广场上撤离。

或许是上世纪末的论争,透支了诗人的体力,最近十年诗坛虽然不缺少攻讦和斗嘴,但早已没有了整体的"抗辩",这显示了空间挣脱了时间后的轻盈。本来,这应该是一个主体弱化的时代,是一个需要辨认危机、补充钙质的时代,是一个需要在现场扎根、掘井、张网捕兔、乱吃草药的时代,但有趣的是,我们注意到诗人主体形象的普遍高涨。作为剩余能值和力比多的代言人,作为新鲜感性的技术发明人,甚至作为风尚世界里的先生和女士,红妆素裹,行走天下,自信满满。当"抗辩"的逻辑不再构成主体的支撑,一些相对传统的价值、姿态,依靠惯性几乎没有遇到任何障碍就本能地延续下来,草草填充了被时间掏空的肚子,比如人文主义冥想与担当姿态,或反人文主义(人文主义不争气的颠倒)的草根姿态,无论哪种姿态,维持的只是"常识性"主体。所谓"常识性"主体,指的是没有困境和难度的主体,缺乏临场逼真感的主体,他没有创造价值的贪念,实际上却做到了被通用价值牢牢吸附。

四

出于公共道德,不断有人指摘当代诗不关联现实(这种指摘往往本身就是缺乏公共道德的表现),一些看似及时反映时事的写作,表面颇能迎合政策与人道的口味,实际上进一步强化这种不关联。20年前,一批诗人尝试用新的语言和视角去建立与变化中国的关联,这一尝试最初方法简单、得当,很见成效,带来新鲜空气,后来也因此形成长久的美学僵局。

20年间,不是没有诗人继续尝试去回应、去试验,希图在语言承载并处理变化中国的经验。这些探索甘苦自知,令人尊敬,难度在于:诗人熟悉的人文知识、文学传统在抵抗历史压力、保持所谓内在自由方面卓有成效,而在理解历史变化方面,却派不上什么用场。尤其是上世纪90年代以后,当诸多经济的、社会的、法律的、政治的显学,慢慢驱逐了"言不及义"的人文学术,占据阅读市场的主流,"知识分子"作为一个油腻腻的标签,虽然贴在一小撮诗人头上,但事实上,诗人早已从知识分子想象的共同体中退身出来,"知识分子"写作不需他人的丑化,本身已成为一个滑稽的、反讽性概念。这并不等于说各类主流知识分子一定比诗人更高明,而是说情愿或不情愿地,作为一个群体,诗人可能已从某种总体性的时代认知位置上退了下来。诗歌帮助不了现实,这也是一种常识,但诗人的写作不再希望帮助思想的进程,这种变化对当代诗歌的影响,较之资本、市场、消费,或许要更为深远。

　　人文主义还有一个关系不大显豁的近亲,即上面提及的"好诗主义"或"元诗主义",经由语言中介同样允诺了独立个体的无限美好、无限能动。与呆头呆脑的"纯诗"主义不同,这是一个可以放纵的立场,世界驳杂万有可以被悉数吞下,终结于也是服务于一首诗的成立。语言,语言被设想为一种万能的永动搅拌的机器,它的发动造成空前的审美气息,大家干脆闭嘴,不需再进一步讨论,好好细读就是。

五

　　在一种看似烂熟实则陌生的环境里,十年变速的感伤框架,有必要放弃了,有必要开始习惯在没有时间推动的重叠空间里悬浮着行为、说话、与各色人交往。但自我辨识的要求、对于心智成长和扩张的要求,依旧朴素地存在。这种要求需要心理分析的协助(虽然我不认为中国诗人已经成熟无聊到可以坐在上百平的书房自我释梦的境界),同时还需要向空间之外时间内部的紧张感请教。特别是气喘吁吁的"中国",尚未真的安顿在他不知所终的世纪里,那些辗转于城乡结合部的新进白领们,也许比诗人更先一步思考如下的问题:下一步该做什么呢？难道还要想到下一步吗？还有下一步吗？自己看着办。

本文原载《中国诗歌评论》(复刊号),2012 年 1 月

"再给它们两天南方的气候"

　　十多年来,"70后诗歌"的提法,作为泛滥全社会的"代际"话语之次级衍生品,不断出现在相关的诗歌批评和编纂中。诗人胡子(续冬)早就预言,在当代文学主板市场极不规范的情况下,作为概念股的"70后诗歌",即便沸沸扬扬上市,最终也会因"不合格包装引发的大量投诉和文本业绩的匮乏"而沦为一支垃圾股。我实在是同意这种说法,加上自己也曾忝列某个序列之中,更是相信某种集体同一性的虚妄。然而,十年后再看,当时的想法可能有点傲慢,也太轻佻了,在并不高明的营销策略之外,这支"概念股"还是包含了基本的现实性。这种现实性,不是由好事者四处张贴的美学标签来说明,更不是由"新陈代谢"的历史豪情来保证,而是因为30年来当代中国的剧烈变动,的确给出了时间的节奏,先后给出了几代人的界限。当年曾在文学史想象中剃着进取发型的青葱少年,至今部分已年届不惑,作为落寞大叔,或许更能感到这种节奏的强劲、专横。

这一次,感谢《诗建设》同仁耐心编出的 70 后专辑,让我有机会相对完整地阅读同代人的作品,包括熟悉的与不熟悉的、认可的乃至不大认可的。走马观花的感觉是,当代诗蓬乱芜杂的图像,似乎已被修剪成一畦畦整饬地块,大部分的诗可以满足美学与伦理多方面的要求,也几乎没有技术上、情感上彻底失败的东西。即便忠实于相对类型化的主题,由于并不夸饰到喜剧的程度,也会显出一份自如与精准。对于一本诗选而言,能取得这样的效果,其实相当不易:

> 这就像园艺,为了精致
> 或者枝干更加挺拔,你必须修剪
> 它们的枝蔓。
>
> ——江离《南歌子》

借用上面的诗句,编辑也像一种"园艺"。从文学形象学的角度看,出于工作的耐心和趣味的认真,或许可以说,《诗建设》的朋友们成功地编辑出了一种风格,一种 70 后的风格。它与诗歌理念、方式的统一无关,而是显现为总体写作质量的稳定(入选诗人似乎构成了当代诗的中坚),显现为一种相对浑厚的语言姿态(即便有所激进也不过分乖张),也显现为某种被分享的情感类型(不少作品浸透了温润的抒情伦理)。即使出于"编辑",这种代际的风格还是大致可以信赖。

在当代诗 30 多年野蛮的成长史上,不止一次赶上社会政治与世道人心的大变动,诗歌与诗人也曾有过十分醒目的时代形象。那些风格强悍的前辈们,成长于运动与斗争的火热年代,往往能在特殊的转折时刻,强有力地提出新的美学,提出自己的方法论和世界观,他们的写作与表述,也往往有了"克里斯马"的非凡气象。针对沉闷的生活教条、语言教条,一些逆向提出的方案,无论多么粗糙、简单,无论有多少夸饰和浪费,却也总能歪打正着,洋溢了价值创造的率真热情,也在更大的视野里,扩张过语言和伦理的边际。延续非凡的惯性,连创业之后的贪腐、享乐,这代人也不乏自我戏剧化的英雄气概。

相对而言,70后出生时,大规模的群体性运动已经过去,"文革"后期的中国其实不怎么折腾,家庭的规模也开始收缩,兄弟姐妹开始稀少以致珍贵。乡村的情况我不了解,至少在城市中,双职工家庭模式带来一种普遍的成长经验,不管顽劣与否,这代人与自己独处的时间毕竟多了些,剩余的精力没有更多牵扯到成人世界的热闹中去消耗,只能转向日常性的学习、幻想、暴力和欲望。这方面,或者还缺乏社会学研究的支持,但70年代人是在一个相对平稳、孤独的环境中成长的,这带来部分人性格的早熟,身上各种各样的好坏毛病,不像前辈们那样有机会大大发扬。

二十世纪,父亲
已是长方的机器,
母亲是折叠入墙的

床,是塞不进抽屉的

日内瓦湖,花园的尺寸

已是屋顶的家务,山与云

是齿轮与皮带,转动的灿烂

是砂石磨废又一条小径的火星。

——韩博《勒·柯布西耶双亲住宅》

韩博的写作,体现了这代人心智早熟的一个极致,虽然已身为人夫人父,冷峻的洞察中还是包含了少年人的厌倦,又没心思去刻意挥霍,回头在与世界的不甚关联中,打磨一个微观而灿烂的人生系统。在句子和意象的自由传动中,不出意外显出一副好眼光、好性格。

但早熟,并不一定就是优势,却如同代批评家所称那样,导致各方面"尴尬"的处境。等到这代人结束漫长的少年时代,在上世纪90年初,开始外出求学或自由飘荡,各种轰轰烈烈的造山运动接近了尾声,那些能够强劲扭转感受力的正反力量也基本耗尽,整个社会处在快速致富与快速自学之中,年轻人的野心更多表现在怎样去游戏规则,而不是首先考虑去推翻规则。社会迁徙、分层带来的重重震荡,当然也在神经纤维上密集传送,但社会主义时代的熹微记忆或小镇情怀,也会在内心形成牵绊,不肯发自肺腑地为时代乱象欢呼,认真地对待变化中的一切。结果是,无论进城鬼混、还是下乡探访,某种感伤、讥诮的小知识分子心绪,似乎还颇为流行,浮光掠影地造成某一类叙事抒情的套路。诸多"尴尬"合到了一处,无论经商、进机关还是混迹媒体或学院,这代人中的佼佼者,即便占尽先机,但大多还是低调致富、低调上进,网络上尚缺乏他们可歌可泣的功德和丑闻。表现在写作中,70后的诗歌技艺普遍合格甚至优秀,结合特定的风土与心性,发展出各自的斑斓色彩,但总体上说,这些风格似乎不再具有"非凡"的气质。

对"非凡"的渴望,曾激发过上两代诗人开疆扩土的语言激情,普遍压抑也曾赋予激情以强劲的形式。前辈诗人可能的问题,是被既往"非凡"的时刻所凝固,对自身成就熟稔到不想有所突进。对于后来者而言,"遗憾"不在于错过了造山运动的机遇,而是他们开始写作的时候,当代诗若干浅近的主张已开始固化、常态化。个人的风格似乎可以从习得、磨练中产生,而不再是自我挣扎、冲突的产物,也并非必然伴随观念上的否定与辩难。只要依了心性选取一种,安心或纵情地发展就是。大概15—16年前,曾与周边友人提出一种"偏移"的诗学,即:不再幻想另起炉灶,在承认当下写作格局的前提下,试图在一种修正关系中找到自己的可能。现在看来,这个看似世故、保守的立场,不是缺乏抱负的表现,而是基于对当时诗歌风尚的一种信任。这样说难免唐突了他人,因为此后不久,也眼见同代中不断竖起反叛、激越的旗帜,但彼此心知肚明,反叛的只是诗坛的秩序,而不真的具有价值原创的野心。挪用诗人孟浪的名句——"连朝霞都是陈腐的",年轻人好勇斗狠,还是落在巴掌大的格套中。这也解释了新世纪以来诸多耐人寻味的变化,我们不断目击了"崇低"

与"崇高"、纵欲代言与良知代言之间的悄然转换。

因为早熟,因为在价值前提上并不好斗,因为能够较社会上较早地容身立命,我们不断目击这一代中的作者,不需要为了入场而炮制抢眼姿态,反而能在相对独立、纵深的地带展开诗的"建设",能在并不十分开阔的范围内,尽量扩张、拉伸语言的肌腱。那些肆无忌惮的想象力、自我凌虐的想象力,因为有了生活的阅历,似乎也不会脱缰于平凡实感之外,能如蝌蚪般自由甩动,带着蝌蚪般沉重的头颅和娇小下身:

> 像讣告上的黑字,人在天下。
> 你们不
> 停地扭动。像白纸上的蝌蚪。
>
> ——魔头贝贝《履霜经》

刚才说了,这本专辑中的作者,可算当代诗写作的中坚,相信不少人能持续写出令人信赖的、可读的作品。这一点毋庸多言,但从某种内在限制的角度,倒可以再拉杂写上几句。

坦率地说,写诗这个行当,目前表面热闹(你看大江南北,各类诗刊绿肥红瘦,让人眼花缭乱),实际不尴不尬,可能早早透支了曾有的历史红利。整个社会处在前途未卜的状态,诗人的写作也缺乏清新的导航系统,大家忙于应酬、研讨、集体出版,一切欣欣向荣的背后,或许精神普遍的松懈感。70后的作者们,对于写诗的行当敬重有加、勤勉有加,但一不小心也会构成"不紧张"的中坚,体现当代诗整体的水准,也体现了其内在的界限。这几年,有个不大稳妥的想法,常和几个朋友交换,这里不妨再重申一下,简单说:当代诗的前景,不一定在常态风格的深化、制度化,而在能否恢复某种现实针对性和价值紧张感。改变的前提是,诗人应考虑挣脱愤青、花花公子、神秘通灵者一类单调形象,主动培育某种成熟的、开阔的、具有关联感的人格。20年前,有感于时代、心智及趣味的变化,曾有人提出"中年写作"的方案。回头看,提出者当时不过三十左右的小伙儿,因为历史经验过快被压缩,所以年纪轻轻就有了对晚期风格的期待。70后一代心智早熟,却因早熟而耽搁继续成熟,许多秋风迟暮之作中的少年情怀,就是一个明证。想到这里,有时恨不得重温大师教诲:"再给它们两天南方的气候/迫使它们成熟"(里尔克《秋日》)。

当然,成熟的表现不一而足,但应包含以下几个方面:不再以小知识分子进城或返乡的感受姿态,来看待周遭世界的变化,这种视角除了自怨自艾,不能说明更多;也不再扭捏于看似高深实则表浅的人文情怀,这种人文情怀即使有了各类文化经典的包装,也会因不断自我回收而显得沉闷;同样,各类撒娇卖乖、装神弄鬼的技巧,将来也不会有太大的出息。成熟的心智会带来语言和感受的层次感和针对性,也会唤醒语言创造的崭新欲望。考虑到当代诗在整体上还可能发育未完,对于高低错落的各代诗人而言,就没有了先来后到、扶老携幼的分别,这是一条共同的起跑线。对于包括自己在内的一代人,虽然从未抱有特别热烈的期待,但至少在这条起跑线上,有关写作前景的想象,还有可能被再三地鼓起。

本文原载《诗建设》第 11 辑,2013 年

从催眠的世界中不断醒来

马雁写诗开始很早。2009年珠江诗歌节获奖感言中,她开头就说:"自从我写诗,至今已经有二十余年。"对于一个"青年诗人奖"的获得者而言,这样的开头方式,其实有点磅礴气概。

二十余年间,当代诗的风尚几经转换,经由摹习而渐入发明,故弄新变而参与进程,似乎是年轻作者必修的功课。而在马雁这里,类似的过程不十分明显。她的写作尚未成熟,但她或许是一个早熟的诗人。成熟,意味了实现自身的诸多可能性;早熟,则意味着从一开始,就确立了自身的原则,或自己的难题。还是在那个感言中,马雁紧接着又说:"这二十余年的生活给我留下最深刻的印象就是诗歌与生活之间的交错与互动。"这似乎是一种原则,阅读她的诗集,读者也会强烈地感受,如何在一种内心颖悟的氛围内,对抗现实生活乏味的"整饬",一直是诗人着力的重点。然而,马雁的独特之处,好像还不在这里。

从生活与诗歌的紧张中渔利,大概是一般抒情诗作者的本分,做得太有板有眼,有时反倒会露出文艺青年一点轮廓性的骄躁。"诗歌与生活之间的交错与互动"的原则,在马雁看来,可能意味更多的东西。首先,它应该是一种严肃的、不容妥协的态度,用她自己的话来说,就是你必须明确表态,"你要对你的世界做出解释,从而做出自己的幻想"。换言之,诗歌的语言不是一种独自娱乐的力量,而根本上是一种认识的、担当责任的力量,不仅涉及溢出生活的幻象,同样涉及到生活内部的干涉:"**你我/曾经是英雄的小姐妹,但现在是/灰暗的中国大地上堕落的一对。**"(《亲爱的,我正死去》)这两句中无意形成的"腰脚韵"("妹"与"对"),让"姐妹"关系紧凑而高亢,我喜欢这种效果,它洋溢了一种天真的战斗性。

"琐碎"与"笼统",是马雁对当代某种诗歌风气的判断。表面看,这两个毛病源于修辞分寸的失衡,是所谓技艺范畴内的问题,但骨子里,其实是缺乏决断的表现。读马雁的诗,曾让我有一个奇怪的感想,即:一个诗人的造型能力,可能与一种进取心相关,和一种"我应该而且能够过上美好的、真实的生活"的信念相关。相形之下,厌世的作者,往往老于世故,精神涣散,无法保持注意力的持久,主体虚弱的同时,也缺乏造型的耐心。马雁显然是一个"进取"的诗人,她的写作在细节上非常微妙、灵动,但较少沉溺"轻巧的愉悦感",她似乎更喜欢精确性,在语言和生活的交错中也不忽视二者的信用关系,不撒娇、不放纵,"吭哧吭哧"刨地,"不把'随意'当标签"。所以她的诗,感性浓郁奔放,但格致求真,总能将意志的线索清晰勾勒,时刻拿捏了节奏和主动权,就像她在一首诗中所言,"你的尾巴攥在我手中"。2001年的《灌水》,可以说将这一过程演绎得最为彻底。全诗仅仅依靠一个动词、一个动机,依靠一个"不是"的姿态,步步惊心,层层展开。对一切通行感受和定义的拒绝,最终使一个颤抖的内在世界,如细流涓涓涌现。从某个角度看,这是一首"决断"的诗,甚至是一首"专断"的诗,但你不能不被"专断"中的道德热忱所感染。与之相关的,你在她的诗中,总能读出要把什么东西从世界的整饬、人群的芜杂中分离出来的努力,这个东西叫"自我意识"的话,可能又太通俗了点,在《玩笑、讽刺、嘲弄和更深刻的意义》这首诗中,马雁给出了一个惊人的形象:"**分开腿,抓住儿子的头,把他拖出来,把他拉扯大**"。

当然,在"决断"或"专断"之外,马雁的风格无疑十分多样,特别在最初离开北京的一段时间,她写出了一批让人印象深刻的作品,如《六味地黄丸》、《樱桃》、《冬天的信》等。这些诗与日常经验之外的"奇境"无关,总是先用疏散的叙事,铺垫出一个个具体、平淡的生活场景,然后在回忆、转换中,升腾出一个更空阔的视角,让平淡的世界显出绵延的、痛楚的纹理。平淡的世界如此广大,又有那么多的迂回和曲折,我们也读到了诗人主体脆弱的时刻,"我"不多说话,但知道自己关心的枢纽所在,死亡、爱、沟通、沉沦,这些基本的文学母题,因为专注而能够被铭刻。但主体的脆弱,不等于主体的放弃,在这一类型的诗中,马雁往往会在结尾,安排一些"出神"或"走神"的刹那,像《乡村女教师》的最后两行:"*她经常在课堂上走神,经常造一些离奇的句子。/有*

时候，她在教室间走动，像个丢东西的人"。这首诗，马雁自己可能有些偏爱，失魂落魄的女教师形象，在一定程度上，也是一个女诗人的自画性。平淡的世界忙忙碌碌，也被塞得满满，大家如被催眠了一般，无意中交出了自己，像丢了什么并不重要的东西。当然，这不再是"决断"的时刻，但对于不安事物、对于可能的死亡和分离的感知，却一下子能中止催眠世界的蔓延，让一个人在人堆里发出哪怕再黯淡不过的光芒。因而，"走神"的瞬间，就是觉醒的瞬间，也就是伦理担当的瞬间。

有意味的是，催眠的世界如此广大，不仅包括平淡生活的"整饬"，也包括冒犯"整饬"后的得意、快感。装神弄鬼的诗人，自以为神通广大，能跳出佛掌，其实每每仍会落入掌心。在有的时候，马雁也会有技痒，从出神的世界里回来，去刻意搞一些实验。2004年的《厌》，是《十二街》、《乡村女教师》外，她主动谈论过的另一首作品。这首诗是利用汉字的可能，在有限的逻辑中玩弄情绪、意志、伦理、权力，作者也曾兴致勃勃地解说其中小小的紊乱的系统。但说着说着，似乎还是厌倦了，又一次地醒来——"但最后我发现这种实验没有什么大的意义"。我同意她的厌倦。

在现代诗歌中，书写内心生活，当然是最为绵长的一种传统，它奠基于反思的和实践的两种行为的暂时分离，奠基于满大街行色匆匆、心事重重的怨女与痴汉。久而久之，这种传统在相当程度上，也构成了一种限制性"装置"，风格化的真挚内省，并不总是那么有趣，甚至会妨碍诗歌自我的进一步壮大、成长。马雁的写作,无疑也属于这种广义的传统,同样也面对了怎样挣脱其限制的难题。但在我看来,她至少找到了两种方式去中和这一传统。其一,所谓"内心生活"离不开一种亲密对话的情境。

马雁的诗,有相当一部分是写给友人的,有的明确标明了对象,有的没有。不管怎样,与一个实有的或虚设的"你"的对话,是她写作内部一种非常重要的展开机制。通过不断回忆、设想各种各样的情境,极端的、温暖的、偏执的、调皮的、无奈的,这些诗试图远离世俗的圈套与客套,但在内部渴望着亲密的关系,对话的机制由此成为一种分享的机制,由你及我、及他人、及世界和自然。其中,没有什么铭心刻骨的突兀,但诸如体温、手的触摸、一场火锅或麻将,一点共在的时间,这些细枝末节构成了亲密关系的基础。特别是"两地相思"作为一种结构,显示"出神"也会是一种默契,"亲密关系"的背后,藏了一个小小的醒觉的"共同体"。

其二,马雁一直在思考"磅礴"的问题。"磅礴"这个词,或这个概念,在她的诗与文中多次出现,李白的"明月出天山,苍茫云海间",则是她测量的标尺。在诗学随笔《无力的成就》中,她对此也相当较真的讨论,什么"对世界有着冷酷见解"、"一个人在人群中的寂寞"、"千军万马地从远古来"、"一幕幕电影,也是一场场对决"等。这些讨论暂且放一边,我个人最喜欢的《秋天打柿子》一首,确实已接近某种磅礴感:

> 眺望云雾里远处的那些山,正在雾气中
> 磅礴。我的身躯无限壮大,蓬勃而出,
> 向潮湿的寒冷伸出臂膀,正在升起,
> 我无限的躯体,照耀金红的果实。

在秋天纵深的视野里,群山的磅礴只是一种参照,关键是"我的身体"扩张成为一件空旷、洗练的容器,从世界的庭院里探出的身躯,其实就是世界本身。随后出现的十七个人的胳膊和竹竿,这些细瘦的矢量,使这件容器更为广大、磊落,无渣滓。当然,"打柿子"毕竟不是古人的"登高","冷酷的见解"超越不了身体的边际,这只是一种"小的磅礴"而已,但在自我清空之后,"冷酷的见解"、"出神"的时刻、自我的决断,构成了一条可以辨认的"觉醒"的谱系。

为了追求"磅礴"之境,马雁欣赏"冷酷的见解",但这里似乎存在了某种困局,因为挣脱内心生活的限制,仍然要依赖内心生活的能力,这怎么可能? 这就如同十七竹竿撑起了空旷、广大的身体,但空旷的身体也可能是空洞的身体,这个身体需要内在填充,血肉、水泥的填充,哪怕是稻草和败絮。即便如此,马雁的表述仍在向我们传递了正面的、进取的能量,因为如何从磨磨唧唧的"小立场"中站起身来,在自怨自艾的辩护美学、人云亦云的人道关怀之外,获取一种清晰、壮大的主体形象,已是当代诗一个不得不思考的瓶颈问题。这件事,没有捷径可走,必须付出"吭哧吭哧"的努力,况且捷径就是陷阱,捷径之上,早已熙来攘往。

在这件事上,马雁没有敷衍了事,而是非常具体地、严肃对应于写作内部空间的装修、改造,在不稳定的个人生活状况中,一直在勤奋读书、写作、思考、旅行、交谈,投身于"新的秩序与关系正在形成"的挑战中,这实在令人敬佩。

2010年,马雁再次回到北京,此前此后作品的变化,周遭的朋友大多注意到了。具体说来,它们不再那么紧张地关注于自身:小部分"逢场作戏"地出入文史,自如联动了阅读与交往中浮现的政治视野;更大一部分,书写"万物平权",像一个外来者那样,在偶然的艺术馆、偶然的村镇、偶然的城市,保持机警"出神"的刹那,让好奇心和洞察力四处攀援。不起眼的小山、平凡的草木和菜蔬、无关的路人甲乙,这些对象不一定是内心生活热烈的助燃剂,却包含了卑微的创造和尊严。这个新的写作阶段,刚刚开始就猝然中止了,我们无从猜想它的展开。但我不认为马雁会走上叙事性的老路,追求有限诗行中视听资讯的丰满,她大概也不会去走"老谋深算"的一路。

2010年底的《我们乘坐过山车飞向未来》,是一首无可争议的令人瞩目的诗,它依然从"冷酷的见解"出发,去想象人生极限的总体情境,只是"冷酷的见解"其实已变成"热烈的见解",她不仅在纸面上搭起了一架呼啸的文字的过山车,觉醒的、空旷的身体内部也布满纵横盘旋的钢轨。除了这首,我还看重稍早的《盛事》,其实这首更加肆无忌惮,完全不在乎当代诗常见的"极小的立场",在油腻腻的当下场景中又一次进行了自我"决断":

> 不，我不喜欢这些东西，不喜欢，请拿走。
> 我说了，是的，请拿走，我正在自我循环，
> 一升水是奢侈，更何况一升油，请拿走吧。

在这里，我们又一次读到《灌水》中不妥协的道德热忱，但这一次自我循环的内部能量，已将身体炸成了一个宇宙，这个宇宙不再空旷、寥落，而是被密匝匝的天体和星群填满。其中，还是有一个不肯被催眠的自我，化身为一颗"脱队"的"小行星"，在几万只触手的包围中翻着跟头艰苦迷航。诗中"冷酷的见解"并不复杂，但让人屏住呼吸的，是那种全力以赴对自我无穷可能性以及终局失败的想象。

在当代诗歌中对"多重"自我的推崇，已经到了随便说起，就要表情凝重的地步。其实，就文本的呈现而言，多重的"我"其实很雷同，因为如果任一个"我"都随意生成，不和我们认知的苦恼发生关联，其实也不太需要认真对待。作为一个自觉变化的诗人，马雁则一如既往，不故作高深地玩弄自我的面具，而是奋力地将"自我"揪出来，把她拉扯大，追索她的方向，培育她磅礴的未来。在她猝然中止的地方，在尚显空旷但已然开朗的视野中，我们阅读这些诗歌，在感佩诗人的才华、激情的同时，也不能不继续构想诗歌作为一种宽广文化的可能，因为在马雁雄辩的逻辑中，诗歌做不了什么但试图做什么，这说明，它的局限正是它的宽广。

本文原载《今天》2012 年冬季号

窗外的群山反倒像是观众

① 木朵："世界驳杂万有可以被悉数吞下,终结于也是服务于一首诗的成立",这可能是一部分醉心于写作的诗人为自己选定的自我形象,但问题是,这样"一首诗"会有怎样的面貌,或者它的归宿与服务对象又在哪里?对于一个正在创作的诗人来说,并不会有终结于某一刻的认识的可能,他不止写一首诗,写完一首,接着再写一首,是什么原因促使他写出两首以上的诗?他是在想方设法削除彼此之间的差别,求得那惟一的一首诗的原貌与真谛,还是干着干着,他突然意识到诗如一个个产品或项目,亦在默默揣摩这个时代的供求关系,不如步入松弛的旋律中,忘却诗的不凡、"世界—诗"的二元论与芥蒂,索性把诗吐露成这个世界包蕴的、寻常的万分之一,简言之,写诗如吃饭一样通俗,没什么神秘性?

姜涛:我那篇短文匆匆草就,木朵兄火眼金睛,一下子捉到了这一句,如果脱离了上下文,它的确容易引起误解。说世界可以终结于一首诗,在马拉美以降的现代诗传统中,类似的神秘表达,已别无深意,成了辩护性的老生常谈。"一首诗",与具体的作品数量无关,只是传达了对语言本体的预设,让写诗的人可以专注自己的工作,好像获得了某种荫蔽,相信想象力的无限可能,可以溶解世界的物质性、惰性,让"驳杂万有"如大风吹起的垃圾,在语言中飞腾。近30年代中国当代诗的历史,或多或少,受益于这种态度,时至今日,在激励一个写作者保持某种工作伦理、激情方面,它也依然有效。但问题是,态度的高亢不提供更多方法,甚至可能成为心智怠惰的一种掩盖。面对"世界驳杂万有",表面上你还兴致勃勃、予取予求,但骨子里早已涣散多时,树立不起一个"看法"。或者可以反问,写诗怎能依据"看法"?要有所依据的话,那也该依据内心敏感、语言冲动之类。这样说说,无伤大雅,特别当真了不好。这涉及到你质疑的"世界—诗"二元论的问题。

在当代情境中,将写诗等同于吃饭、日用,大概蕴含了某种批评的维度,指向那种过于紧张的较劲儿姿态。事实上,我总在纳闷的是,效忠于语言神秘性的写作,风格上往往狂放又紧绷,但在内部稳妥又放松,因为没有树立"看法",也就没有实际的角力和担当,格外用力写出的东西其实无所用心。二元论的表现之一,就是诗与世界之间的分离又统摄,它奠基于上面提到的语言本体论,同时又是浪漫主义机缘论的一个翻版。当时世界缺乏稳定的支撑,一切只能交给偶然的、富于创造性的瞬间,置身其中,当然能体验解放的快感,但同时也非常容易被心性的、风俗的惯性俘获,这就解释了为什么在当代,缺乏"看法"的写作,总是会流于先锋的俗套,缺乏新鲜的骨干。

在这个意义上,我同意诗歌回到日常,与人伦、情理相接触,至少对我来说,这件事的价值,首要不在祛除神秘,而在为诗歌生产难度。不同于喝茶、遛狗、摆弄植物、毛线编织、为人生提供按摩一类,回到日常,意味着回到限度之中、与周遭的关联甚至论辩之中,需要树立看法和一种具有伦理关切的人格,拒绝随大流儿,拒绝自命不凡,拒绝流俗"良知"或现成直感。

② **木朵**:在《海鸥》这首短诗中,"我站着拍照,镜头像漩涡吸入了万有/你展翅追踪,向世界吐露恶声"中的对仗——"吸入"与"吐露"的搭配——表明摄影术也在类似诗为世界与意义服务着。与读者屡屡从你的散文中自以为看到了一个作者的确切形象不同,你的诗似乎位于一个次要的位置上,甚至可以说,诗中的真谛其实在散文的阵地里早已满地打滚,也许,知情人首先谈论的也是你作为一个文学批评家的工作。在你的诗中,有两个传递给读者的明显信号:其一,在选词方面,像"军委换了主席"(《学术与政治》)这种看似不合套路的牌经常打了出来,有最时兴的名词,也大胆使用俚语,似乎迟迟不肯进入熨帖的抒情诗规制的壶中;其二,在章节的势能(上下文关系)构造方面,更倾向于鱼贯而入,节与节之间的联系多用承续的策略,就好比为读者呈现了一个有始有终的句群,从一个关键词的抛出到它被收

纳,诗似乎耐心蹲守在一旁。当一个主题盘旋得越来越迫切时,你最先在散文中思考它吗?又是否把它的来历——一个事物萌发的状态——作为诗的端倪,依序行进,直至脉络清晰才罢手?

姜涛:我对诗中的形象一直不满,局外的疏离、反讽,造成的感受偏枯,不需朋友们指出,自己也早已厌倦。可惜某种人格气质根深蒂固,加之生活视野被轨道所限,所以在"万有"之前,只能勉强维持一份游客的好奇和悲悯。为了有所突变,挂起批判的、总体的言情面具,这样的进取心,我还不能具有。这些年诗写得很少,即便写出的也一大部分进了电脑垃圾箱,就与这种困境有关。相形之下,批评文字倒是断断续续在写,所以给人留下某一类印象。诗的内容在散文里是否满地打滚,我不好说,但批评中确实有一大部分在抒发写作的烦恼,以致误解了、轻慢了他人,事后内心多少有点不安。

但你的提问倒是提醒了我,可能心里模模糊糊地,一直想写些杂文性的诗歌,不为跨越文体的陌生效果,更多想出脱深度的、感伤的自我,能比较自如地在更多的地方打滚。概论意义上的文体区分,一半出于积习的总结,一半出于人为,诗有别才,也贵在旁通。这样考虑不是没有来历,穆旦的名作《五月》中就有"是你们教了我鲁迅的杂文"一句。这样的表态,出于文学青年式的激愤,不一定有多深的内涵,但毕竟让新诗语言在一片工艺性期待中,有了一点跌跌撞撞的品格,不至于轻易走上你好我好大家好的"正轨"。刚好,最近读到西川的文章《穆旦问题》,很有意思,尖锐地提出一些问题,比如穆旦的复杂性是一种修辞的复杂、在政治上他还是一个"外乡人"等,正想好好再读穆旦,咂摸一下。怎么让诗歌拥有现实感,在修辞之外获得真正心智的复杂,穆旦这样的文学青年当年没有搞好,今天的写作不一定给出了较为活泼的方案。

关于诗中的两个"信号",感谢费心给找出来。第一个"信号",显然出于自己的杂文兴趣,即便知道利用词类反差造成惊异,只是现代诗最表面化的风格,修养深厚的话,应该有所节制,可还是嗜好"掐臂见血"的辛辣,痼疾难改。侥幸的话,这样写能引发一些爆破,给经验以鲜明的轮廓,但也可能流于狡狯,助长人格的轻率。至于段落之间势能的构造,你的概括精准,让我也明朗了许多。在展开方式上,我自然倾向于后者,让动机在掌中发育生长,直至长出鳞片、口唇、鳍羽,最终能跃出去,成为一个自在形态。过程之中,不依因果逻辑,保持开放的即兴状态,也是目下一种"正确"的写作理念,可即兴不是乱糟糟地写,有情有理,歪打正着才好。可惜我心性、火候都还不够,有时难免恍惚与支离。

③ **木朵**:"万物伸出新的援手"(《周年》)——其中也有你对碧海青天夜夜心的暗忖,万物博杂之中依然存有新意,仿佛希望从诗歌的多项主义嬗变中又浮现新的五官,但这援手是万物伸向天台的看客的,也许看客却未曾伸出"巴枯宁的手"顺势接住、握紧。从集体的历史上看,"诗人的身份也从先知、情种、斗士或

莽汉,一次次校正为智者"(《巴枯宁的手》),万变不离其宗,但从个人的创作年表上瞅,诗人的身份证是否厚于一把书签?你又是如何得心应手地跟读者、亲人解释你仍然是一位诗人?自谓"诗人"或有心态上的一波三折,仿佛这个身份是一个时间概念,有时突兀,有时又得藏掖。落实到对一次令人震撼的灾难的周年纪念,妥善的写法似乎是对这种纪念的反思,或是对灾难诗一贯写法的反观,却不是求真于一个灾难镜头的更高级的重述,想必其中也包含着"二战"以来一个诗人"加入"惨境的历史性经验。如今又一代诗人年届不惑,可谓中年写作,他们的困境是否新颖,而这困境又是否只是想象的结果?援手何在,应手又当如何?

姜涛:老兄的问题,穷追猛打,有点招架不住了。《周年》一诗,写在2009年5月12日,当时住在境外,从电视里看到一些画面,记起一年前的点点滴滴,就随手记下了些感受,与其说反观灾难的叙述,毋宁说是自我检讨和心路爬梳,所以才有天台上检阅万物又无从措手的一幕,对于诗之位置的看法,也可能在其中流露。重大公共事件面前,我怀疑诗歌必须有所回应的强迫症,虽然不少作者尝试的努力,不得不让人尊敬。在有限的阅读中,我自己的观感却是:一些试图有所关联的写作,因过于强化对事件的回应,反而强化了诗的不关联,原因是公共伦理并不缺少集体的印证或集体的稀释,我们今天的伦理困境,一部分就是源于这样的伦理太多、太过正当,也太容易随手取用,因而只能成为一堆社会本能和碎片,无法从根底处紧密环抱着倔强的身心。面对电视屏幕,将苦难美学化成一行行缤纷的诗,用想象力去占领倾覆的山河,不如想想该怎样面对当夜的尴尬,怎样在尴尬的感知中挖掘与他人的关联,怎样在想象性的"万物援手"中拆除自己身上看不见的栅栏。我倒不期望"更高级"的视角出现,能轻易地鸟瞰一切,"当代诗"无法自动拔升起来,那需要更广泛的心智重建。这样一说,那首诗也不必写的,像明白人所说的,今夜做什么都太轻浮了,过了一年也仍如此,轻浮就罢了,没必要再把对轻浮的看法再"轻浮"一遍。

至于诗人的名号,需要特别维护吗?反正早晚都写一些东西的,没什么大不了的。写诗之外,总得有点其他的营生,做媒体、做生意、做官、做老师、做做艺术,诗可能是俗气人生之外的特别奇观,可写的过程真是辛苦,如只为勉强挂上一个胸牌,实在太不划算。"又一代诗人年届不惑",这个"又"字用得好。从某个角度看,由于20世纪历史的不断颠簸,诗歌作者能持续地从青年写到老年,又一批一批换岗似的"年届不惑",在新诗史上大概也是最近的新鲜事,多亏"盛世"已稳定了20几年。可生理的节奏与社会的节奏从来不会合拍,上一代人发明"中年写作"的说法,不只因为年龄增长,也因为赶上外部时代与文化风格的骤然改变,部分人的头脑也足够强劲到认出了改变。社会参与的时机,如今已被大大拖延,依了现在的标准,"中年写作"在被提出时,那些倡导者在年龄上还都是毛头小伙儿。可能的状况是,如今白头诗人依然耽搁在"中年",而少年们早已"不惑",好像青春期集体提前到了10岁以前。这意味着不能从某个群落的特殊性角度去思考困境,如果它真的存在的话,应该是我们发呆、打盹、信口开河、彼此吹捧的共同氛围,即使不很新颖,大体也应是新鲜的。辨认出困境的轮廓,就是"援手"与"应手"的开始,在故意声张的急迫感之外,一些"水磨工夫"还是必需的,这包括"阅世"的艰苦以及非惯性的写作勤奋。

④ 木朵:在《在山巅上万物尽收眼底——重读骆一禾的诗论》一文中,你提到重读"二十年前"骆一禾诗学观念的重要意义,但如今的读者或许更乐于重读三十年前米沃什诺顿讲座形成的演讲稿:《诗的见证》。应当说,按照目前的品味,阅读米沃什的作品、重温其诗学观念,比起骆一禾来说似乎更为正确与开阔。比如,他谈及"现实主义"与古典主义的争吵,"永不会停止",而且"现实主义""永远是一种抗议的声音",而古典主义永远是主宰。如果结合你的《包养之诗》来测试米沃什所言虚实,似乎并不会出现什么差池,应当说,这首假借一个被包养的女子的口吻叩问当前社会伦理的诗,刚好是一首标准的"现实主义"诗歌。它并不在韵律、修辞上亲吻古典主义情操,而是近乎普遍化地设想了一个风尘女子的命运,尽管古典主义在描写这般女性时也有丰厚的经验。在处理一个人物的命运时,你是更倾向于谈论他的一个时点的境况,还是利用多个交织的场景编就宿命的定义? 必须要下一个明确的结论了——这是写作中时时面临的强劲诱惑吧?

姜涛：你提到的文章是骆一禾去世20周年时受命完成的纪念之作。重读的说法，针对部分的有心人，不是奢望他的文字还能风行一时，成为阅读的热点，并直接和当下写作挂钩。如果真要去读，也无需从中搜出若干牛气的说法，作为电脑桌前高挂的"诗学警句"，可以不时默念。骆一禾文章的好处是，它们不是文艺论文，作者没有模拟站在高高讲台上，对了汪洋的文学史和万千文学信众发言，而是意识到在特定时刻，诗人应该考虑在怎样一个层面展开自己的工作。换句话说，骆一禾考虑的重点，不是在一两首诗怎样施展拳脚的问题，而是在一个"方生方死"的时刻，诗歌如何从狭小的文学性、现代性中解放出来，在文明的层面铸造自身形象，并参与到当代价值的重建之中。这些论调，今天听来疯癫，所以假若重读，便不能采取正襟危坐的形式，与其说是读诗论，不如说是读历史中的难题和心境。

其实，我不喜欢"诗论"这个概念，好像可以列出一些堂皇公式，作为正确的诗歌知识，传递给他人。正确的知识，能带来某些专业化的感觉，但容易模糊了针对性，比如"见证"、"关怀"一类言说，辗转相传，已成当代诗的套话，并不真的能帮助什么。在外国诗的接受中，其实也有类似的问题。世界诗歌的"伟大传统"，在所谓"欠发达地区"先锋诗歌成长中，扮演过教父的形象，"影响的焦虑"如今应该不再明显。重要的不是写出具有发达国际特征的诗歌，当代诗的动力系统早已重置。再说，"伟大传统"无法缩减为"国际风格"，那种脱离文脉和情境的翻译和阅读，不是最好的方式，不能准确了解他人不说，可能还耽搁了自己。现实与古典之别,就文学技巧争论无益,背后是世界观的分歧,现实主义奠基于现代的理性个体,面对的一个分崩离析的伦理情境。这样的个体造型,自然问题多多,时下不少人正试图有所修正,"古典"维度大概是参考资源之一。这样的努力,理论性可能多于现实性,但我们乐于看到更多成果。

那首小诗有点打油味道,从未想过归入某个类型,写作时没有想到要映射什么,只是构造一出微观戏剧,态度隐含在轻佻与克制造成的语气中。上面提到杂文性的诗,祛除了多余火气,也可做"杂事诗"看待,能在成规的文学性眼光之外,保持一点随意和乖张的日常政治性,其中涉及的某个形象再有普遍性,最终还是具体邻里生活的杂凑,能叠现什么更好,却不是乐趣的重点。过去写诗,也羡慕前辈诗人的博雅,能不时将生活片段与经典人文场景穿插,以显示内在文学自我的壮大,这种写法也在目前戒除的范畴之内。

⑤ **木朵**:写一种不同于以往的诗——这也许是不少渐入佳境的诗人在转型期的愿望。或不同于旧我,或不同于烂熟于心的文学史套路,或迥异于上次一首诗的道德角度,或有别于同代作者思辨的程序……不尽然是风格的新造,却事关一首诗的立足之本。读者判断你的诗风,往往采取的措施是,先找到类似这类风度的其他诗人,后甄别彼此之间的界限,观察你能否逃脱一支系马桩对缰绳的引诱。"仿佛此行只有冲动,没有路线"(《我们共同的美好生活》),想必是你并不预定一段行程,也不担心却

步于一线天。较多地涉足火热的当下生活场景,一帧帧画面滚动播放似的,是否算得上一次貌似遵守实为回避的必要行踪?一些词、复述的一些镜头都携带着微微调侃、丝丝疲倦,把自己的风格反复装框,乃至于读者好奇一问:这些谐趣诗反复播放的是同一首哀歌,它们究竟为何?莫非是它们的作者已经绝望于以史为鉴?

姜涛:这样的问题,我也总在问自己,它构成了所谓"困境"的一部分。写不同于以往的诗,对于有过一段写作经历的人来说,多少是个"心结",老朋友见面,倘若彼此有所新变,必定相互道喜,缺乏其他的"立足之本",这种状态颇有喜剧性。问题是,只是有冲动,没有路线,最后可能连冲动也会没了,所以老实说不是不想"预订行程",信马由缰地交给偶然性,那是公子哥们的派头,关键是"路线"真的还有些不明。对"差异"、"个性"的渴望,是当代写作最正当的动力之一,但正像老兄所言,这"不尽然是风格的新造",在语言中拉长、揉圆、挤扁了自我,并不等于真的在镜外再造了"旧我"。回来说自己的,"貌似遵守实为回避",这个判断挺到位,那些微微、丝丝的语气,都多少与这种有所关注但无力介入的态度有关。读者的疲倦不说,作者自己也在省察之中,文字中经常出现"摄影"一类动作,或许正是自我意识的流露。

⑥ **木朵**:在回应北岛的一次谈话中,臧棣把你列为当前最

好的文学批评家之一;而在萧开愚写得极为精彩的一些文论中,作为一个比他年轻的同行,你的论述及文风可谓是分享了他写作前的那一阵思想的最高风暴。很醒目地,你已经变成了人们谈论、比较的一个交集的居民。事实上,在很多与你沾边的话题中,你是必须做出抉择站到哪一边的,各方当事人都期待了解你的态度、立场。可是,在很多更为眼前的评价关系中,你的表态似乎是阙如的,也就是说,你要么在概括文学景观的全貌,要么在谈论一个更早时期的诗人风骨,你并不急于对一本新诗集发表看法,也不对突然发生的诗歌个案密切关注,除了在你的诗中读者还能听到那准确的时钟。与一些天资卓越的诗人酷爱"诗歌的诗歌"(要么是平方,要么是开根号)不同的是,当前的文学批评似乎缺乏"批评的批评"。最好的诗学散文应保有哪几个方面的特征?

姜涛:先谈谈"诗学散文"的看法,什么是"最好"说不准,毕竟方式各异,与其他类型的写作相比,大概没有根本的差别,总之才情洋溢的同时,还要知人论世、有所洞见。有时,文字适当飘逸,思路适当繁杂,有助于唤醒阅读的胃口,但太玄乎了不好,该有起码的可交流、可阅读性。我写的一点相关文章,多半出于朋友邀约,能写出的也只是自己有所感受的部分,很多体大思精的创制,自己没什么把握的话,一定不会乱说。虽然自己喜欢卖弄一些思辨的句式,但没什么角色设定,加上其他"本职"工作,占用了大部分脑力,因而很少针对热闹的现场主动发言。很是羡慕那些分心有术的朋友,我却不行,大脑无法同时播放两个以上的频道。我还不怎么上网,经常来往的,只是少数"亲朋故旧",从未以"场内人"自我要求,当下发生了什么,往往隔了段时间才听闻。保持与各类诗歌事件、人物的即刻关联,自认还没那样的责与权。

再说了,批评是什么?追踪报道、相互提点、笼统归类、闷头发骚发玄,只属于批评的一类功能,怎么着,它还要有一点更长远的抱负,比如:为写作扩张出严肃的精神氛围,褒扬真正有前景、有创造力的方式,粉碎文字的外表重建问题的空间,鄙视自我炒作、颐指气使、胡搅蛮缠。诗歌批评长久不能赢得诗人的尊重,原因很多,其中之一就是,批评者的独立意识还要加强。"批评的批评",在某些文学"行当"中,早已有成熟的生产流水线。在当代诗的领域,也不是没有好的成果积累,冷霜在十几年前完成的《90年代诗人批评研究》,对于上世纪90年代的诗人批评就非常细致地辨析过。目前很想读到类似敏感、耐心的文字,以及对各类烂熟批评套路一针见血的再批评。

⑦ **木朵**:仿佛历来就有这么一种批评的风气:年长诗人较少撰文谈论一个后起之秀的作品,反过来说,一个后来者却必须通过细读前人的代表作或典范性作品,借助一次次觉悟上的翻新,才能完成成长中的脱胎换骨,才具备一种闯入其中的才能。这里一直还有一个观念上的障碍:批评意味着出手相助,意味着一份人情,而批评者因为自己的劳作,很可能让被批评者心存感

激,就好像找到了一个恳切的读者、一个知情人,乃至获赠了一位知音。反过来说,是否又可以这么说:惟有经得起后来者的"折腾",一读再读,一位成名诗人的声誉才真正澄明?如果一位批评家把自己的声誉绑定于为一位未名诗人的风格轮廓或响当当做出一个断言,就意味着批评在下一步险棋?

姜涛:艾略特的一个说法,我觉得很有底气,包括诗歌在内,艺术可能从未进步,它只能分解、衰败、再生,或者干脆推倒重来。从他的角度看,那种受制于文学史幻觉的批评,那种总是在前辈与后辈、老旧势力与新兴势力之间把握关系的批评,肯定有点低级了。早就有人说,诗歌圈子内部流行着文学史焦虑,这当然是很健康、很励志的一种焦虑,但过于信赖文学史的权力不太好,过于信赖文学史背后的进化观念更不好。我自己的"本职"工作之一,就是和文学史打交道,知道文学史体例本身的历史,在中国不过百十来年,有了外来的教育和知识体制,才有了生产和消费的需要。说不定哪天取消了文学史这门课及相关考试,也就没人再费心去泡制。在圈点、排序、塑造声誉和污名之外,批评的方式还有很多种,比如像美国的强力批评家那样,只在强力的诗人之间辨认谱系,再比如像艾略特那样,将文学理解为一个外在于历史的伟大共时体,批评的工作就是阻止这个共时体的堕落、分化。

我这样说,不是否认同行之间彼此关注的重要,诗人是孤独的一群,没了相互的鼓励、认可、指摘,那不就更孤独了。最近,不少朋友都提到传统的"知音"观念,看来那种市场化的按需订制的批评,大家都厌倦了,即便忽悠了承诺,可以预约未来的文学史坐席。

⑧ **木朵**:如何谈论"自然"——这俨然成为衡量一个当代作者对古典主义认识水平的尺度。我们总是抛出各种各样的尺度,以便测听自身所处的位置。在王东东《姜涛的诗歌写作之道》一文中,王东东有一个关于你作诗诀窍的判断:"从观察者的角度,他不时将生活和自然类比,从而进入了时代生活的秘密。"他提出了三种自然的形态:"作为诗歌材料的自然,成诗过程中的自然,作为诗歌产品的自然"。如果你想在诗句中用到"青山"或"田野"这类附着自然气息的字眼,第一反应不是对它们形象的更为确切的把握,很可能已变成了对有关它们的意识的历史进行搅拌,于是,"青山"或"田野"变成了承载新颖的字面意义的函数:它们力求出奇地看着人。而一种更为紧迫的情况在于,"青山"或"田野"在句群中越来越像是一个装饰,而很难成为披金戴银的主角了。有没有一种可能性:一分为三的"自然"重新聚合,诗人重返正道,不再迷恋观念上的盘根错节?

姜涛:东东的文章写在多年前,感谢他的细心,我自己旁观,那种生活与自然的类比法,确实用过一些,可是说不上什么"诀窍"。古典主义关心"自然"的方式,与我们今天的方式,有很大的不同,至少在他们那儿,自然还不是燃烧野性充满无限可能的麦田。我们今天对自然的态度,大概更多是浪漫主义的,既作为沉思、怀旧的对象,又作为自发、有机的美学尺度,与自然相关的人道情怀、乡愁主题、田园趣味,结合了绿色的生态包装,也是诗人和读者偏爱的广大领域。在写作中,因自小生活在城里,我与乡村或自然的道德优势、美学优势一直无缘,所能书写的主要是城市的生活,最多能扩展到城乡结合部,以后估计也要这样写下去。如果涉及自然的话,我倒愿意尝试古典主义的方式,将自然看作恒常、残酷、非人化的天道,我们的事业、我们的存折和房产、我们的家庭内外,我们的诗歌界,都作为自然的一部分琐屑在大地上漂浮、循环。

一些与自然相关的词,的确在我诗中不时出现,像"青山"就用过一二次,当时没有想到去搅拌历史,其实只是即目所见。我生活的区域在北京西北部,春秋两季,只要天气稍好,抬头就能看见远处的一抹山。我如今住得更高了,住在21层,北京城的最北边,窗外又无任何建筑遮拦,大晴天,一眼可以看进昌平县,不仅能看到环抱北京的远山,甚至能看见山间一段闪耀的公路。久而久之,在一二首短诗构成的私生活戏剧中,这些山反而像是窗外的观众了。

⑨ **木朵**:对于很多壮年诗人来说,写一种智力诗几乎算是新诗值得尝试的一个大类别,我们希望在诗中开展缜密而妥善的思辨,真正抓住语言那张弛有度的秘密之弦,比如我们期待自己的周围有一个像史蒂文斯那样的诗人,或者是保罗·策兰那

样的诗人,无法准确概括他们各自的风格类型,可我们能够明确无误地感受到他们传递开来的那种特定的人情味;我们恨不得快点找到一个与之媲美的中国诗人,以证明我们所操持的语言能够奋力挣脱一个框架而奔向下一个领域,甚至,我们在心目中希望自己就是这一个佼佼者,完美地实现史蒂文斯或保罗·策兰的本地化,而且又体现明显的区别。你认为,就这两位外国诗人的写作主题与智力而言,我国当代诗人中谁可堪比肩而立?或者说,我们现阶段可以从哪些角度部分地实现对他们嶙峋风格的一次包抄?一个奇妙的反应是,当一位诗人暗忖要像史蒂文斯一样写时,他的诗句成分、结构就会有意识地偏倚某一种感觉,这种先入为主的影响力既朦胧又执着,即便是他心目中想象的风格其实源自保罗·策兰。

姜涛:史蒂文斯是我早年的阅读对象,近年来很少温习,保罗·策兰现在好像影响很大,如同里尔克在20年前。无论怎样,还是上面说过的,对大师身影的瞻仰、摹习,对当代诗的推动作用再不是决定性的,说起大师的名字,不一定还会有催眠式的效果。中国当代重要的诗人已发展出了各自的本地风格,本地的嶙峋也早已蔚然可观,况且周遭的山水人文社会迥异,说某某是汉语中的史蒂文斯、汉语中的策兰,不一定是恭敬,反而有可能冒犯。再有,当代写作的参照系该更多元一些,从中外诗歌、中外艺术、中外学术、到中外的各种古怪,各人也都有自己的营养系统,自己秘密的电缆和输油管。我中学时代开始读外国现代诗,如帕斯捷尔纳克、艾略特,但当时最崇拜的人是马三立。

访谈原载《当代诗》第三辑,2012 年

浪漫主义、波西米亚"诗教"
兼及文学"嫩仔"和"大叔"们

最近,一场有关"浪漫主义"的争论,发生在诗人西川与王敖之间,双方趣味不同,年龄和背景也迥异,但都是博闻强识之士,所以行文即便夹杂"意气"和"火气",还是让旁观者大开了眼界,有机会领略了浪漫主义庞杂渊深的历史。① 但在某些饶有意味的环节上,二人却可能失之交臂,没有真正形成交锋,这多少有点遗憾。西川提出:中国的诗人们在 20 世纪塑造浪漫主义的形象,实际上是把自己 19 世纪化了。由于涉及到中西之间的"时间差",这样的表述容易引起争议,对浪漫主义在新诗中的作用也估计不足,王敖通过回顾浪漫主义在英美 20 世纪诗歌和批评

---

① 参见西川:《诗人观念与诗歌观念的历史性落差》,《今天》,2008 年春季号;王敖:《怎样给奔跑中的诗人们对表:关于诗歌史的问题与主义》,《新诗评论》,2008 年第二辑;西川:《中国现代诗人与诺斯替、喀巴拉、浪漫主义、布鲁姆》,《新诗评论》,2009 年第二辑;王敖:《关于〈对表〉一文的澄清》,《新诗评论》,2010 年第一辑。

中的复兴,以及有关"对表"心态的辨析,对此也做出了部分回应。然而,在西川"不甚妥帖"的表述背后,他所关注的一些问题,如浪漫主义与诗人形象的关系,以及作为一种文化现象的所谓"徐志摩的浪漫主义"、"文学青年的浪漫主义",如何依旧制约、塑造着诗歌的自我想象及传播、接受模式,却在后续的讨论中没有进一步展开。笔者倒想沿着这个话题的线索,再略说一二。

浪漫主义与它反对的古典主义以及反对它的现代主义后现代主义等等,从来都是一笔笔的糊涂账,即便是以徐志摩为代表的雪花膏式的中国浪漫主义,也不是一两句话就能说清。比如,徐志摩对英国浪漫派的追摹,背后有特定的"美的社会学"立场,在《再别康桥》、《偶然》一类甜俗之作以外,他其实还有不少泥沙俱下、粗暴蛮横的文字,在排斥"感伤"以及新诗的戏剧化、口语化方面,也较早进行过实践。换句话说,所谓"徐志摩的浪漫主义",可能并不能由徐志摩自己来代表,那些作为模糊背景存在的文学青年们,用西川的话来说,即:那些"文学嫩仔"们,或许应得到更多的讨论。

说起"文学青年",在一般印象中,这个称谓包含相当的贬义,对应于种种浅薄、浮躁、急功近利、不求甚解又过度自我戏剧化的人格状态。然而,这个群体对于20世纪的中国文学,又具有相当重要的支撑作用,离开了他们,大师的身影无人追随、无人消费,文学史的走廊也会冷冷清清。当然,一个人在年轻时会天然地倾向文学,这似乎与特定的时代状况无关。但实际上,文学青年的群体也绝非不言自明,而是发生于中国社会一系列现代转型的进程中。简单说,科举废除及新式学堂兴起,改变了固有的社会流动,在传统"士绅"之外,创造出"学生"这一新群体。这是从乡土中被剥离出来的一群,也是在城市空间中寻找自己"圣杯"的一群,但社会持续的动荡和产业的落后,使这个群体不能被有效吸纳,众多"脱序"的小知识青年,由是构成了城市里一个流动的阶层。他们因受过教育而自我期许甚高,又因无法参与新兴的或固有的权势网络,而不得不暂居边缘,两相矛盾造就了一种躁狂、动摇的普遍心态。瞿秋白曾为这阶层起过一个名字:"薄海民"。所谓"薄海民",不过是 Bohemian 一词的音译,即波西米亚人,读过一点批评理论的人都知道,自本雅明的论述之后,都市中游手好闲的波西米亚人,已经成为现代诗人、艺术家的代名词。要理解 20 世纪中国政治和文学的激流,这也是不可或缺的一群。

"五四"之后的北京或上海,就如同 80 年代之后的北京或上海,吸引着来自各地的波西米亚青年,他们栖居在潮湿狭小的会馆、公寓、亭子间里,或求学,或旁听,或尝试激进的生活方式,或三五成群,创办各种短命的社团和周刊。在这个群体中,各种"19 世纪"的浪漫主义诗学,作为当时"正确"的文学知识,正如今天的福柯、德里达及各种后现代理论一样,被广泛传播着,也被批量地生产及再生产着,它们在客观上构成了一种"诗教",一种波西米亚的"诗教"。本来,"诗教"二字是一个儒家概念。"温柔敦厚"、"兴观群怨",在传统社会,诗从来不是一种纯文学,而是与日常生活、人伦修养,乃至家国天下有着紧密关联,"诗教"指向的是一种有机的文明教化,而非一个孤独的、疏离的自我。相形之下,发端于浪漫主义的现代"诗教",则恰恰是一套"疏离"的系统,它奠基诗人与庸俗大众之间的双向厌恶,强调的是诗对沉闷现实世界的挣脱,强烈地反对"常识"而追求"奇境"。这套"诗教"产生于对所谓"现代性"否定与肯定的辨证张力之中,自有不可穷尽的伟大之处,而对于都市中的波西米亚青年来说,它又有特别的吸引力。

首先,相对于传统的人文教养,它被包装得更为华丽繁复,更为激动人心,"心灵"、"普遍"、"真挚"、"激情"、"想象"一类虚浮辞藻,总会伴随其间。但同时,它也更为浅显易懂,不需要经年累月地研读,只要勤于浏览商务、中华出版的新潮书籍,以及北京、上海的报纸副刊,就可在短时间内囫囵地掌握。"速成"的性质,决定了接受的广泛,而浪漫主义承诺的卓尔不群的自我形象,更是满足了"嫩仔"们自我认同的需要:我虽然穷困,没有地位,没有知识,没有社会晋升的资源,但我比他人更敏感,有更多的苦楚和不满,因而有着更独特、真实的自我,也有可能是一个尚未被发现的"天才"。倒错的"精英"想象,自然包含了心理补偿的性质,"五四"之后的浪漫文学,确实有相当一部分,都围绕这一主题展开:

无边天海呀!

> 一个水银的浮沤!
>
> 上有星汉湛波,
>
> 下有融晶泛流,
>
> 正是有生之伦睡眠时候。
>
> 我独披着件白孔雀的羽衣,
>
> 遥遥地,遥遥地,
>
> 在一只象牙舟上翘首。

这一段诗句,出自郭沫若的《密桑索罗普之夜歌》。"密桑索罗普"是"Misanthrope"(厌世者)一词的音译,郭沫若将这首诗献给了《莎乐美》的作者王尔德和译者田汉的。"莎乐美"是近代唯美、颓废情调的一个符号,这首诗也果真唯美、颓废,雕章琢句、矫揉造作,甚至到了纯真、动人的地步。大海之上,一个独立于"有生之伦"追求幻美奇境的艺术家形象,也颇能鼓舞一般"文学嫩仔"的雄心。当年鲁迅曾用"流氓+才子"的漫画形象,概括在上海滩自比歌德的郭沫若等人。深谙近代文艺的鲁迅,其实也明白这种海派形象总会大行其道,因为"流氓+才子",体现的正是一种波西米亚的英雄气概。

欧洲的浪漫主义体系,产生于对大革命及工业化进程造成的一系列社会紊乱的反应,是诸多成熟心智对这种历史状况的反映,有关主观自我、想象力与历史关系的思辨,都发生在这种背景中。在这样的体系中,所谓"天才"不简单是一个"才子",而更应该是一个"完人",他能用想象力化合万物,使人的感官能力恢复有机的综合性。这样的"天才观"、"想象观"、"创造观",产生于近代社会机械原则的批判,由此引申的"诗教",则将注意力不断引向诗人自身,因为诗歌的价值在于创造上述完整有机的人格,它最大的奥秘也存在于主观想象力之中。当这种"诗教"辗转普及,它的通俗版本则是:诗人的老师只能是他自己,诗人的教育也只能是自我教育。作为源头活水的内在自我,也应有一种自发性的特征,它不断汲取各种养料,变得丰富充盈,在需要时就会主动喷涌。创造社的小伙计洪为法在《诗人之薄暮》中,就描绘了这样一个"我",他独自一人站在"薄暮的秋光中":

"于是我觉得一切一切,都是诗人,变做诗人了。变了!崇高了!美了!"

谁是诗人?谁都是诗人。只须他自家能深信的说,"我确能成个诗人!我确能成个诗人!"

在洪为法的笔下,对自发性的强调演变成一种"不学而能"的自信。依照这种逻辑,众多无名的波西米亚青年们,无论身世如何畸零,地位多么边缘,只要他"自家能深信"于他的内在性、自发性,那就有可能打破社会的层层区隔,"确能成个诗人"。浪漫主义不仅对应于一整套抒情的模式,而且对应于上述"不学而能"的"特权"、"精英"意识,不看到这一点,就不能理解其广泛的社会基础。

在西川和王敖的文章中,都或多或少有中西浪漫主义的"落差"问题,比如中国的诗人迷恋浪漫的诗人形象,而忘记了浪漫主义背后的思想力量,只重视情感的表达,而不像真的浪漫主义者那样,将想象力提升到为人类立法的高度。这种"落差"的产生,并不能简单归咎于中国诗人的浅薄,当浪漫主义被引入中国,它所处身的历史情境与其欧洲起源已迥然不同。相对于如何克服现代资本、市侩理性带来的人性异化,中国知识分子面对还是怎样将一个松散的"沙聚之邦"转化成现代"人国"的问题。从这一问题中引申出的文化,承诺的首先是"立人"方法:怎样将个体从传统的家族、地域、风俗网络中解放出来,召唤为独立的现代国民。这样的"国民"应意识到自己的与众不同,应具有内在的情感和判断,更应具有强大的自发性潜能,由此可以作随时被动员成觉悟的大众,或反抗的阶级。"星星之火,可以燎原",诗人对浪漫形象的迷恋,对经验自发性的强调,构成了这种偏执的"动员型"政治文化的先声。虽然也有诸多保守的、古典的、自由的、反动的文化与之颉颃,但这种政治文化的影响依旧深远,也塑造着中国现代—当代诗的某种气质:无论诗人怎样地"对表"或"不对表",总是缺少一种不断成熟、可以不断包容他者的能力。波西米亚的现代"诗教",由此可以说也是一种"感伤"的诗教,依照40年代年轻批评家袁可嘉的定义,所谓"感伤",就是为了部分牺牲整体,他还列出一个公式:"感伤" = 为 Y 而 X,发展到为 X 而 X + 自我陶醉。当然,在文学的"感伤"之外,袁可嘉也谈到了政治的"感伤"。凡是破坏有机综合,偏执于一端,都可如是观。

在审美与政治的相互激荡中,波西米亚的群体一方面可以提供革命的能量,另一方面也干扰着历史理性的进程。因而,如何整顿、肃清这些游荡的分子及其文化,也构成了革命年代及共和国体制中的关键课题。然而,波西米亚的文化并没有就此终结,到了上世纪70—80年代,随着原有意识形态和社会组织的解体,各种各样的群体、身份、文化,如被困在地下的妖魔,纷纷弹出了地面。在所谓"官方"呆板的诗坛之外,地下或民间的诗人群落,又充斥了各种各样浮荡的、不羁的青年。检讨当代诗人的出身和履历,除了早期拥有阅读特权的一些异见分子,后来大部分是由懒散的文科大学生、自学起家的专科生、工人、军人、体制外的游荡者和体制内的下层职员等等构成。总之,诗人又与一个"脱序"的、游荡的阶层相关。90年代以后,诗人的身份和境遇后来也有很大转变:一部分流散于海外,一部分下海经商(在经济上很成功),还有一部分逐渐进入学院、媒体、出版机构,参与到各种文化和学术事业(工业)中来。但从总体上说,在这些新兴的场域中,诗人怎么说也不是有权势的一群,大多数只勉强维持了一份打工者、寄食者、觊觎者、或分一杯羹者的身份,而从扩张的网络、扩招的学院里,一茬又一茬的"嫩仔"又持续地加入进来。

在新的波西米亚诗人群落中,郭沫若、徐志摩式的浪漫形象,自然早已遭到的厌弃,很少再有"嫩仔"愚蠢到了自比歌德、雪莱,他们中的大部分更老练、更敏捷,也更虚无,知道该怎样避免"土气",在该过火的事情上过火,在其他事情上恰如其分。然而,即便有诸多新变,哺育过这个群体的"诗教",并没真的过时,诗人们一如既往地迷恋自身"特权化"的形象,当然也发明出新的伎俩。在现代时期,诗人形象的塑造,往往通过自我的美化、诗意化、英雄化来完成的;在当代,自我的塑造也可以自我的丑化、庸常化、贬低化、琐碎化来完成。表面上看,诗人要复归常识的世界,实际上他们刻意经营的是某种另类的"奇境"。在这个低于常识世界的"奇境"中,诗人可以更大胆、更敏感、更多欲,也更无所忌惮,所以仍然可以脱颖而出,扮演反抗沉闷生活的英雄。与之相伴随,身体的、欲望的、物质的、灵魂的、语言的……各种七七八八"自发性",仍可以被轮番迷信。

作为一个阶层,波西米亚的诗人群体,将来会有怎样的出路,不好轻易断言,但生逢"盛世"(抑或"乱世"),作为一种激进的美学和文化,波西米亚放荡不羁的作风却大概没有多少未来:它或者与都市中的消费氛围结合,蜕变为一种小资情调;或者沦为撒娇卖乖的自我炒卖。西川对"文学嫩仔"的批评,大概也表达了对波西米亚文化的某种不满。然而,在"嫩仔"之外,其实还有一批文学"大叔"们,更值得在这里讨论。这些"大叔"不少是由当年的"嫩崽"蜕变、成长而成。由于早熟、睿智,或以摆脱飘荡的阶层,他们不再束缚于"不学而能"的轻浮习气,而能自觉将写作看成一门严肃的、需要不断磨练的手艺。诗人的工作,正是不断去发展这门手艺,学习相关的知识,并最终参与想象中那个伟大的谱系。在这个谱系中,歌德、雪莱等等,或许早被挤进了角落,而叶芝、庞德、奥登、里尔克、布罗茨基、史蒂文森等人名字,则占据了更显著的位置,像一本19世纪的电话簿终于升级到了20世纪,而背后的心态不知有多少改变。

如何评价类似"大叔"们的追求,是一件颇为踌躇、困惑的事。勿庸多言,在一个文化公共性萎缩的年代,诗歌能高傲地独享一个幽深的角落,已实属不易;为了对抗撒娇卖乖的波西米亚作风,坚守某种"行业"的自律,也代表了一种起码的工作伦理。但从某个角度看,这种态度仍发生于自我辩护、自我推崇的"诗教"传统之中:诗人的自我虽没有神秘化、特权化,但诗人的工作却被神秘化、特权化了。与过往不同的是,这一特权的"形象",不是建立情感、经验的奇观想象之上,而是建立于对一个"行业"及相关技巧、行规的忠诚上。诗歌是一门特殊的学问,有自己特殊的逻辑和规则,诗人的养成不仅要"以己为师",还要向伟大的谱系学习,向彼此学习,以维持一个可以扩张的高深联盟。与之相关,对某种神秘诗歌自发性的信赖,也并没有真的消失,只不过更为高深的语言本体论替代。

在特定的年代和氛围,建立一种诗歌的"行规",无疑具有相当的革命性,它能抵御外来的粗暴干预和公众的业余评价,让诗歌沉浸于自身。然而,当外在的环境转变,辩护性、排斥性的"行规"也可能转而内向化、保守化,限制"行业"活力的再生。特别是在当今的"盛世"(抑或"乱世"),和谐的社会需要各行各业的自我规划,无论政治、经济、法律、文学还是其他,每个领域都该有自己的规矩、自己的玩法,以杜绝外行的扰乱,也维护业内的秩序和利益。诗人一贯怨怒,强调脱颖而出的权力,结果他和他的行业,也不过在参与、默认这一格局。在这样的格局中,一个诗人读书、写作、旅行、克己勤勉,这能保证他不断写诗、甚至写出好诗,但这不能保证这些诗,真的有相当价值,也必定和这个行业所允诺的创造力、想象力和人类生活的理解力有关。最终,严肃诗人效忠可能只是他的行规,效忠于自己在纸上建筑的形象,被掩饰的则是一种无边的犬儒主义。这似乎又是当下唯一正确的意识形态,它傲慢又倦怠。

文学"嫩仔"容易斥责,但"嫩仔"和"大叔"分享的现代"诗教",却不可能被简单打破。这并非出于集体的懒惰,而是诗之文化位置使然。作为一种古老的书写活动,"诗"已从一种文明方式,一降为辩护性、防御性的文学,又再降为一种可以消费的"亚文化",这个趋向似乎也不可逆转。即便如此,如果将诗歌不仅理解为一种自视高明、自我标榜的艺术,而且也看作是一种能参与当下思想生活、价值生活的实践,那么,"嫩仔"之外,"大叔"们其实更值得提醒:当某种"行规"之内的创造性接近饱和,诗人与语言之间曾经刻骨铭心的欢娱,也就快要到了尽头。就像世间没有无限增值的通货,高估的语言可能性,终有一天也会泡沫化,迎来文学信心的拐点。如若这样,诗人虽然不能改变现实,但他依然可以改变自己,改造自己的营养系统和能量系统,这就涉及到了某种"诗教"的重建。所谓重建"诗教",当然不是指要回到传统,让诗歌成为启迪、教化、陶冶的人文工具(这是另外一个问题),也不是要将写作贬低为一种基于反映论的社会慈善,而首先是要在意识层面,脱掉诗人紧巴巴的行业制服,从那些

"正确"的诗歌知识、规则、谱系中解放出来,看一看自己的写作到底面对什么,需要触及什么,在环境的迫切、历史的纵深,以及腾挪变动的视野中,而不是凝定的行规中,思考写作的位置。

在本行的手艺、知识之外,或许还有很多领域、很多经验,值得当代诗人去尝试。依照原教旨的浪漫主义,诗歌仍要产生于渊深的具有整合能力与造型能力的心灵,因而诗人的勤奋总是一件好事,方法不过老一套:读书、阅世、思考、争辩,但这不单是为了博闻强识,能随手引用各种"正典"和"僻典",而是要以自身的开阔、芜杂对抗行业的封闭、感伤。在必要的时候,诗人也可试着放弃模棱两可的美学,为想象力挂上粗重的伦理链条,试着去分辨那些事物的曲直,以及人心的明暗。

本文原载《当代诗》第一辑,2010 年

"村里有个叔叔叫雷锋"

海子离开这个世界,已将近 20 年了。在这个时候,一些有心的编者和出版者开始琢磨着要做点什么,我也先后接到几个约稿的电话,都是与海子有关。坦白地说,面对这样的稿约,我是有些踌躇的,虽然当年自己也是海子狂热的信徒之一,也曾为他的写作深深激励,但时间毕竟久了,好像该说的与不该说的话,也都被别人说尽了,一时之间竟不知该如何下笔。在海子离开的这 20 年里,中国诗歌乃至中国社会的变化,相信是生前的他难以想象的,他的写作与这个时代的"不可通约性",也更明晰地显现出来。他的"神话"还在不断传诵,但对于大多数成熟的诗歌作者而言,海子不再是写作的一个前提了。或者说,他们不会像海子那样考虑问题、感受世界,他们面对的情感和经验,要局促得多,也要复杂得多,需要不断发明更多样的语言方式,才能予以有限的说明。

作为一个写诗的人,在这么多年里,我几乎不会主动想到海子,在一段时间里甚至还激烈地抗拒他的影响,在内心里认为当代诗歌的展开,已经不再与他有关。然而,作为大学里的一名教师,我又会常常面对一些神情憔悴的文学青年,依然造作但认真地倾吐他们对海子的热爱。我知道这种热爱,几乎是廉价的,不可能帮助他们写出更好的东西,也不意味着他们今后的生活,会一如既往地真挚、纯真,但我又知道这种热爱是需要尊重的,它或许构成了某种道路的起点,在多年之后回忆,还会抱有一份感恩的情怀。如今,在职业和写作中都困惑重重的我,何尝不是这样一个文学青年?

我记得最初接触海子的诗,大概是在 1991 年的春天,那时刚好有本《倾向》流到我手中,那一期是"海子、骆一禾专号",登载了他们的诗、诗论,以及一批友人的回忆。随后,诗人西川又到我所在学校做了一次演讲,内容是关于海子的,我恰巧也去听了。那时的西川,还很年轻,但已颇具大师风范,站在讲台上口若悬河,让人觉得头顶仿佛有来自高空的气流吹过。他讲了海子,讲了骆一禾,也顺便讲了讲自己,宛若三位一体,震撼了在场的所有人。具体内容,已模糊不清了,但他提到的海子的两句诗,至今我还记忆犹新:一句出自《最后一夜和第一日的献诗》——"牧羊人用雪白的羊群/填满飞机场周围的黑暗";另一句忘了出处,大概是"高大女神的自行车"。当时西川连声说好,说能见出海子语言的天才,自己听着也觉得好,但究竟如何好,也说不出所以然,只觉得大气、新鲜,能如此从容地组合词语,所表达的一切如在目前,与此前所读朦胧诗完全不同。

这种最初的印象,其实一直伴随了我对海子的阅读。一方面,我也和所有那个年龄的人一样,为他诗中的激情所折服,也为他有关忧伤、幻想与挫败的表达而动容,但另一方面,我始终偏爱海子在写作中那种随随便便的从容感。海子的写作有教条的、严苛一面,在他的诗论中似乎有这样一句话:"诗歌是一场精神的大火,而不是修辞练习。"当时读后,内心并不真的佩服,觉着话说的爽利,但还是有些空洞。后来也和一个朋友私下交换过看法,他明确地指出:"大火"与"修辞"之间不存在简单的二元对立,这种更精致、更自由主义的看法,让我一下子释然。然而,在诗人的专断之外,海子实际上也是个修辞的高手,你能在他的句子中感觉到他的快乐,感觉到他的亢奋,感觉到作为诗人,他在表达痛苦的时候也无时不在享受着自己的语言能力。记得一句诗在朋友们当中最流行:"瞧,这个诗人/他比我本人还要幸福。"(《幸福一日 致秋天的花椒树》)幸福在他那里,是很具体的,就是一个诗人在诗中感觉到的快乐与满足,它比世间的一切还要珍贵。

这种能力有时表现得非常顽皮、孩子气,洋溢着天真的气息,有时则是神经质的,完全脱离了意识的掌控。比如《春天,十个海子》大概是海子最后的作品,诗的下面还特意标出了写作时间:1989年3月14日凌晨3点—4点。诗的前三节,围绕十个野蛮而悲伤的海子展开,句法谨严,抒情满满。但到了最后一节,海子显然写累了,完全没了章法,东跳西跳,从谷物写到大风,最后突然收束在"你所说的曙光究竟是什么意思"。这完全是没头没脑的一句,他在质问谁呢?其实,也不难理解,在凌晨4点,北方的夜应该还是漆黑一团,但精疲力竭的诗人在恍惚中感到了"曙光",在倾心于死亡的幻象中"曙光"当然是难以理喻的。海子的确是在乱写,但又真的准确、精警,天机峻利,又歪打正着。在这样的段落中,你总能读到写作中的诗人,他沉浸在语言中,词语也呼啸着擦过脸颊,引起更多词语的哗变。在我们的文学传统中,对于写作特殊状态的夸张,往往到了丧失分寸的地步,因而产生了种种神秘主义的写作哲学。出于一种反拨,当代诗人更多将写作理解成一种工作,一种可以由意识控制的"工作"。但被诗歌折磨过的人都知道,写作在不准确的意义上的确类似于竞技体育,需要身心的全面投入,需要某种亢奋,海子的诗就是这样,所谓"死亡的加速度",可以理解为这种致命的写作强度。在很多时候,他完全是写"飞"了。在长诗《弥赛亚》的一段,他写到了"青春",它以火的形式,从"天堂挂到大地和海水",诗人高喊:"青春!蒙古!青春!"读到这里,我觉得很怪异,为什么在两个"青春"之间夹了一个"蒙古",二者之间有什么关联?蒙古虽然是海子热烈向往的远方之一种,但"蒙古"这个词本身所能产生的空漠联想,连同它的浑厚声音,在两个"青春"之间恰好也能完美激荡。

有意思的是,这种乱写的态度,并没有导致文体的粗鄙,文字的杂沓带来的恰恰是精巧、准确的风格。收入中学语文课本的《面朝大海,春暖花开》,可以说是当代诗歌中传布最广的一首,但它的魅力究竟怎样产生,一直让人百思不得其解。几年前,我曾在一篇文章中尝试解释,他所使用的实际上是一整套最俗滥的日常语言,比如"从明天起,要怎样、怎样","有情人终成眷属"等等,这些习语一般被用来表示美好的生活意愿,常见于小女生的日记本和满大街的贺年卡片上,它们所代表的一个幸福平庸的"尘世",恰好与一个诗人世俗生活的不可能构成反差。尤其是最后一段的"我只愿"三个字,类似于一个扭转身的动作,一下子让"我"从这个世界中分离出去了,一首诗在这里断开了,形成了我们每个人都会面对的悬崖。这种解释或许有点书生气,因为海子并不是按照现代主义的"陌生化"手法来写的,但它还是有一点道理的。这首沉痛的抒情诗歌,在某种意义上也是"乱写"的,没有遵从一般的抒情体式,拉杂写起,全是日常琐事,但笔笔惊人,实际上在语言风格和传达情绪之间有一种张力,表面上自然,但海子无意中调动了许多语言方式,也调动了我们潜在的情感。记得西川好像说过,海子有一种惊人的"文化的转化力",他能够将诸多不相干的文化资源、语言资源都包容到自己的诗中,像个巨人一样吞噬一切。

在我的理解这种"转化力"所涉及的"文化",在根本上与一般意义上的"文化"还有点不同。在诗歌中,夹杂穿插一些古往今来的文化片段,其实并不是什么高明的作风,对于海子诗中的一些所谓"文化"因素,我自己并不是太喜欢。比如经典之作《亚洲铜》,我就觉得不是他最好的作品,有点太"文化"了,把两只白鸽子,比喻成"屈原遗落在沙滩上的白鞋子"就多少显得做作。在我看来,海子的转化力,不只是表现在他对从东方到西方多种文明资源的援引上,更多的表现在他对不同质地、风格语言的自如组织上。如果仔细考察他的语言类型的话,你会发觉其实非常驳杂,在一般熟知的土、水、阳光等元素性语词之外,在他诗中还会经常出现的日常的、乡土的、哲学的、宗教的等多种语言。还有一个潜在的语言资源可能往往被忽略,那就是属于20世纪中国的特定革命话语、意识形态话语,也常常出现在海子的诗中,只不过海子将其"转化"成了自身的诗艺。《祖国(或以梦为马)》就是一个典型的例子,这首豪情万丈的诗歌,从标题到展开,都是嫁接在以往的政治抒情诗模式之上的,"烈士"、"祖国"、"永恒的事业"等词汇无疑显示了这种联系,"我也愿将牢底坐穿"一句,则直接出自革命烈士诗钞,霎时间擦亮了几代人的集体经验。当然,海子不是在重申以往的革命话语,而是剥下了激情的形式,以天马行空的想象,将其与古老历史(周天子的雪山),民间演义(乱石投筑的梁山城寨)等因素杂糅在了一起。

又比如《五月的麦地》一诗的开头:"全世界的兄弟们/要在麦地里拥抱/东方,南方,北方和西方/麦地里的四兄弟,好兄弟"。"麦地"当然是海子创造的核心意象,梵高式的深度想象、农业社会有关饥饿、粮食的记忆,乃至革命传统中与土地相关的阶级情感,被结结实实地整合在一起。除此之外,"全世界的兄弟们"相互拥抱的场景,对于生于红旗下的中国读者来说也不会陌生,"全世界无产者联合起来、团结起来"的想象,其实早已深深刻入我们的脑海。比起他长诗中依赖的宏大史诗模式,这样一些的细枝末节,显然没有经过深思熟虑,却往往更有一种贴切又乖戾的揭示力。当然,在当代诗歌中对革命传统话语的使用并不鲜见,不过是方式有别罢了:有的是完全沿用,抒情言志大抵还在套路中;有的是以戏谑的态度,故意制造反讽张力;有的则是告别式的,致敬式的。这些诗歌有好有坏,但总的感觉是用力写出的,法度森严,紧张得就如同刚刚经验过的历史。但海子是凌乱的、天真的,几乎是本能地抓住了要害。这种天真最了不得,因为还没有出发,他就已经到达。

文章的开头说到了感恩,可能有点矫情,其实想到海子,更多的还是某种艳羡和惭愧,他在语言方面展开的创造力,可能出于天分,但也和那个年代普遍的文化雄心有关。在这个意义上,我对"诗歌是一场精神的大火,而不是修辞练习"这句话的感受,如今又有点变化。"大火"与"修辞"虽然不构成对立,但海子不是在文学理论的层面上说这句话的,我更愿意理解为对诗人创造力的一种强调。而这种创造力不仅显现在那些宏大、空洞的诗歌抱负上,而且也渗透在微观的语言肌质中。在一个文化丧失自信的时代,这句话咂摸起来,其实仍然有朴素的教化意义。

为了写这篇文章,又拿出翻旧的《海子诗选》,其中的圈圈点点,都记录了当年的趣味。看到有一首,几乎被自己忘了,名字叫《秋日想起春天 也想起雷锋》。诗并不很好,但又能见出海子痛心疾首中的顽皮诗意,干脆引用一段,以此结束吧:

春天　春天　春天的一生痛苦

我的村庄中有一个好人叫雷锋叔叔

春天的一生痛苦

他一生幸福

如今我长得比雷锋还大

村庄中痛苦女神安然入睡

春天的一生痛苦

他一生幸福

2008年3月12日午后

本文原载《文学界》2008年第4期

辑 三

一个诗人的内战"时感"

近三十年来,作为新诗现代化的典范,有关诗人穆旦的讨论持续不绝,其形象甚至有被过度"消费"之嫌。然而,这并不等于说,穆旦作为一个话题,真的已被穷尽,被穷尽的或许只是讨论的方式、方法,抑或背后关切的问题。比如,王佐良写于一九四六年的文章《一个中国诗人》,在穆旦研究史上起到过奠基作用。诸如西方现代诗人之影响的提出、"用身体思想"之诗艺的概括,以及诗人"非中国"品质的强调等,都确立了后来讨论的框架,但王佐良有一个判断,似乎没有引起多少关注,这个判断与穆旦的政治意识有关:"一开头,自然,人家把他看作左派,正同每一个有为的中国作家多少总是一个左派。但是他已经超越过这个阶段,而看出了所有口头式政治的庸俗。"在王佐良看来,作为一个"左派",穆旦最大的好处恰恰又超越了"左派",因为他"并不依附任何政治意识"。

具有一定的政治意识与关怀,却超越(外在)于确定的集团、党派立场,这样的"左派"形象无疑吻合现代主义文艺的一般想象。换个角度看,这大概也意味着,此类作者的政治意识,读者可以从道德和美学的层面体认,但毕竟外在(超越)于真实的政治实践,其实不需特别严肃的对待。果真如此吗?我们或许可以追问:一个诗人无党无派的政治意识,只是某种"良知良心"的显现吗?它有无特定的展开前提?又与何种现实诉求相关?类似追问不胜其烦,但新的阅读契机包含其间,不仅涉及诗人的个体评价,更是关联对其代表的写作及文化方式之可能性和限度的省察。在一九四七至一九四八年国共内战期间,穆旦恰好写出了一批政治意识相当饱满甚至尖锐的作品,为上述追问提供了进行下去的可能。

一九四六年下半年,国民党单方面召开"国大",大举进攻各地解放区,国共内战终于全面爆发。和平的愿望彻底落空,对此曾抱有期待的人士,以各种方式表达了痛切、激愤之情。穆旦作为诗人,同时作为一名报人(此时正在沈阳主持一份"惹祸"的报纸——《新报》),也在诗中做出了回应,自一九四七年春开始,连续写下《时感四首》、《荒村》、《饥饿的中国》、《甘地之死》、《诗四首》等作品,类似于一个连续展开的、动态的政治观察与评论,分别对应于国共和谈失败、内战全面爆发、恶性通货膨胀、"反饥饿、反内战"运动,以及战局逆转、历史走向明朗之后的时事观感。在一九四九年出国前自选的诗集中,这组"内战之作"被他饶有意味地命名为"苦果"。熟悉穆旦诗风的读者,阅读这一"苦果"系列,感觉会有所不同:他没有特别采用擅长的戏剧性手法,去开掘敏感个体与外部历史间的错综纠葛,对现实没有做更多"玄学"提升,一种强烈的时事性甚至代言性出现在他笔端。

> 多谢你们的谋士的机智,先生,
> 我们已为你们的号召感动又感动,
> 我们的心,意志,血汗都可以牺牲,
> 最后的获得原来是工具般的残忍。
> ……
> 多谢你们飞来飞去在我们头顶,
> 在幕后高谈,折冲,策动;出来组织
> 用一挥手表示我们必须去死
> 而你们一丝不改:说这是历史和革命。

这两节引自一九四七年二月《时感四首》的第一首,书写了内战爆发后"我们"的社会感受,在特定的历史情境中,"谋士的机智"、"飞来飞去在我们头顶"、"在幕后高谈,折冲,策动"等词句,似乎都有非常具体的时事影射。一九四六年"政协"召开及国共和谈期间,国共双方的代表,马歇尔以及"第三方面"人士来往穿梭,的确十分密集地进行"高谈,折冲,策动"。参与其中的梁漱溟在回顾中,就曾详尽记录了谈判各方"飞来飞去"的信息,当这些信息集中在一处,本身就具有漫画的色彩:"四月三十日,马歇尔飞南京,蒋介石飞西安。五月三日,周恩来飞南京。五月八日,我们民盟也飞上海了。从此以后,和谈就在京沪一带进行。"这些东西南北、聚散分离的飞行,其实已暗示了各方立场的错杂分歧。将梁的回顾和《时感》对读,穆旦有何影射,不难猜想。

上面的诗节中,值得关注的,还有"我们"这个人称的使用,"我们"与"你们"的区分,构成了某种垂直性的紧张:"你们"作为领袖、政客、谋士,飞在天上,以各种堂皇的名义,驱策战争的走向;"我们"只能在地上仰望、挣扎,作为被驱策者,承担战争灾难性的后果。事实上,"我们"这个代言性人称,在穆旦此一阶段的诗中频频出现,而且"我们"与"你们"("你")、"他们"("他")的区分,也几乎成为一种原则,支配了穆旦四十年代中期以后的写作,如一九四五年抗战结束前的名作《旗》:"我们都在下面,你在高空飘扬"、"战争过后,而你是唯一的完整/我们化成灰,光荣由你留存"。作为历史正义或集体意志的化身,"旗"("你")飘扬在"我们"之上;"我们"仰望着"旗",但只是下面的牺牲者,不能真正将"你"掌握。"旗"和"我们"既联系又分离,胜利的喜悦与历史的忧惧,暧昧交织于垂直的人称张力中。值得注意的是,在这样的人称结构中,"我们"似乎不简单等同于"人民"、"群众"等概念,隐隐约约,"我们"对应了一个承受战争后果,渴望和平与正义,又对历史走向保持忧惧的中间阶层。

诗人邵燕祥,是穆旦的"粉丝"之一。据他回忆,《时感四首》"写的就是我们下边的人们,老百姓,都被上边的人在干杯、在觥筹交错之间就决定了我们的命运","太受它的影响了。当时我有很多诗受他的影响,这首诗(《失去譬喻的人们》)连思想都受它的影响"。作为当年的读者,邵燕祥也读出了"上边"与"下边"的垂直区分,而且认为这种上下结构,更为根本地影响到了"思想"。这意味着,"我们"的人称设置,不只是穆旦诗中的形式因素,它本身就包含了社会历史认识的方法论意涵。顺着这一思路,再看《时感》第四首中的一节:

> 我们希望我们能有一个希望,
> 然后再受辱,痛苦,挣扎,死亡,
> 因为在我们明亮的血里奔流着勇敢,
> 可是在勇敢的中心:茫然。

注意第一句"我们希望能有个希望",这个句式有些缠绕,却带来一种特殊的滚动感:一方面,历史能为"我们"的"希望"推动,即便经历"受辱、痛苦、挣扎、死亡",仍有不断敞开的可能;但另一方面,"希望"的中心又突然抽空为"茫然",向前的滚动也一下子终止,内卷为一种封闭的循环。"内战"爆发之前,国共双方打打谈谈,或"以战逼和",或"以和备战","和平"与"战争"的消息交替传来,造成一种普遍焦躁、茫然的社会心理。在这样的背景中,上述辩证展开又不断内卷的句法,同样可以理解为一种特定的认识方法。《时感》发表的当月,袁可嘉就在《大公报·星期文艺》上发表著名的《新诗现代化》一文,全篇引述了这第四首,认为"这首短诗所表达的最现实不过,有良心良知的今日中国人民的沉痛心情"。在希望与绝望的"交互环锁,层层渗透"中,作者

"很有把握地把思想感觉糅合为一个诚挚的控诉"。

身为"新诗现代化"的理论吹鼓手,袁可嘉的评论不单指向了穆旦复杂的诗艺,同时指向诗中"最现实不过"的政治感受。这种沉痛感受基于"今日中国人民"的"良知良心",袁可嘉也暗示,后者并非只是一种抽象态度,恰恰是由"交互环锁、层层渗透"这一强有力的句法糅合而成。借助这样的句法(方法),"内战"不仅作为时事,同时也作为一个紧迫的思想命题,在"层层渗透"中被"层层展开"地提了出来:战争的正义怎样体现?战争的后果又由谁来承担?内战是否是暴力的又一次循环?战争中的历史走向又会如何?要回应这一连串咄咄逼人的提问,仅从"新诗现代化"的层面,重申"现实、象征、玄学的综合"一类风格判定,肯定是远远不够的,有必要重构阅读的历史视野,回到内战时期特定思想、言论情境中。

四十年代,从国共政争到军事对决,在"两大"对峙的前提下,不断有"第三方面"、"第三道路"、"中间路线"、"多数人立场"乃至"新第三方面"等提法出现。在"民盟"、"民社"等党派,以及通过报刊、媒体自由议政的知识群体之外,如"浩大无边的海洋"、占人口中大多数的中间阶层(中小资产阶级),就是一种潜在的、可观的政治势力。当时有相当多论者,宣称不代表任何党派,只站在"中间"或"多数"的立场说话,由此出发,也很容易得出两个政党、两个政府相争于上,而多数百姓受苦于下的政治判断。譬如,在梁漱溟看来,这样的困局源于中国社会的历史特殊性。由于中国社会的流动性很大,缺乏阶级、种族、宗教、地域之间的严格壁垒,散漫而和平,因而中国内部的分裂乃至革命,从来不是社会与社会之间的对抗,而只是"浮在上面的政府与政府的冲突"。政治分裂于上,社会却散漫统一于下,民国三十年来的政治也没脱离这种逻辑,"因缺乏武力的主体而陷于纷乱"。穆旦笔下的"我们"的人称结构,特别是"上边"与"下边"的垂直张力,与这种政府(政党)/社会的二元论理解,相距并不遥远。

然而,"我们"能否作为一个全称命题来使用,是一个可以辨析问题。那个"汪洋一片"的中间群体,即使处于两个或多个党派之下,仍包含相当复杂的层次,其现实感受和政治诉求并不一致。穆旦诗中表达的焦灼与烦恼,更多存在于城市知识分子,特别是小职员和公教人员身上(他自身所属的阶层),这个群体渴望生活安定,渴望社会进入秩序的轨道,内战持续导致的经济崩溃和通货膨胀,对他们的冲击也最大、也最为直接。穆旦能较为准确地把握这个阶层的"希望"与"绝望",在盘曲往复的诗行中将其"时感"糅合成"控诉",但其他社会群体的处境和诉求,穆旦并不一定有更多的把握。在他的诗中,一旦涉及更为底层的农民和劳动者,"他们"这个人称就会出现:与"我们"相比,"他们"是更为卑贱、无名的牺牲者,作为被历史"用完"之后的剩余物,"他们"被分别于"我们"之外,或以"荒村"的风景形式,朝向"原野和城市的来客"(《荒村》,1947)。与之相关的是,如果说"汪洋一片"的中间势力,并不是一个同质的存在,所谓"政府分裂于上、社会统一下"的认识框架,也可能是一种相对固化的看法,因为历史急遽的变动与革命实践的不断展开,已在政党与不同阶层之间创造了新的社会矛盾、新的社会关系。在复杂的变动中，所谓"我们"的代言立场、"上边"与"下边"的二元结构，即便出于"良知良心"，都已不再是自明性的，能否有效地揭示"今日中国人民"面对的现实，其实是颇值疑问的。

上下垂直的人称结构之外，为穆旦所特有的"交互环锁，层层渗透"的糅合句法，也可做类似扩展性的讨论。依照唐湜的说法，穆旦也许是中国诗人里最少绝对意识、最多辩证观念的一个。在他四十年代前期具有玄学意味的诗中，辩证展开的句法也具有一定方法论意味，因为它总是与对历史进程、时间进程中人之处境的思考相关：一切是运动的、不断展开的，个体行动不过是"犬牙交错的甬道"中的挣扎、受难，最终永恒自然能回收这一切；在牺牲之后的安宁中，历史正义偶尔也会显出真容。在内战时期的"苦果"系列中，对于人在历史中的位置、处境的关注，仍是他写作隐在的玄学背景，但"交互环锁、层层渗透"的句法，却使辩证的展开失却了运动的进程感，而一次次地"内卷化"，历史似乎堕入一种坏的、不能挣脱的循环之中。一九四八年八月的《诗四首》，是新中国成立前诗人最后的作品，穆旦仍然代"我们"发言，试图对于内战的过往与结局，进行总体的反思和评判：

迎接新的世纪来临！
但世界还是只有一双遗传的手，
……

在人类两手合抱的图案里

> 那永不移动的反复残杀,理想的
>
> 诞生的死亡,和双重人性:时间从两端流下来
>
> 带着今天的你:同样双绝,受伤,扭曲!

一九四八年下半年,内战的形势渐趋明朗,历史的"路"只剩下了一条:"迎接新世纪的来临!"穆旦似乎在表达一种新纪元意识。历史翻过沉重的一页,时间即将重新开始,这是抗战胜利之后不少诗人书写过的主题,穆旦显然是在反讽式地挪用:"新世纪"的到来非但不是历史的开始,反而是历史内部人性之恶的再次重现——"一双遗传的手"暗中支配。"新的世纪"背后的集体意志,他没有漠视("他们太需要信仰,人世的不平/突然一次把他们的意志锁紧"),但集体意志的实施,并没有打破历史内在的封闭,而只是"目前,为了坏的,向更坏争斗,/暴力,它正在兑现小小的成功"。

在穆旦以往的作品中,"战争"、"暴力"的形象并不是单一的,虽然"和平又必须杀戮",是上帝"计划里有毒害的一环"(《出发》,1942),但当民族的立场以及敌我关系十分清晰,"武力"有其确定的使用主体,暴力在穆旦那里有时也会获得必要的合理性。然而,过去两年的"内战"的书写,在一定程度上,却失去了内与外、敌与我之间形成的辩证、开放意识,"暴力"完全脱离了"主体"意图,脱离"计划",成为历史循环的最终支配者:

> 幻想,灯光,效果,都已集中,
> "必然"已经登场,让我们听它的剧情——
> 呵人性不变的表格,虽然填上新名字,
> 行动的还占有行动,权力驻进迫害和不容忍,

无疑,上面的诗句仍充满了修辞的强度,也将革命与暴力的关系问题"糅合成了一个控诉",穆旦特有的开放性敏感却似乎丧失了。对"新的世纪"的展望,甩脱了"希望"与"绝望"之间"交互环锁"的辩证性,变成对未来"极权"单调甚至有点刺耳的抗辩。

事实上,在"两个中国之命运"决战时刻,如何判断历史的走向,使用何种思想资源去回应时代人心的巨变,是各方人士都需要面对的问题。穆旦表达的焦灼感、历史循环感,在他所属的"圈子"里,在有"良心良知"的知识分子中并不鲜见,如"革命必循环不已,流血也必循环不已"(萧乾《自由主义者的信念》),如历史"近乎周期性的悲剧夙命"(沈从文《一个传奇的本事》)。这些基于直观的时代意识,在不同程度上,都触及到某种缠绕在中国内部的历史困局。简言之,在民国政治的展开中,无论有怎样良好的政治构想,武力似乎是任何协商、设计的出发点与最终依据。以武力完成的统一,由于缺乏充分的合法性以及与社会的紧密关联(即"武力的无主体"的状态),也会很快陷入内部的纷争之中。借用黄炎培的说法,以"武力"为始终的政治逻辑,是否同样构成了一种难以挣脱的"周期率"? 而国共内战是否又是这一"周期率"的再度显现——"为了坏的,向更坏的斗争"? 抑或

开辟了另一种可能,即用一场"好"的战争去结束"坏"的战争,彻底打破"周期率",终结暴力的蔓延?除了和平的呼吁或立场的抉择,相关人士也试图在历史和理论的层面去回应这一困局。历史学家杨人楩在一九四八年就在《观察》杂志上连续发表文章,将"内战"作为一个命题进行讨论。与一般的反战论者不同,杨人楩在一定程度上认可所谓"内战本质论"的看法,即"内战"可能是一场"好"的战争,是一次必须彻底完成的革命;他所忧虑的是内战的"长期化",长期化难免会使革命及新生政权异化,造成武人专政的局面。这似乎仍是出于对历史"周期率"的习惯性忧惧。

在某种更长历史脉络中去理解"内战"的性质、走向,这大概是内战时期一种常见的思想方式,穆旦的写作并非因只是一个诗人表述,就外在于这种方式。问题是,基于历史纵深的考察,恰恰有可能受制于历史的纵深,封闭思考的进一步展开。胡绳在回应一九四八年初《大公报》的自由主义社论时,就指出了这一点:"难道'历史的变动'(封建专制时代的王朝易代)就是现代意义的革命么?"将"革命"纳入到"历史的变动"中去认识,在胡绳看来,这种说法具有混淆的作用。他进一步阐述了"革命"和"改造"的关系,提醒"每天发生着的新的事实正在教育着人们改变着人们的旧的思想习惯",这包括扫除旧的国家机构,实行耕者有其田的政策,做到政治民主与经济平等,把党的工作和每一个党员摆在人民大众的监督之下。当然,这只是"新的世纪"的蓝图,不一定完全等同于历史实际的展开,但至少说明,"新的世纪"的到来,并非只是一份人性的"表格"填上新的名字,历史的"必然"也并非一种客观的铁律,而是来自创造性的政治与文化实践,涉及社会生活的各个领域,乃至世道人心以及思想方法的转换。

在四十年代末"天地玄黄"的时刻,大小自由知识分子的进退与选择,自然是一个相当老套的话题。但是否抉择,怎样抉择,只是问题的一方面,另一方面,"天地玄黄"的时刻也是一个开放的时刻,能否主动站在变动的历史内部,而非挪用固化的感受方式、认识方式,去把握变动的契机,形成多层次的视野,其实检验着自由思想的历史可能性。一九四七年十月,穆旦写下了另一首名作《我歌颂肉体》,这首看似"非政治"的自然主义诗歌,包含了强烈的政治抗辩性:"我歌颂肉体:因为它是岩石/在我们的不肯定中肯定的岛屿","那压制着它的是它的敌人:思想"。为了抗拒外在思想、语言、历史的压制,"肉体"作为一个直观的领域,被当作一块最后立足的"岩石",远离一切,在丰富的黑暗中独在。这块最后的"岩石",与"良心良知"一样,或许正是历史大变动中穆旦们所执着的立场。上世纪八十年代以后,穆旦的写作不断被经"特权化",不仅与其强劲的现代主义诗风有关,同时也包含了对最后"岩石"之上独立、自主立场的激赏。而这块"岩石"之上,诗人遭遇到的困境,或许更值得耐心梳理。

本文原载《读书》2014 年第 9 期

《天狗》:狂躁又科学的"身体"想象

　　1919年9月,在日本学医的郭沫若,在《时事新报》副刊《学灯》上,第一次读到分行写成的白话诗——康白情的《送慕韩往巴黎》,不觉暗暗地惊异,并产生了投稿的念头。随后,他的新诗投至《学灯》,得到编辑宗白华的认可和鼓励,结果一发不可收,作品源源不断地发表,以激昂扬厉的风格,震撼了当时的新诗坛。1921年8月,郭沫若的诗集《女神》由泰东图书局出版,作为胡适《尝试集》之后第二部重要的新诗出品,其成就在当时不少读者看来,已远超后者,甚至被看成是新诗成立的真正起点。1923年,闻一多写过一篇很有见地的评论《〈女神〉之时代精神》,文章开宗明义就写道:"若讲新诗,郭沫若君底诗才配称新呢,不独艺术上他的作品与旧诗词相去最远,最要紧的是他的精神完全是时代的精神——二十世纪底时代精神。"所谓"二十世纪底时代精神"是什么呢?闻一多进而从"动的精神"、"反抗的精神"、"科学地成分"、"世界之大同的色彩"、"挣扎抖擞底动作"

几个方面分别进行了阐述。① 与一般论者不同,在闻一多看来,"新诗"之所以为"新",并不在于白话的语言和自由的形式,而是在于内涵的"时代精神"。换言之,新诗成立的依据,从"诗体大解放"转向某种感受、经验的现代性层面,他的说法代表了论述新诗合法性的一种崭新逻辑。

《女神》中有很多脍炙人口的名作,像《凤凰涅槃》、《炉中煤》、《笔立山头展望》、《地球,我的母亲》、《夜步十里松原》等,写于1920年1月的《天狗》是其中极为重要、极有特点的一首:

> 我是一条天狗呀! 我把月来吞了,
> 我把日来吞了,
> 我把一切的星球来吞了,
> 我把全宇宙来吞了。
> 我便是我了!
>
> 我是月底光,我是日底光,
> 我是一切星球底光,
> 我是X光线底光,
> 我是全宇宙底Energy能量的底总量!
>
> 我飞奔,我狂叫,我燃烧。

---

① 闻一多:《〈女神〉之时代精神》,《创造周报》,第4号,1923年6月3日。

> 我如烈火一样地燃烧!
> 我如大海一样地狂叫!
> 我如电气一样地飞跑!
> 我飞跑,我飞跑,我飞跑,
> 我剥我的皮,我食我的肉,
> 我嚼我的血,我啮我的心肝,
> 我在我神经上飞跑,我在我脊髓上飞跑,
> 我在我脑筋上飞跑。
>
> 我便是我呀!
> 我便是我呀!
> 我便是我呀!
> 我的我要爆了!

早期新诗的发生,面对古典诗歌轨范的强大压力,分行书写的白话是否应该押韵、是否应该具有传统的诗美,是否应该传递一种典雅含蓄的诗意,在当时引发了重重争议。这首《天狗》却完全不顾及任何既定的诗歌规范,以同一个句式的反复重叠,贯穿全篇,充分体现了"诗体大解放"之后无拘无束的活力。从今天的角度看,这首诗过于粗放、简单,简直是写"飞"了,"我的我要爆了"一类自我想象,似乎也过于夸张。但要理解这首新诗史上的名作,有必要搁置先在的判断,进入历史情境之中,先做一点"同情的了解",因为郭沫若诗歌的影响力与"五四"时期特定的阅读

心理息息相关。温儒敏教授曾以《天狗》为例,提出可采用"三步阅读法"来读这首诗。

所谓"三步阅读法",包括"直观感受"、"设身处地"、"名理分析"。文学史的专业读法往往偏重"名理分析",非专业的阅读则多停留于"直观感受",一般都不大注意还原具体的历史氛围,对于《天狗》这样具有强烈时代色彩的作品来说,"专业"或"非专业"的阅读,都可能会有所隔膜。那么,依照"三步阅读法",我们该怎样读《天狗》呢?

第一步是"直观感受"。读这首,第一印象可能是狂躁、焦灼,拥有"全宇宙 Energy 的总量"的"我"飞跑、狂叫乃至自我爆裂,反复旋转、连续不断的句式,让人喘不过气来,形成一种异乎寻常的冲击力。对于阅读而言,这第一印象非常珍贵,但毕竟是感性的、直观的,如果对"五四"时代的历史氛围完全不了解,得到的印象也只是狂乱烦躁而已。所以,下面可以转入第二步"设身处地",尽可能将"第一印象"与你想象和理解的"历史现场"结合起来。我们知道,"五四"是一个"个人发现"的时代,是一个思想解放的时代。假设你自己就是当时的一个"新青年",觉得面前有无穷的可能性,似乎整个世界可以按照自己的意志加以改造,但又不知如何入手,找不到发挥自我潜能的机会,在茫然无措、焦灼暴躁中,自然会与诗中峻急的节奏、情绪产生共鸣。因而,与其说《天狗》是一种高级的文学,毋宁说类似于一种情绪的通道,用个不准确的类比,"五四"时代的读者与这首诗的遭遇,就有点像今天的年轻人突然听到震耳欲聋的摇滚乐一般。

这样,阅读的"第一印象"就落实在特定的历史场景中,接下来可以进行第三步"名理分析"了,思考直接的阅读感受与这首诗的形象、节奏、情绪有什么关系,进而分析《天狗》中火山爆发一样的情感强度,如何代表了"五四"青年的普遍心态。

当然,"三步阅读法"不必机械遵循,在实际阅读中可以贯通进行,只是为了在读者与作品的互动中形成一种具有历史带入感的"阅读场",以摆脱那种寻章摘句式的主题归纳和形式分析的套路。① 这里可以提出的一个问题是,依照"三步阅读法",特别是其中第二步"设身处地",面对这首诗,你还会有什么其他感受,还会有另外的解读线索吗?"五四"时期,对于大多数读者来说,初立的新诗是非常新鲜、陌生的,即如这首《天狗》,抛开肆无忌惮的狂放形式、"大写"的自我解放主题,当时的读者不仅感觉强烈冲击,而且也可能不大能够读懂,特别是诗中羼杂了不少科学词汇、英文词汇,如"X 光"、"Energy"、"电气",至于"我在我的神经上奔跑"、"脊椎上奔跑"、"脑筋上奔跑",如果缺乏一定的现代科学知识,甚至是解剖学的知识,当时的读者肯定会感觉莫名其妙。

作为一个评论者,闻一多目光如炬,在讨论《女神》之"时代精神"时,就特别提出了郭沫若诗中"科学"的成分和想象,这也是他不同于早期白话诗人的一个重要特征:

---

① 关于"三步阅读法"的阐述,引自温儒敏:《关于郭沫若的两极阅读现象》,《中国现当代文学专题研究》,北京大学出版社,2002年,第27—30页。

你去,去寻那与我振动数相同的人;
你去!去寻那与我的燃烧点相等的人。

　　　　　　　　　　　——《女神·序诗》

否,否。不然!是地球在自传,公转。

　　　　　　　　　　　——《金字塔》

一枝枝的烟筒都开着了朵黑色的牡丹呀!
哦哦,二十世纪底名花!
近代文明底严母呀!

　　　　　　　　　　　——《笔立山头展望》

哦哦,摩托车前的明灯!
二十世纪底亚坡罗!
你也改乘了摩托车么?
我想做个你的运转手,你肯雇我么?

　　　　　　　　　　　——《日出》

上面引述的几个诗节中,热力学、天文学的词汇,以及现代工业、交通的比喻,带来了一种特殊的"摩登"与幻想色彩,为读者打开一个崭新的经验世界,而下面的句子更具冲击性:

他们一枝枝的手儿在空中战栗,
我的一枝枝的神经纤维在身中战栗。
——《夜步十里松原》

破!破!破!
我要把我的声带唱破!
——《梅花树下醉歌》

战栗的神经、破裂的声带、裸露的脊椎、飞迸的脑筋,这些令人惊骇的身体意象,也不断出现,怪不得闻一多会点出《女神》的作者"本是一位医学专家",那些"散见于集中地许多人体的名词如脑筋,脊髓,血液,呼吸,……更完完全全的是一个西洋的 doctor 底口吻了"①。事实也的确如此。

1918 年秋冬季,在日本九州帝国大学求学的郭沫若,迎来了两个学期的解剖课。这门课"一个礼拜有三次,都是在下半天。八个人解剖一架尸体","第一学期解剖筋肉系统,第二学期解剖神经系统,在约略四个月的期间要把这全身的两项系统解剖完"。在自传《创造十年》中,郭沫若曾非常细致地描述了当时上课的场景,包括尸体腐化后钻出蛆蛹的状态:

这样叙述着好像很恶心,但在解剖着的人看来,实在好

---

① 闻一多:《女神之时代精神》,《创造周报》,第 4 号,1923 年 6 月 3 日。

像在抱着自己的爱人一样。特别是在头盖骨中清理出一根纤细的神经出来的时候,那时的快乐真是难以形容的。……在这样奇怪的氛围气中,我最初的创作欲活动了起来。①

这段话颇值玩味,不仅传达了分解肢体、神经时某种"变态"的快感,更可关注的是,他也将自己文学的起点——"最初的创作欲",直接与解剖室内的奇异氛围相关。这一"创作欲"发动的结果,便是一篇幻想性小说《骷髅》,在投给《东方杂志》被退回之后,郭沫若将其付之一炬。

最初的创作《骷髅》被"火葬了",但解剖室内的奇异氛围,却似乎长久地支配了郭沫若的写作。1920年,郭沫若专门写过《解剖室中》一诗,以呼啸的、重叠的句式,铺陈出一个"尸骸布满了"的震惊现场:

> 快把那陈腐了的皮毛分开!
> 快把那没中用的筋骨离解!
> 快把那污秽了的血液驱除!
> 快把那死了的心肝打坏!
> 快把那没感觉的神筋宰离!

---

① 郭沫若:《创造十年》,《学生时代》,北京:人民文学出版社,1979年,第49页。

快把那腐败了的脑筋粉碎!

分开! 离解! 驱除! 打坏! 宰离! 粉碎!

快! 快! 快!

快唱着新生命底欢迎歌![1]

这首诗语速很快,同样表达自我更生、解放的愿望,但可能过于"暴力"了,后来没有被收入《女神》中,但解剖室内的经验或许过于强烈了,诗中写道的各种被分解的肢体、器官,遍布在《天狗》、《炉中煤》、《浴海》、《火葬场》、《夜步十里松原》、《梅树下的赞歌》等其他作品中,这使得郭沫若的早期诗歌包含一种强烈的、"血肉横飞"式的官能刺激。一般常会提到的"泛神论"或"力本论"式的自我想象,也正是奠基于一个与万物连通、又时刻自我爆裂的身体之上。郭沫若早期的读者和批评者,当然也都注意到了这一点,除了闻一多,郭沫若诗歌最早的编者宗白华,在1920年1月30日致郭沫若的书信中,也不无艳羡地写道:

> 你住在东岛海滨,常同大宇宙的自然呼吸接近,你又在解剖室中,常同小宇宙的微虫生命接近,宇宙意志底真相都被你窥着了。你诗神的前途有无限的希望啊![2]

---

[1] 此诗发表于1920年1月22日《时事新报·学灯》,并未收入《女神》中。
[2] 《三叶集》,上海亚东图书馆,1923年3版,第13页。

此一时期的宗白华,非常关注某种理想人格的养成问题。写出《凤凰涅槃》、进入创作爆发期的郭沫若,在他心目中,是作为一位"东方未来的诗人"来期待的。而且,这位诗人非常幸运地与两种理想的人格养成空间接近——"大宇宙的自然"与"解剖室"。"自然"的伟力暂且不论,"解剖室"这一特定空间及相关的经验、知识、话语,在"诗人人格"养成中,究竟发生了怎样的影响,起到了怎样内在的塑造作用,则是一个特别需要琢磨的话题。这不仅关涉到具体作品的解读、诗人形象的阐释,在某种扩展性的历史视野中,"五四"浪漫诗学潜在的文化及政治内涵,或许也能在这一话题的延伸线上来把握。

简言之,作为"五四"时期的读者,面对《天狗》这样的作品,不仅会读到诗体与自我的大解放,也会读到一个高度紧张、痉挛甚至不断处于分解、爆裂状态的身体。具体的作品之外,在后来的自述中,郭沫若也常将创作的发动与特殊的身体状态相连,说自己"每每有诗的发作袭来就好像生了热病一样,使我作寒作冷,使我提起笔来战颤着有时候写不成字"[1]。写作《凤凰涅槃》时,他在晚间伏在枕头上火速地写,"全身都有点作寒作冷,脸牙关都在打战";其中那"诗语的定型反复"的形式,也被他论断为:"由精神病理学的立场看来,那明白地是表现着一种神经性的发作"[2]。

---

[1] 郭沫若:《创造十年》,《学生时代》,第59页。
[2] 郭沫若:《我的作诗的经过》,王训昭编《郭沫若研究资料》上册,北京:中国社会科学出版社,1986年,第283页。

留日期间,郭沫若曾患耳疾,也曾得过"剧度的神经衰弱",他的一些描述或许反映了真实的生理实感,并不完全出自一种浪漫的自我戏剧化。重要的是,随着他的作品及相关表述的广为流布,一种病理学意义上的亢奋身体,一种在痉挛、分裂中释放出无穷能量的身体,也成为郭沫若诗人形象的一个重要面向。

在近现代中国,"身体"的改造与规训,是一个相当宏大的历史工程,在国族建构以及社会现代化组织的前提下,一系列的国民塑造方案,包括"新民"设计、军国民运动、新文化运动、新生活运动等,都在不同程度上将"身体"作为注目的焦点。① 在"五四"前后一代"新青年"的人格修养实践中,为了打造一种强健有力、积极进取的实践性人格,对"身体"的管理与磨练,也是相当重要的环节。1917年4月,年轻的毛泽东在《新青年》上以"二十八画生"为笔名发表《体育之研究》一文,在崇力、尚武的时代氛围中,不只强调了"体育"的外在功能,更是将"身体"看作是一个开放性的人格实践领域,认为"体者,知识之载而谓道德之寓者也"②。在实际生活中,青年毛泽东对一系列严苛的野外体育活动的热衷,也是广为人知的故事。"五四"时期另一位著名新诗人康白情,与郭沫若的朋友宗白华、田汉等,都是当时最具号召力的青年团体"少年中国学会"的成员,这个群体特别关注自

---

① 有关近代中国"身体"改造工程的讨论,参见黄金麟:《历史、身体、国家:近代中国身体的形成(1895—1937)》,北京:新星出版社,2006年。

② 毛泽东:《体育之研究》,《毛泽东早期文稿》,长沙:湖南出版社,1990年,第67页。

身道德、能力的塑造,围绕自我修养的方法,学会成员也有相当深入的讨论。康白情就曾提倡所谓"动的修养、活的修养",对"身体"的关注是其中不可或缺的环节:"(一)积极的锻炼身体,并于不堕落的范围以内实施美育,以谋完全的健康。(二)消极的力循卫生的原则,以防疾病的侵袭。(三)调和心身,让他们一致,务使行为完全受意志的支配。"①

如果说在毛泽东、康白情等"新青年"那里,一个强健的、调和的、高度自律的身体,是理想"人格修养"的题中应有之义;那么在郭沫若这里,"身体"恰恰是失序的、分解的、在"病"中抽搐、痉挛。这样的身体一方面扰乱了生活的秩序(郭沫若自己饱受神经衰弱之苦),另一方面却构成了惊人的创造力的源泉,代表了一种自我解放、自我更生的可能。因而,创造性的"身体"不是被控制、规训的对象,而恰恰应被看作是一个主体自发性显现的领域,这种想象不只偏离了"五四"时期创造性人格生成的"主轴",甚至还在一定程度上颠倒了它的逻辑。

依照浪漫主义的想象,疾病与文艺的创造性,本来就有一定的关联,病的传染性及带来的身体热动,与文学的感染力和刺激性,似乎存在某种深层的同构,苏珊·桑塔格的名著《疾病的隐喻》,非常细致地梳理了这方面的问题,柄谷行人的《日本现代文学的起源》则更进一步将"病"的发现,作为理解文学现代性生成的前提之一。事实上,中国现代文学的发生,也离不开"病"的隐

---

① 1919 年 10 月 21 日康白情致魏嗣銮信,《少年中国》,第 1 卷第 5 期。

喻,尤其是在鲁迅的笔下,"疾病"以及"疗救"的关系,已被上升到民族国家寓言的高度,对启蒙者身份的设定也包含在其中。但郭沫若不只是在一种修辞的、比喻的意义上来谈论这个问题,对他来说,不安的、痉挛的身体也是作为一个知识对象来被认识的。在创作的自述中,他不仅描述自己写作时特殊的身心状态,同时从"精神病理学的立场"给予了科学化的解释。从自然科学、生理学的角度,建立新文学的理论基础,也是他在1920年代一个主动的追求:

> 我那时对于文学,已经起了一种野心,很想独自树立一个文艺论的基础。我的方法是利用我的关于近代医学、尤其是生理学的知识,先从文艺的胎元形态,原始人或未开化人及儿童之文艺上的表现,追求出文艺的细胞成分,就如生理学总论是细胞生理学一样,文艺论的总论也当以"文艺细胞"之探讨为对象。①

他在这一时期写的若干文艺论文,的确体现了上述特征,以生理学的视角解剖文艺之细胞。比如,他的《文学的本质》一文就首先参照化学的、生物学的方法,寻求对象的纯粹元素,将字句反复形成的节奏认定为"文学的原始细胞",还用数学坐标系的方式,勾画出不同情绪波动的曲线;《论节奏》似乎是上文的延

---

① 郭沫若:《创造十年》续编,《学生时代》,第202—203页。

续,该文细致地区分了有关"节奏"的四种假说:宇宙论的假说、僧侣的假说、生理学的假说、二元论的假说。虽然郭沫若最为认同第四种假说,将节奏的起源移植到感情层面,但也认为生理学的假说(节奏起源于心脏、肝肺的搏动)也"狠能鞭擗进里"。即便从"感情"立论,外界刺激袭来时感情之紧张与弛缓交替形成的节奏,仍传达了某种病理学意义上的痉挛发作之感,亢奋身体与文艺行为之间的一致性,在这种科学的分析中获得了更完满的说明。①

科学话语在现代中国思想、知识体系形成过程中的奠基作用,已被讨论得十分详尽,在不同的提倡者那里,其功能和位置也不尽相同。在"五四"新文化运动中,"科学"曾作为一个核心价值被鼓吹,对于陈独秀、鲁迅来说,科学是一种传统批评和文明重建的武器,他们更多从一种文化政治的角度来看待科学的意义,更强调保持科学话语的批判性,这也造成了他们与所谓"学生一代"之间的某些隔阂②。相形之下,郭沫若属于更新的一代——"术业"更有专攻的一代③。在"文学"与"医学"之间,

---

① 郭沫若:《文学的本质》,《学艺》7卷1号,1925年8月15日;《论节奏》,《创造月刊》,1卷1期,1926年3月16日。
② 鲁迅在给《新潮》杂志提出的意见就是纯粹的科学文"不要太多;而且最好是无论如何总要对于中国的老病刺他几针"。(《鲁迅全集》,7卷,第225页,北京:人民文学出版社,1981年)
③ 宗白华就因指摘"一班著名的新杂志",缺乏必要的学理,"只能轰动一班浅学少年的兴趣",激怒了"新杂志"的代言人陈独秀,引发二人的一场笔仗。宗白华:《致〈少年中国〉编辑诸君书》,《少年中国》,1卷3期,1919年9月15日。

郭沫若虽然曾摇摆不定,但无论怎样,他都是以一种"专业"的眼光看待。1924年4月重回福冈后,在文学生涯中感受挫折的郭沫若,一度想跟从九州大学的生物学教授石原博士研究生理学,但同时对社会科学也早有了兴趣,觉得历史唯物论和生物学有甚深的因缘,因而想一方面研究生理学,同时学习社会科学。他对河上肇的翻译就在此时进行,这位学者让他见识了革命背后的严密的科学理性[1]。文学、生理学乃至社会科学,构成了他个人的"歧路",但只是分属不同的"专业"而已,在相互交错的同时,依托的话语秩序也并无根本的不同。

在《临床医学的诞生》中,福柯讨论了依照"解剖—临床医学"组织起来的现代医学,如何整合成为"第一个关于个人的科学话语",他也提到了现代医学经验,与从荷尔德林到里尔克的抒情经验极其接近,以致"乍看很奇怪的是,维系十九世纪抒情风格的那种运动居然与使人获得关于自己的实证知识的那种运动是同一运动"[2]。在福柯看来,对人之有限性的认识的侵入,决定了主观性与客观性内在的同一,而郭沫若的逻辑有所不同:发病的身体,虽然属于一个激情、直觉、自发性的领域,区别于现代理性、制度操控下的正常身体,但这样的"身体"同时呈现于现代科学话语的脉络之中,经过了生理学、病理学、心理学的阐释和"包装",因而具有了某种知识上的正当

---

[1] 《创造十年》续编,《学生时代》,第182页。
[2] 福柯:《临床医学的诞生》,刘北成译,南京:译林出版社,2001年,第221页。

性、权威性。由此而来的结果有些吊诡:诗人的"身体"一方面狂躁不安、高度痉挛,另一方面,又是作为一种稳妥的、被知识化、"实体化"的身体来接受的。这种表面乖张、放纵,实则吻合"原理"的主体造型,在 20 世纪中国的浪漫传统中并不鲜见。

如果进一步分析,狂乱又科学的身体,不仅与文艺的创造力、个人的发现有关,同时也包含了特定的政治潜能,按照浪漫主义的理解,独立的诗人、艺术家由于特异的敏感,往往会成为社会革命的先声,这也是浪漫主义诗学常常强调的一点。在郭沫若神经、血管、脊髓横飞的诗中,分裂、爆炸的身体也成为解放的、流动的、不断逾越界限的身体,体现了内在意志的扩张,以及与外部自然的自如联通。当这种联通转向个人痛楚与社会疾病之间,在一种隐喻的意义上,特殊的政治潜能也随之生成,用郭沫若自己的话来说,"个人的苦闷,社会的苦闷、全人类的苦闷,都是血泪的源泉,三者可以说是一个直线的三个分段"。[①] 需要指出的是,在上述"三段"合"一线"的想象中,感性人格的社会生产性,不是通过具体的社会实践来达成的,无须方法和中介,依靠诗人身体与社会身体的同一性想象就可以"自发"地达成,而生理学、病理学的科学话语,同样支撑了这种想象:文学家的身体气质多属神经质型,感受敏锐,情绪动摇也强烈而持久,能更

---

① 郭沫若:《论国内的评坛及我对于创作上的态度》,《〈文艺论集〉汇校本》,第 145 页。

早的感受压迫阶级的凌虐,进而能唤起胆汁型、多血质型、粘液型等其他气质的人群。① 延续这一思路,为治疗精神压抑疾患的"Chimney-washing"法(清扫精神烟囱里的烟煤),同样也适用于患病的民族或社会,革命的爆发也不过是一种自然治疗性"烟囱扫除",个人的吐泻也就是社会整体健全的途径。这一系列在个人身体与社会身体之间的病理学、精神分析学阐释与转换,在郭沫若眼中,"此乃文艺的社会使命"②。

孤立地看,这或许只是诗人、艺术家对自身社会角色一厢情愿的遐想,但从社会病理学出发,以某种身体性的冲动、欲求或愤懑为前提的社会革命,在"五四"之后的群体运动兴起的社会情境中,的确构成了一种特定的自发性政治理念,一种在20世纪中国十分常见的"文学化的政治"。北大"评论之评论社"的费觉天,在1921年底就与友人郑振铎、周长宪、瞿菊农等,就"文学"与"革命"的关系问题进行了一次颇为详尽的讨论,他的长文《从文学革命与社会革命上所见底革命的文学》,颇为极端地将情感刺激置于科学理论之上、置于革命的核心:

> 革命所持的是盲目的信仰,感情的冲动,而非理智。那么今日一般从事于革命者可以觉悟了,你们若要想用剩余价值说,唯物史观,等等道理说服众人,以成其革命,那就是

---

① 郭沫若:《革命与文学》,1926年5月16日《创造月刊》,第1卷第3期,资料上,第230—231页。
② 郭沫若:《创造十年》续编,《学生时代》,第171页。

舌敝唇焦,也不行。①

参与讨论的周长宪也认为:当时青年在社会面前之所以不能勇猛奋斗,根源在于主体的匮乏——"缺乏感情的生活之故",而"革命的文学"与具体的革命现实无关,只是一种主体性发扬与激励的精神、乃至身体状态:

> 革命的文学云者,能将现代之黑暗及人间之苦痛曲曲表现出来,以激刺人之脑筋,膨胀人之血管,使其怒发冲冠,发狂大叫,而握拳抵掌,向奋斗之方面进行,视死如归,不顾一切之血的泪的悲壮的文学之谓也。②

对脑筋、血管、肢体的夸张描述,与郭沫若对诗人身体的病理学呈现十分相似。换言之,那只声嘶力竭、渴望自我爆裂的"天狗",也可再向前一跃,成为一只反抗的、革命的"天狗"。

在近现代中国,将"心之力"——某种主体内在的能动性,看作是"冲决网罗",推动社会历史乃至自然宇宙变革的动力,是一种相当有势力的传统,所谓"文学化的政治"与这种传统不无关联。问题在于,"五四"之后的社会语境不断激变,随着所谓"科学"的马克思主义不断介入,列宁式的先锋政党和职业革命家的

---

① 费觉天:《从文学革命与社会革命上所见底革命的文学》,《评论之评论》,1卷4号,1921年12月。

② 周长宪:《感情的生活与革命的文学》,《评论之评论》,第1卷第4号。

出现,上述"文学化的政治"势必遭到另一种政治的挑战和诘难,这种政治以"主义"的体系性、组织的严密性、行动的自律性为特征,为了便于叙述,不妨将之称为一种"科学化的政治",它以科学的"主义"为框架,更多以组织、纪律的方式,体现出身体的"禁欲"特征。[①] 那么当"文学化的政治"碰到"科学化的政治"、当有病的、分裂的身体碰到"禁欲"的、组织化的身体,会发生什么样的碰撞呢?这个问题可能超出了本文论述的范围,但可资参照的是,郭沫若自己后来从一个"东方未来诗人"到"挎上指挥刀的革命家"的转向,似乎就发生于两种"政治"、两种"身体"的衔接之间。早在1921年,郭沫若在《女神》序诗中声就称:

> 我是个无产阶级者:
> 因为我除个赤条条的我外,
> 什么私有财产也没有。

"赤条条"的身体,不仅是艺术创造力的源泉,同时天然具有革命

[①] 丸山真男在《近代日本的思想与文学》中,围绕"政治—科学—文学"的三角关系,梳理了从昭和初年到太平洋战争期间日本思想的变迁。从这一视角出发,伊藤虎丸在《显现于鲁迅论中的"政治与文学"——围绕"幻灯事件"的解释》检讨了日本鲁迅研究界对"幻灯片事件"的不同解释及与特定时代思想状况的关系。本文关于"文学化的政治"与"科学化的政治"之区分,在一定程度上借用了伊藤虎丸的描述,譬如,他认为丸山升的《鲁迅》引起的争议,将先前围绕"文学(等于个性)"对"政治(等于组织,等于否定个人)"的对立图式,转移到"政治(等于科学,等于禁欲)"对"政治(等于文学,等于不合理的冲动)"上来。(《鲁迅与终末论:近代现实主义的成立》,李冬木译,北京:三联书店,2008年,第258页)

的阶级属性。具有内在感性深度的、激动不安的自我,一方面与纪律、制度、知识构成对立,随时可以爆裂、痉挛,另一方面,又是随时可以在"科学"的名义下,被组织、调动、重新被知识化,导向一种新的政治身份。在这个意义上说,《女神》不仅是新诗的真正起点,狂放又科学的"身体"想象也包含了理解"五四"之后浪漫的文化政治之发生及演变的线索。

本文原载《新诗文本细读十三章》,清华大学出版社,2017 年

从周作人的《小河》看早期新诗的政治性①

大家好,今天讲的这个题目是个小题目,背后的问题空间却可能有点大,会涉及到早期新诗,乃至整个新诗史的评价问题。本来是想写篇文章的,但没写出来,今天要讲的只是个草稿,想借此机会清理一下,希望能讲清楚。这里印了些材料,都是周作人的作品,听的时候可以做些参考。周作人的《小河》,大家读过吗?这首诗有一点长,是新诗史上的名作,1919 年 2 月 15 日头条发表在《新青年》6 卷 2 号上,是周作人发表的第一首白话诗,在当时影响很大,对于整个新诗史而言也具有开端的意义,胡适在 1919 年的《谈新诗》中就说到这是新诗中的第一首杰作,写出了细密的观察,曲折的理想等,这是旧诗中没有的。胡适的观点后来也被朱自清、废名等人不断重申。特别是废名,他说:别人认为《小河》的特别之处在于采用自由的形式,但那只是表面的

---

① 本文为 2011 年 6 月在首都师范大学文学院演讲的整理稿。

特征,它的独特之处在于诗的内容跟旧诗不同。

> 一条小河,稳稳的向前流动。
> 经过的地方,两面全是乌黑的土,
> 生满了红的花,碧绿的叶,黄的果实。
>
> 一个农夫背了锄来,在小河中间筑起一道堰。
> 下流干了,上流的水被堰拦着,下来不得,
> 不得前进,又不能退回,水只在堰前乱转。
> 水要保她的生命,总须流动,便只在堰前乱转。
> ……

我最初读《小河》,感觉也很是特别,一开始读不太懂,虽然形式上很容易进入,但他要表达什么并不是那么明确,不是一览无余的,而是包含了一种深深的隐忧,含义似乎很深远。说到新诗的起点,除了《小河》之外,胡适的《尝试集》、郭沫若的《女神》,都曾被认定是新诗真正的起点。不同的起点判定,出于不同的角度,也暗含了对于新诗的前途、性质及合法性的不同构想。

谈这首诗之前,先绕个弯子,说说一位日本学者对中国新诗的评价,这位学者鼎鼎大名,就是木山英雄先生。木山是日本研究中国现代文学界的老前辈,已经 70 多岁了,他是鲁迅与周作人的研究专家,中文出版的著作有《文学复古和文学革命》、《北京苦住庵记》等。他晚近研究关注一个新的重点,是现代文人的

旧体诗写作,开始是聂绀弩,后来扩展到胡风、舒芜、启功等人。他关注这些旧体诗大概有两个出发点,一是作为关心中国现代历史、思想、革命的学者,把这些旧体诗当成精神史、政治史的史料来读,比如聂绀弩的诗写于他被打成右派劳改的时期;另一方面,他也将这些旧体诗作为一种特定的文学来阅读,也从文学性的层面展开讨论。简单地说,这些旧体诗书与具体的政治经验相关,但往往有一股子"打油气",但正因为"打油",也才有了一种诙诡的、洞见的力量,通脱自由,能传达的幽微、复杂的历史感受。这样的感受,恰恰是木山先生这样的"老人"能够深深体认、分享的。从这样的感受出发,他进一步关心旧诗诗词在现代的再生现象以及新诗与旧诗的关系问题。

像木山先生这样的日本学者对中国现代文学的关注,不仅出于文学的兴趣,他们对 20 世纪中国的历史,特别是中国革命的历史也非常重视,关注聂绀弩的旧体诗中的历史、人情、复杂的政治关系,当然在情理之中。但刚才也说了,他不只是将这些作品当成精神史的材料,同时也当成了文学,一种特殊的现代的文学,在这种文学中,木山先生认为能感到一种自由的东西,一方面写了惨痛的政治经历,但一方面保持诙谐的打油气,这带来一种在历史中自由通脱的能力。在这种判断中,其实隐含着对新诗的评价。前两年,我一直在日本"打工",也有机会和他一起聊天喝酒,曾听过他对新诗的看法,木山先生曾谈到新诗因为语言的问题,先天不足,表达不了老人的感觉,只能表达年轻人的东西。像他这样的老人,经历过复杂的历史,对中国革命很关注,而新诗无法承载这种历史经验,这些经验旧体诗反而能表达,这是他的一个判断。其实,周作人当年也有类似的看法。1937年,他曾写过《老年的书》一文,大段引用日本作家谷崎润一郎的一个判断:日本现代文学的读者,大多是一些文学青年,是那些充满日本国内"不能得到地位感觉不平的青年",所以文坛上散发了"文学青年的臭味",而缺少那些供"大人们"阅读的文学,一种"安心与信仰的文学"。周作人大段引用,相比觉得中国文坛的状况也大致相仿。

新诗与旧诗的关系,说来说去,是一笔糊涂账。新诗人对旧体诗的写作,特别是对当代的旧体诗写作有点轻视,嘲笑是"老干部体";写旧诗的人对新诗也有一些偏见、误解。但我觉得木山先生的提问不完全发生在新旧的冲突中,他提到的诗体和年龄关系的问题,而且这个判断不完全是他自己的,也被周围的一些学者分享。我在日本的时候曾赶上一次北岛到东京访问,他在东京大学做了一次活动,朗诵他的诗,讲讲自己的经历。很多在东京的中国人都赶去看北岛,觉得很惊讶,他已经60多岁了,但样子和二十年前的照片上没太大区别,都觉得他驻颜有术。他讲完后,东京大学的尾崎文昭老师提了一个问题,问北岛你的创作为什么能永葆青春呢?北岛听了很高兴,做了一些解释。其实,尾崎老师的提问中包含了某种质询,为什么诗人年龄已接近老年,经历了那么多的事,写诗的时间也很长了,但写出诗的还像一个年轻人写的,还是一种高调的现代主义的状态。大家都知道北岛出国以后有意要祛除以前诗中的意识形态成分,转而写纯粹的诗,这种纯粹的诗,在尾崎老师看来,属于年轻人的创作、属于文艺青年的创作,而且这不是北岛的问题,可能还是一个新诗本身的问题,这和木山先生的判断基本一致。在他们看来,新诗的语言相对单薄,不像旧诗那样,有丰厚的语言积淀,所以能与所处的现实保持一种游离感。因为单薄,所以容易被现实卷进去。比如在50—60年代,很多诗人书写政治主题,为什么写旧体诗的人反而能写出政治背后复杂的经验,而新诗却可能流于一种口号诗,这是因为新诗的语言不够强大,被拖卷了进去或逃离了现实。这种判断,我不完全同意,因为这不单是语言自身的问题,原因要更为复杂,但他们的感觉我大体认同,似乎新诗更适合年轻人阅读,或者主要传递了写年轻人的经验。林庚先生30年代就曾区分自由诗与自然诗,前者就是新诗,他说自由诗总是紧张惊警的,像一个年轻人、一个战士,总在冲锋陷阵,而他所说的自然诗,就是格律诗,因为有了一个普遍的公共形式,所以能从容自然。林庚先生的这个区分,从一个侧面说明了新诗的文化性格,年轻、紧张,不断指向新的、有强度的感受和经验,但缺乏一种成年人或老人的通脱、从容的气质。年轻人往往是比较正经的,有时候连荒唐也是正经的荒唐。老人的经验有时候反而是不正经的,是真正的不正经。这在新诗一本正经的形式中,这些"不正经"的经验很难表达。

回到《小河》这首诗,我的关心跟木山先生的提问有一点点关系。这首诗的叙事性很强,好像给读者讲了一个故事:一条小河慢慢地流动,一切很美好、很和谐,有一天来了个多事的人,即筑堰的农夫,在河前筑了一道堰,先是土堰,后来是石堰,拦住了小河的去路,河水转来转去,非常焦虑。河边有一些动植物,有桑树、小草、蛤蟆等,这些动植物各怀心事,觉得小河泛滥开来会伤害他们,就开始纷纷开口说话,诉说内心的焦虑,最后,筑堰的人不知哪里去了。这首诗使用纯粹的语体文来讲这个故事,从形式上讲完全跟旧诗脱离,这是后人评论的重点。但刚才讲了,这首诗其实不是那么好懂,后来有学者认为它是一首包含象征色彩的诗歌,特别是此诗发表时,周作人还写了一段说明,说这首诗的诗体自己也不知道是什么,但跟波德莱尔提倡的散文诗略有相像。他的说法被广为引述,作为周作人参考了波德莱尔诗歌的例证,所以在探讨中国现代主义或象征主义诗歌的起点时,《小河》有的时候也被判定为起点。说周作人在"五四"时期开始写象征主义的诗歌,这是一个常见的判断,这种判断有一点道理,周作人的确讨论或并且翻译过波德莱尔的诗歌,对现代派的文学也有兴趣,中国的象征主义代表诗人李金发也是他发现的。但《小河》这首诗,与波德莱尔的文学气质完全不一样。波德莱尔的诗歌,写于19世纪的巴黎,书写的是现代都市人的震惊体验,而《小河》跟这样的经验没有关系,更多发生于中国历史的内部,讲故事的方式和波德莱尔的象征主义的方式不一样,所以上面的说法有点问题,只是一种文学史的叙述,实际上《小河》有别的来源。

说到这个问题,给大家推荐一篇文章,是美籍学者刘皓明写的一篇长文《从"小野蛮"到"人神合一":1920年前后周作人的浪漫主义冲动》,发表在 2008 年的《新诗评论》第一辑中。刘皓明认为周作人在 20 年代前后有一种浪漫主义冲动,他的浪漫主义与一般文学史意义上的浪漫主义不大一样,更多接近于文化人类学意义上的浪漫主义。19 世纪欧洲的浪漫主义者非常重视神话、童话、民间文学这类资源,周作人也受到了影响,也很关心童话、民歌、民俗,这些属于他所谓"杂学"的一部分。周作人将自己的知识定义为"杂学",把自己的翻译定义为"杂译",文章定义为"杂文",后面会讲到他的诗也定义为"杂诗",周作人的整个知识体系、写作体系都跟"杂"有关。对于《小河》这首诗,刘皓明的观点是,它的写作与欧洲的童话,特别是与安徒生童话以及布莱克的神秘主义诗歌有关,诗中动物、植物开口说话,体现了一种万物有灵论的思想。对于这个问题,周作人自己有过明确地说明,当时就说:"内容大致仿那欧洲的俗歌。"后来在 40 年代的《苦茶庵打油诗》后记中,他也谈到《小河》的形式"不是直接的,而用了譬喻,其实外国民歌中很多这种方式,便是在中国,《中山狼传》里的老牛老树也都说话"。我自己有一个还未经确认的"发现",1920 年《新青年》8 卷 3 号上,曾发表了周作人杂译的 23 首欧洲诗歌,其中有一首波兰民歌叫《赤杨树》,展开方式跟《小河》十分相似:

"赤杨树,赤杨树!美丽的赤杨树!
你为什么这样悲戚?
莫不是那老而且白的冰冻,使你的汁僵了;还是恶风吹你呢?

或是那小河,他从你柔嫩的根上洗去了泥土么?"

赤杨树说道,"阿里伽姊,老而且白的冰冻,以及那风与小河,都不伤害著我。

但从远的地方来了鞑靼,折断我的枝条,点起大的火堆;

踏倒我周边的草,那美丽的绿草。

他们生过火的地方,草便永远不生了。

他们骑马走过稻田的时候,稻便都像秋天的残株了。

他们的马徒涉过小河的地方,便没有野兽来饮水了。

他们的箭射着的地方,要到坟墓里去了,伤痕总能再愈合了。"

其中的赤杨树也在河边开口说话,讲述自身的危险处境,说自己要被伤害。有人问伤害者是小河吗,赤杨树回答不是小河,而是鞑靼人,他们折我的枝,烧我的根等等。两首诗的主题不一样,但展开方式完全一样,其间有没有什么关系,也未可知。总之,从形式的角度看,从资源的角度看,《小河》是以童话或寓言的方式来展开的,与后来我们熟悉的新诗不尽一致。简单地说,从翻译的角度看,后来的新诗只要参照的是浪漫主义到现代主义的文学传统,借助翻译,获得了一种现代的语感,一种现代的自我意识,即一个内面化的自我,书写自我与世界之间一种反思性的紧张性关系,也成为新诗的主要模式之一。

那《小河》的意义和内涵是什么呢？关于这首诗，有一些很不同的解读。刘皓明认为这首诗表达了浪漫主义的主题，讲的是一个压抑与被压抑的故事，小河象征着生命力，而筑堰的人象征着压抑者。换成"五四"式的说法，这首诗写的是个性解放的主题，这种解释有一定道理，但是还是一种相对浅薄的解释，因为太抽象了。这首诗有很强的政治性，包含了某种政治隐喻。1944年，周作人在《苦茶庵打油诗》后记中，就解释了这首诗的主题，他是这样说的：

> 孔子说，仁者不忧，勇者不惧。吾侪小人诚不足与语仁勇，唯忧生悯乱，正是人情之常……大抵忧惧的分子在我的诗文里由来已久，最好的例是那篇《小河》。……至于内容那实在是很旧的，假如说明了的时候，简直可以说这是新诗人所大抵不屑为的，一句话就是那种古老的忧惧。这本是中国旧诗人的传统，不过他们不幸多是事后的哀伤，我们还算好一点的是将来的忧虑，……鄙人是中国东南水乡的人，对于水很有情分，可是也知道水的利害，《小河》的题材即由此而来。

周作人说他要表达的是一种忧惧感，这种忧惧很古老，是关于水的忧惧。很多学者根据这种解释进一步展开，钱理群老师很早就给出一个经典的阐释，认为这首诗写的是周作人的内心矛盾。钱老师说，像他(周作人)这样一代知识分子，预见到"五四"新文化运动的发展必然引起社会动乱、政治革命,为此忧心忡忡,他的矛盾在此,他们这些启蒙知识分子本能地对群众政治抱有疑惧感,特别是对由此而来的革命暴力,希望将自己的活动限制在思想文化领域,而小心翼翼地与政治,与"小河"保持距离。这是钱老师的解释,涉及到近现代思想史的一个基本命题。像鲁迅、周作人这样的知识分子,经历了很多事,像周作人的一生,就贯穿了整个20世纪的中国历史,从辛亥革命、"五四"运动、国民革命再到抗日战争,这代人对中国的历史有非常内在的感受,这种感受不仅针对20世纪中国,也可以放在更开阔的历史视野中来看待。"五四"运动,对近现代中国来说,是一个重要的分水岭。今年是辛亥百年,辛亥革命与"五四"之后的革命不同,这场革命主要发生在上层的精英群体之中,从某个角度说,是三股势力合作妥协的产物:一个是旧官僚势力,他们是实力派,以袁世凯为代表,二是晚清以来的立宪派,代表开明的士绅阶层,还有就是革命党人,包括激进的士绅,海外华侨、会党势力等,这群人搞的革命跟下层的民众关系不大。鲁迅的一些小说讲到了这种状况,比如《怀旧》、《阿Q正传》等。但"五四"运动确实建立了一个新的社会政治模式,群众参与的模式,"五四"运动的成功得益于当时社会各界的短暂联合,参与的人很多,不光是学生,还有政客、商人、学界的精英、工人等,像吴佩孚这样的军阀都支持学生运动,所以一度他被看作是进步的、开明的军阀。"五四"后,这种政治模式被保留下来,后来的中国革命以全民动员的方式展开,还涉及到对基层社会的不断改造,这种革命的方式,与以前的完全不同,对周作人这一代人来说,完全是一种新鲜的经验,因而保持了一种疑惧之感。

但我和钱老师的看法还有一点不同,钱老师认为《小河》表达了周作人内心的矛盾,这样理解有个前提,就是把这首诗当成个人言志、抒情之作。但在我读来,作为一首寓言诗,《小河》应该是一首非个人化的作品。这个"非个人化",与艾略特讲的"非个人化"不同,艾略特提出"非个人化"针对的是浪漫主义孤立的个人,而《小河》在根本上或许不属于个人表达,它以"非个人化"的寓言方式展开,它的读者应该不仅是苦闷的文学青年,或启蒙知识分子,或许还写给了政治场域中活跃的人士。这种判断怎么来的呢,我们看周作人的另一首诗,作为一个参照。这首诗的名字是《智人的心算》,大家应该都没看过,以前他自己编的集子中没有收录,但这首诗发表了两遍,第一次是 20 年代初,发表在《晨报》上,名字是《愚人的心算》。1927 年,又一次发表在《语丝》上,名字改成《智人的心算》。一首诗发表了两次,说明周作人很重视它:

> "二五得一十",
> 别人算盘上都是这样
> 《笔算数学》上也是这样,
> 但是我算来总是十一。
> 难道错的偏是我么?
> 二十四史是一部好书,

中间写着许多兴亡的事迹。

但在我看来却只是一部立志传:

刘项两人争夺天下,

汉高祖岂不终于成功了么?

堵河是一件危险的事,

古来的圣人曾经说过了,

我也亲见间壁的老彼得被洪水冲去了。

但是我这回不会再被冲去,

我准定抄那老头的旧法子了。

这首诗里有很多隐语,其中老彼得指的是谁?洪水指的又是什么?要读明白这首诗必须回到历史现场,看看当时的情况,周作人第二次发表时,写了一段文字解释,这段文字叫《旧诗呈政》,他说:北京城近年来,有一点进入恐怖时代,年轻人怕受不妄之灾,惶惶不可终日,只有我这样的老人,不但已经不惑而且可以知天命,还可以安居于危邦乱世,增加一点阅历,正想趁天气阴沉的时候,写点日记短文,表示满足感激之意,无奈腰酸背痛,不能如意,只能重录七年前的旧诗,改一个字,呈请扶正,聊以塞责云尔。

那1927年到底发生什么事?这首诗发表于1927年的上半年,当时北方一片讨赤之声,军阀杀了很多人。周作人有个判断,认为中国现代历史的分界点不是"五四",是"三一八","五四"时期北洋政府对学生的态度还比较克制,学生闹事,最多就是抓起来关上几天。但到"三一八"时的情况不一样了，真的开始杀人，因为学生有明确的政治主张，要推翻政府，支持国民党的北伐。1927年，有很多人被杀，一方面北方的军阀杀人，同时南方的国民党搞清党，也杀了很多人。周作人认识的一些人也死了，包括学生、朋友，像李大钊。所以他在当时受到很大刺激，觉得中国历史上循环的暴力又发生了。他当时写了一篇著名的短文《命运》，提出一个很有意思的说法，他说历史的作用并非如巴枯宁所说，让我们以前世为借鉴（巴枯宁曾说历史是镜子，可以引以为鉴），而是倒过来说，告诉我们现在又是这样，这些事还会发生，一次又一次地发生。他看到南方的清党同样残酷，他直接的感觉是太平天国又来了，当年的旧戏又要上演了，受了刺激重新发表了这首诗。我们看这首诗，愚人或智人应该不是知识分子，并非站在历史之外的启蒙知识分子，而是在某种程度上掌握权力的人。其中"老彼得"指的是俄国的沙皇彼得，其实按道理，这首诗应该让当权者读到，让他们以老彼得为鉴，当历史暴力一次次发生，社会该怎么办，有什么出路？

从《小河》到《智人的心算》，主题是一致的，都讲在社会不断循环发生的暴力动乱前的隐忧。所谓"忧惧"，是周作人反复书写的一个主题。40年代，周作人重提《小河》，为什么要重提？一方面，和他当时的杂诗写作有关，一方面，他又在关心忧惧的主题。"五四"时期，他激进地对传统进行批判，30年代之后，他开始讲传统，尤其在落水附逆之后，他又大谈起儒家问题，他当时有个伟大的抱负，想重新解释原始的儒家学说，使其人本化、现代化,清理中国固有的思想线索,包括儒家的基本观念,忧惧的概念就是取自儒家。

下面念一段文字,周作人在40年代写了篇文章叫《中国思想的问题》,是他40年代思想的总结。建国后,他曾给高层领导,好像是周恩来写过信,给自己辩污,说在伪职期间,其实有自己的想法,想要对中国的文化做贡献,以抵抗日本的大东亚政策。这篇文章内容很多,其中一条跟今天话题相关的:

> 我尝查考中国的史书,体察中国的思想,于是归纳的感到中国最可怕的是乱,而这乱都是人民求生意志的反动,并不由于什么主义或理论之所导引,乃是因为人民欲望之被阻碍或不能满足而然。……现在我们重复的说,中国思想别无问题,重要的只是在防乱,而防乱首在防造乱,此其责盖在政治而不在教化。

周作人的判断在当时很独特,今天看来也似乎很重要,所谓中国思想的问题,从周作人的角度说,也是人民的求生意志被阻碍,最大的问题是要找个合理的方法疏导,要不然会有很多的问题。周作人的判断很有现实意义,他说从《小河》到《中国思想的问题》,"忧惧"是他二十年来一以贯之的思想脉络。他的感受与现代历史上不断发生的暴力、动荡有关,同时也是发生在中国历史内部,是一种比较复杂、幽暗的个人感受。从木山先生的眼光看,这种感受具有一种天然的政治性,按照周作人自己的说法,这是像他这样的一个有阅历的、知天命的老人对危邦乱世的看法。

怎么理解诗歌的政治性、文学的政治性,这个问题有点复杂。文学的政治性,跟一般意义上党派的政治性不太一样。桃州老师讲过新诗中政治的维度问题,今天我选这个题目也是要步他的后尘,呼应他。

怎么理解诗歌文学中的政治性,我想可能大致有以下几个层面:一是桃州讲的"政治维度"的层面,很多作品、诗歌都包含政治的因素,具有政治解读的空间。哪怕是一些非政治、反政治的作品也是这样,这个概念是有弹性的。二是具体的政治主张的层面。比如说通过写作表达某种政治主张或理念,比如是要维稳、要防乱、通过文学你可以表达这样的看法。还有一个层面可能更隐晦,关联到主体性的问题。比如在鲁迅那里,他的政治性体现在哪?他不是党派的成员,他文字的政治性也不在于宣传了什么,而是表现在文字背后那个主体性姿态上,鲁迅对外在的合理化的秩序一直在抵抗着,这种姿态本身就表现出了政治性、文学的政治性。当然,在从左翼到后来社会主义的文学传统中,文学本身通过改造,可以直接成为一种政治实践的方式、一种"工作",这也是20世纪中国一种极其强劲的传统。

《小河》中的政治性,或许和前面几个层面有关,但不完全一样,似乎更为隐晦、不好把握。为什么这么讲,因为某种意义上,《小河》并不发生在现代的文学"装置"之中。木山先生曾说,在聂绀弩的旧体诗中,能读出一种遨游感。这种遨游感,不是用游戏定义艺术那个层次的问题,按现代文艺的观念,文艺的本质是一种游戏,是一种创造力闲暇的释放。木山说他读出的遨游感不是这种意义上的,也不是绝望于政治而求助于艺术之类的自由。不是这样的,因为聂绀弩的题材从根本上讲,一步也没有离开诗人具体的政治境遇。还有一个问题,我认为他说的更重要,他说,旧体诗词这样一种体裁,是不是因为历史缘由,本来就免去了政治与文学的一个现代性的二元分裂。他认为旧体诗词的写作就没发生在现代文学的脉络之中。他讲现代文学中有一个现代性的分裂,比如认识与判断的分裂,知识和行动是分离的,或者说感性与理性分离等等。他说旧体诗不发生在这个脉络里,这造成聂绀弩写作天然的政治性。这个我觉得很有意思。因为,旧体诗或传统的诗歌写作跟现代的诗歌写作,的确非常不同,旧诗与政治、教化、文明有多方面的关联,比如周作人曾说"言志"是中国文学史的一个线索,但所谓"诗言志"不是现代意义上的抒情,实际在春秋时代有很强的政治功能,乃至外交的功能。朱自清的《诗言志辩》对这个话题分析得很清楚。因此,古典诗词的写作似乎是个封闭的系统,跟现实有若即若离之感,但同时传统的写作也接着地气,关乎家国天下。其中的个体不是现在意义上普遍的个体,而是跟外在社会人伦、政治关系很密切。现代诗歌也经常写到政治,或通过诗歌来反对政治、介入政治,但前提不一样了,诗已经从政教系统中脱离出来了,成为一种独立的纯文学,不管是写政治还是反政治,前提是二元分裂,以诗作为一个独立的自在之物跟政治发生关系。

我觉得周作人这一代最初的白话诗人,他们有个共同的特点,就是身份比较复杂,他们不是纯粹的文人,还有另外的身份,比如教授、学者、官僚、政客、革命家等等,像有些军人,比如南方的军阀陈炯明,也写过新诗。后来有人说,这些人写新诗只是凑热闹、赶时髦,连鲁迅也说自己当时写新诗就是打打边鼓,凑凑热闹。一种看法也由此而来,当时人不认真写诗,所以早期白话诗写得不好。我觉得这种看法是不准确的,当时的确有人是在凑热闹,但不是所有的人都这样,像周作人、胡适、刘半农这样的新诗人,他们的身份虽然似乎是业余的,但写作态度实际相当认真。周作人的早期新诗,几乎每首都跟鲁迅切磋过,鲁迅都是看过的。兄弟俩反复吟咏、琢磨,态度是非常专注的。其实,这也是传统写作的一个特点,传统写作都很业余的,没人把诗当成一种专业,后来的新诗人大都是文艺青年,或是长不大的文艺青年。周作人当时写《小河》30多岁,是个中年人,但今天30多岁还是个小伙子。现代社会越来越推迟一个人进入社会的时间,让你不断受教育,上完硕士上博士,因为社会上没有位置,就只能永远待在后备队里。周作人那时已是个中年人了,对社会有了相对成熟稳健的看法,《小河》不能简单作为言志之作来看,而是包含了寓言性的劝诫意味,读《小河》或《愚人的心算》这样的诗,也不能脱离当时的具体情境,否则这样的诗,无法有效进入。

《小河》这样的诗,可以说不是标准的新诗,周作人后来也写了一些标准的新诗,我想来做一点比较。1921年,周作人生了一场病,是肋膜炎,这一阶段写了一些诗,他自己命名为"病中的诗"。等他的病好了,也就不写了。他对写诗这件事,后来似乎很戒惧,认为写诗对身体不好,还劝他的学生废名,不要再写诗了,写诗对身体有害处,要养生的话,可以写些别的,比如可多写散文。这些"病中的诗"中,有一首《过去的生命》,是他的代表作,也是早期新诗的经典之作。这首诗很容易进入,包含了一个内面化的抒情自我,这个自我对生命、时间的感受,我们都能分享:

> 过去的我的三个月的生命,那里去了?
> 没有了,永远的走过去了!
> 我亲自听见他沉沉的缓缓的一步一步的,
> 在我床头走过去了。
> 我坐起来,拿了一枝笔,在纸上乱点,
> 想将他按在纸上,留下一些痕迹,
> 但是一行也不能写,
> 一行也不能写。
> 我仍是睡在床上,
> 亲自听见他沉沉的他缓缓的,一步一步的,
> 在我床头走过去了。

这首诗的第一行,"过去的我的三个月的生命",要是换成一个比较有素养的文学青年,会只用一个"的"就可以,改成"过去

我三个月的生命",而周作人一连用了三个"的",很拖沓,好像汉语不过关,但却带来一个很好的效果,像低沉的脚步声一样,重复的"的"字,造成了诗中特殊的节奏。这样的写法是有来源的,有人告诉我这是日文的写法,然后翻译过来,建立起一个内在的感觉,写出一个现代人对生命的普遍感受,写出了一种实感。周作人他有篇文章叫《论小诗》,他不简单是谈对"小诗"这种文体的理解,而是表达了他对新诗本质的某种理解。他说生活中有种刹那的忽起忽灭的感觉,这恰恰是小诗要表达的。而这样的诗无论在哪个时空中阅读,都读得懂,不管在乡下还是城市,在北京、上海,还是在东京、巴黎,是在今天还是在"五四",所以可以说这是所谓"普遍"的诗歌。但《小河》、《愚人的心算》不是普遍的,而是有具体语境的。有意思的是,《过去的生命》的第一个读者是鲁迅,周作人写完这首诗后,鲁迅来医院看他,周作人给他看了这首诗。鲁迅看完没说话,默然无语,两人一起沉默在这首诗低沉的、缓慢的节奏中。这是一个经典的现代诗歌的阅读场景,诗一看就明白,就被诗中的情境打动,沉浸在它的节奏中,不需要多说别的。现代诗歌不需要更多的背景,因为是刊登在报刊上的,面对的是众多隐蔽的读者,他们不了解作者,不了解诗的情境,一样可以阅读。

然而,《小河》与《智人的心算》,却似乎不发生在这样现代"装置"之中。如果将《小河》看作是一个新诗的起点的话,那么其实也是一个没有展开的起点。相比之下,说郭沫若的《女神》是新诗真正的起点,似乎更容易被人接受,因为《女神》提供了一个更清晰的抒情自我形象。闻一多就说因为有了《女神》,新诗才算是新的,《女神》写出了20世纪的动的、反抗的、现代的精神,确立了一个兴奋的、焦灼的自我形象。《小河》显然与此无关,周作人说我写的这些,大抵是"新诗人大抵不屑为的"。换句话说,他那些复杂的幽暗的历史感性,可能无法在新诗中表达。后来,周作人也主动地疏远新诗,从20年代中期开始,他就不再写诗、谈诗了,还经常说:诗的事情我不知道,我不了解诗,不是个诗人,诗的事情太高深了。对此,废名有个评价,他说周作人的不知道恰恰是他的知道。

其实,周作人并没有放弃诗歌写作,30年代他开始写另一类诗,也就是打油诗。从1935年开始写一批旧体诗,押韵不严格,形式比较自由,他自己的说是打油诗,像著名的《五十自寿诗》,曾引起很多人的争议,还有《苦茶庵打油诗》等,后来在老虎桥监狱里,他也写了很多这一类型的诗。要研究周作人后期的思想,这些诗是很重要的史料。同时,他也自觉地把它当作一种文学去尝试,怕引起误解,他将这些旧体诗、打油诗定义为"杂诗"。相比于旧体诗,"杂诗"是个有弹性的概念,《小河》在某种意义上,也属于这种杂诗,跟新诗是有一定距离的。他说自己写的东西是"新诗人大抵不屑为的",其实这种说法很傲慢,可以反过来说,他想的东西新诗表达不了,所以要尝试另一种诗体。所谓"杂诗",按照周作人自己的解释,一是文字杂,可能保持了旧体诗的形式,但写的时候非常松散,非常自由,没有什么严格的限制。还有一个是思想杂,不写传统诗歌固有的轨范,比如风景,赠别,隐逸,田园。他要写这些规范之外的一些乱七八糟的东西,或者是自己一直比较关心的忧惧的情感,这是他要写的。他还说,如果说封建的纲常思想在里面,就不算杂,而是开倒车了,所以"杂"还包含一个前进的意思,一定要具有民主的思想。在这个意义上,所谓的杂诗,是在旧体和新体诗之外开创一个属于自己的文体,一个比较自由的、自己能驾驭的文体,来表达一个老人在中国内部感悟到的幽暗思想。周作人自己也说杂诗是一种自谦,也未必不是一种自尊,有自立门户的意思。

我在这给大家附录了两首周作人的杂诗,可以参考一下。一首是《苦茶庵打油诗·十五》:"野老生涯是种园,闲衔烟管立黄昏。豆花未落瓜生蔓,怅望山南大水云。"周作人在《知堂回想录》中说这一首"情调最是与《小河》相近","只是说瓜豆尚未成熟,大水即是洪水的预兆就来了,种园的人只表示他的忧虑而已。这是一九四二年所作,再过五六年北京就解放了,原来大革命的到来极是自然顺利,俗语所谓'瓜熟蒂落'。"显然,这首诗是《小河》主题的又一次重复,大的历史变动说来就来了,诗中传达了他的隐忧。还有一首叫《修禊》,很长,我节选了一段:

次有齐鲁民,生当靖康际,沿途吃人腊,南渡作忠义,待得到临安,馀肉存几块。哀哉两脚羊,束身就鼎鼐,犹幸制熏腊,咀嚼化正气。

周作人很看重这首诗,经常讲写得如何好,特别是"犹幸制熏腊,咀嚼化正气"一句,周作人自认可以算是打油诗中之最高境界,仿佛神来之笔,杂诗的本领可以说即在这里,自己平常喜欢和淡的文章和思想,但有时"亦嗜极辛辣,有掐臂见血的痛感"。他还说鲁迅在时最能知此意,但今不知尚有何人耳。下面大家再看了聂绀弩的两行诗:"死无青蝇为吊客/尸藏太平冰箱里"。这是为胡风写的悼诗,这两行写得很辛辣,也有某种"掐臂见血"的感觉。木山先生很喜欢两行诗,在他的文章中就曾引用。周作人也是用这种方法写诗,他和聂绀弩的诗,可能发生在一个线索中,有一些相似性。所以木山先生的提问,提供了一个特别的角度,可以让我们从聂绀弩回头去看周作人,甚至看早期新诗发生的起点。《小河》从文学气质讲,是一首成人的诗歌,是一首天然具有政治性的诗歌,它不一定真是一首"杰作",但可以构成后来新诗发展的一种参照。

上面讲了这么多,实际是想回应木山先生的提问。木山先生认为,新诗只能写年轻人的经验,不能像聂绀弩打油诗那样,表达一种复杂的、诙谐的、老年人对历史的感受。其实,在现代诗歌的传统中,一直存在着一个很强烈的冲动,就是能写出一种能够包容历史的诗歌,写出一种与复杂的心智相对应的诗歌。比如在艾略特的诗学中,这就是一个重点,他也曾说过在 25 岁之后,如果还要做一个诗人,那么需要获得某种开阔的历史意识。在中国新诗史上,也有类似追求的诗人,比如卞之琳、穆旦。穆旦 70 年代写的一批诗,洗练、成熟,的确有一种岁月磨砺的智慧。如果大家熟悉当代诗歌的话,会知道 90 年代诗歌有个重要的提法,叫"中年写作",一批诗人要主动疏远青春的盲动,去书写更为复杂的历史感受。有意思的是,当时提倡"中年写作"的诗人,大都30岁左右,刚刚经过了80年代末的动荡,这和周作人那代人的经历有些相似。虽然类似的追求屡屡出现,但新诗史上出现更多的是有强度的作品、很新异的作品,能够与20世纪历史复杂性相对应的作品,并不是太多。

这个问题怎么解释呢,前两天在网上看到一篇傅浩的文章,他是英美文学的翻译家,谈的也是类似的问题:为什么中国新诗史上没有力作出现?他将中国现代诗人与英美诗人进行比较,认为中国的新诗人太短命了,这有两方面的含意:一个是寿命短,很多新诗人都是早夭的,像朱湘,徐志摩。还有一点是创作的时间短,因为其他因素的干扰,不少诗人中途就停止了写作,像刚才提到的卞之琳、穆旦。中国20世纪的历史太动荡,时间不够余裕,不能让诗人们的心智正常地成长。当代的诗人、年轻的诗人有这个机会,因为我们的社会比较稳定,新诗人可能会写下去,写得越来越好。他的看法我基本同意,但认为也不是完全这样。还有木山先生谈到的语言问题,新诗不能成熟,因为语言太偏了,没有一个自身强大的气场,把周遭的经验吸纳进去。除了上述两种原因,我认为还要对新诗发生时的"装置"有一定觉悟。比如,一个内面化自我与外部世界的紧张性的关系,就是一个基本的"装置"。在这种装置中写作,处理所谓内在经验非常有效,但在处理外部历史方面,有天然的局限性。刚才提到了,90年代"中年写作"概念的提出,在当时的确表达了一种自我扩张的愿望,但相应的一些尝试,很快就套路化了,因为很多诗人还是受制于一个内面化的自我,将一个去政治化的内面化、美学化的自我当成前提,所以对历史的介入,最后成为一个风格的问题,没有对历史的深入理解。在这个意义上,为什么说周作人的《小河》有独特性呢?这首诗在处理历史经验时轻描淡写,但诗的背后有诗人的见识与判断。我觉得当代诗人大多非常敏感、头脑也够用,但对历史缺乏独特的洞见,或者说对历史、社会的认识跟一般人没多少区别,受制于所处时代心智的限制之中,如果这个限制不打破,诗歌的见识也就比较浅。我们读到一些"中年写作"的作品,感觉能够写出某种时代生活及个人经验的复杂性,甚至沧桑感,但缺少某种真正透彻的把握,这些无形的限制可能会阻碍诗人心智进一步的成熟。

还有一点,新诗的读者或作者,大部分是一群激进的波西米亚青年,这个群体有某些强烈的文化性质。比如不满现状,激烈地反对一些秩序的东西,从广义上说,新诗也成为一种先锋文化,或者说波西米亚文化的一部分。在这种文化的影响下,诗人的工作有一个重心,要努力维护或制造某种奇观,无论是语言的奇观,还是自我的奇观。通过这样的方式,诗人会在当代社会扮演一种英雄的角色,反对日常世界的英雄,反对庸俗生活方式的英雄,或至少要扮演某种不合时宜的角色。但这样的自我戏剧化、英雄化,其实对心灵有封闭的作用,也会使诗歌的成年永远耽搁下去。有不少诗人阅历丰富,才华也惊人,对个体和时代的感受也很独特,但不大情愿自我学习,不大情愿去反省自己,更多是在挥霍自己的经验和才智。我说的自我学习,不是简单指知识的学习,而是与社会、人心保持某种有效的触着。我们生活的时代是个人世界跟公共世界进一步脱节的时代,表面好像大家都在关心公共问题,媒体、网络提供了关注的渠道,但这种关注往往是消费性的,并不能提供洞见性的内在关联。要怎么解决这个问题呢,应该没有现成的办法,但一种尝试是回到前提去,看看制约新诗发生的基本"装置"是不是有必要反省,是不是有必要去挣脱它。在这个意义上,周作人当年写作的《小河》,包括早期一代身份驳杂的新诗人,不把诗歌写作从其他领域、其他生活世界中分离出来的自由态度,特别值得参考,这也许可以构成一个参考性的资源,帮助我们跳出新诗或新文学的内在限制。

本文原载《海南师范大学学报》2012 年第 8 期

从"蝴蝶"、"天狗"说到当代诗的"笼子"

新诗百年之际,与"新诗"有关的纪念、研讨、出版,这一两年来此起彼伏、沸沸扬扬,像一家开张百年的老店,确实到了需要自我表彰、盘点的时刻。殊不知,这家"老店"的金字招牌——"新诗"二字,实际上长久以来,其实并不被认为是一个理想的命名。隐约记得梁实秋上世纪50年代的一篇讲义,就说到"五四"时代,无论什么,都要争着挂上一个"新"的标签,新青年、新女性、新社会、新人、新文学、新小说、新戏剧、新诗……等等。随了时间的推移,这些前缀的"新"字,也大多逐渐纷纷剥落了,几十年后唯独"新诗"还在,还雄赳赳还挂着当年的标签。这说明了什么?只能说明一个问题,这个文体还没有稳定下来,形成自身的标准、规范,还没能脱离争议,安顿在读者和批评家的心中。

半个多世纪以后,新诗已届百年,梁实秋的提问仍然有效。"新诗"之"新"所连带的一系列想象,与传统的断裂、被进化论裹挟的时间神话、美学与文化上的偏激、形式上的无纪律与散漫,诸如此类,聚讼纷纭。相应的是,早有论者提出,"新诗"不过中国诗歌在寻求现代性过程中一个临时的、权宜性概念①,适当时完全可以废置一边,替换为一个更妥当、更无争议的概念,如"现代诗"、"现代汉诗"。类似说法兴起于台港及海外,跳脱新旧之别,重点在普世之"现代",立足稳健之外,也隐含了跨地域、去国族的开放性。大陆诗人和批评家不明就里,只觉得这样的名字很洋气,袭用者不在少数。

当然,不是没有人相对看好乃至珍视"新诗"的命名,比如我的同事诗人臧棣。多年前在一篇诗集序言中,他就提到在白话诗、现代诗、现代汉诗、新诗等等命名中,他还是对"新诗"二字情有独钟,而且给出一种特别的解释:所谓"新诗"之"新",并非相对于旧诗而言的,而是相对于"诗"而言的,"新诗"与其说是反传统的诗歌,不如说是关于差异的诗歌,体现了一种对"诗歌之新"的不懈追求。说白了,"新诗"是一种"新于诗"的诗,这也正是它"至今还保持巨大的活力的一个重要的但却常常被忽略的原因"。② 在臧棣这里,"新诗"似乎不再是一个文学史概念,而成为一种包含特定价值的文类概念,"新"也不再是一种愧对传统的历史"原罪",反而成为一种敞开向未来的美德,一种永动机般的写作"引擎"。

---

① 王光明:《现代汉诗的百年演变》,河北人民出版社,2003 年,第 5—6 页。

② 臧棣:《无焦虑写作——谈王敖:他的姿态、他的语感、他的意义》,王敖诗集《黄风怪诗选》序言,自印,2002 年。

应当说,这个说法相当别致,通过词的拆分与重组,绕开已经被谈滥了的新旧之别,将一种激进的先锋立场,偷换到过往的命名中。但这并不等于说,这只是一种当代"发明",出于诗人诡辩的巧智,从百年新诗的角度看,"新于诗"的冲动确实内置在它的发生过程中,如果特别拎出来,也可构成回溯百年的一个线索。这里,不妨从胡适的一首小诗说起,看看在新诗最初的感性里,曾经绽开过什么。

一

在新诗史上,胡适的形象其实有点尴尬。作为新诗的发明人,其"开山"地位不容动摇,但诗歌的感觉和才能,一直不被看好,他的努力似乎只体现在语言工具的革新上,在诗的"本体"上建树无多:

> 两个黄蝴蝶,双双飞上天。
> 不知为什么,一个忽飞还。
> 剩下那一个,孤单怪可怜。
> 也无心上天,天上太孤单。

这首《蝴蝶》,算是"尝试"的名作,未脱旧诗的格套,意思浅白,语言也口水,历来为人诟病,相信不大会有人说好,胡适当年也因此得了一个"黄蝴蝶"的绰号。翻看新诗的理论批评史,似乎只有一个人,说《蝴蝶》写的好,这个人就是废名。30年代中期,废名在北大开设"现代文艺"一课(讲义即为著名的《谈新诗》一书),开堂第一课讲的是《尝试集》,讲的第一首诗便是《蝴蝶》。他用了比较的方法,将"两个黄蝴蝶"与元人小令"枯藤老树昏鸦,小桥流水人家"并举,说"蝴蝶"其实不坏,"枯藤老树"未必怎么好,前者"算得一首新诗",而后者"不过旧诗的滥调而已"。废名谈诗,往往出人意表,友人称为"深湛的偏见","蝴蝶"与"枯藤老树"之比较,即是一例。

《蝴蝶》写于1916年胡适留美期间。依其自述,那时的他正如火如荼开展"诗国革命"的试验,但遭周边友人一致反对,心境孤单落寞。一天中午,他在窗前吃午餐,窗下一片乱草长林,忽然看到两只蝴蝶,飞来又飞去,心头一阵难过,于是就有了这首小诗,记录的恰恰是新诗创制的心理曲折、艰难。废名在课堂上也引述了这一背景,他说这首《蝴蝶》句子飘忽,里面却有一个很大的、很质直的情感,作者因了蝴蝶飞,当下的诗的情绪被触动起来,而这个情绪不需要写出,本身已经当下成为完全的诗。相比之下,"枯藤老树"只是古人写滥的意象的拼接,看似是具体的写法,其实很抽象,读者喜欢的只是那种腔调。他进而提出:"我以为新诗与旧诗的分别尚不在乎白话与不白话。"[①]

老实说,《蝴蝶》不一定真好,《天净沙》不一定就是滥调。说短道长,废名的目的,无非是要引出他对新旧之别的洞见,即《谈

---

① 废名:《谈新诗》,《论新诗及其他》,辽宁教育出版社,1998年,第2—5页。

新诗》中的著名观点:旧诗的内容是散文的,使用的文字是诗的,虽然发动于一时一地的感兴,但这感兴未必整全,可以循着情生文、文生情的线索,有意为之,敷衍成篇;新诗的文字是散文的,但其内容必须是诗的。这个"诗的内容"究竟为何物,废名一直语焉不详,仅以《蝴蝶》为例,即在于一种刹那的感觉,当下完全自足,挣脱了一般"诗"的习气、腔调,甚至无需写出,作为一首诗也已然成立。当时诗坛上,正弥漫了浓郁的"格律"空气,在一般新诗人心中,"格律"被提升到决定新诗前途、命运的高度,废名这样讲,实在是有意纠偏,重申新诗形式自由的合理性,而更根本的革命性,还在颠覆以形式为中心的新诗史观。胡适自己常说,文学革命的运动,不论古今中外,都是从"文的形式"入手,"中国近年的新诗运动"也是一种"诗体的大解放"的产物。后来的新月诗人,强调"纪律"与诗体的再造,看似"解放"的纠正,其实还在"文的形式"入手的轨辙中。废名则更新认识,跳脱而出,将新诗成立的根据,寄托于一种感受力的飞跃与更新上。在他看来,此事关系甚大,能否在"尝试"中辨识出"这一线的光明",涉及到新诗前途的展开。

　　30年代,戴望舒、废名、林庚、卞之琳、何其芳等一批"前线诗人",逐渐成为诗坛的主力,重构新诗自我意识的努力,当时并不鲜见。废名的好友林庚,在1934年的一篇文章中,也提出过"诗"与"自由诗"的不同:前者,指的是"传统的诗",包括旧诗在内的一切过往的诗,这些诗都会有感受力枯竭的一天;为了"打开这枯竭之源,寻找那新的生命的所在",于是"自由诗"乃应运而生:

> 故这一个新的诗体的基于感觉到一切来源的空虚,于是乃利用了所有文字的可能性,使得一些新鲜的动词形容词副词得以重新出现,而一切的说法也得到无穷的变化;其结果确因这新的工具,追求到了从前所不易亲切抓到的一些感觉与情绪。①

自波德莱尔以降,当"一切坚固的东西都烟消云散了",从矛盾的不稳定的状态中提取新的激情,让历史的可能性在瞬间不断涌现,早就是文学之现代性的核心标志。林庚的看法与废名同出一辙——"诗与自由诗的不同与其说诗形式上的不同,毋宁说是更内在的不同",但似乎更为激进,"自由"并非仅仅是诗体的解放,更是文学成规之外的无穷可能性。至于在诗与"自由诗"之间强作区分,其实与臧棣的概念偷换异曲同工。

由此说来,《蝴蝶》似乎真的不坏,代表了新诗最初的翩然活力,也暗中启动了现代的新诗"装置"。几年前参加批评家颜炼军的博士论文答辩,论文里也写到了《蝴蝶》,他的说法至今仍记忆犹新。首先,作为中国诗人,触及"蝴蝶"这一意象,很难抗拒用典的诱惑,如庄周梦蝶,如梁祝化蝶②,但胡适写这首小诗,没有受到用典的诱惑,只是写了"两只不知何来何往的蝴蝶",如现象学家一般,悬搁了蝴蝶的已有寓意,只是直观命名眼前所见:

---

① 林庚:《诗与自由诗》,《现代》第 6 卷第 1 期,1934 年 11 月 1 日。
② 这点说得没错,戴望舒的小诗《我思想》,上来就说"我思想,故我是蝴蝶",一句话,就将庄子装在了笛卡尔里。

蝴蝶在白话汉语中只剩下自己,一个等待新的隐喻空间的自己。可以说,蝴蝶的无所依凭的"可怜"与"孤单",某种意义上象征白话汉语寻找属于自己的诗意生长系统的孤单开始。①

这样的阐释稍显"过度"一点,但相当精彩:蝴蝶成了一种语言的象征,孤单也成了一种文化心理的象征,无论是新诗,还是新一代知识分子,在探索自我的路上,必将面对一个自由却也虚无的空间。两只"蝴蝶"在空气里振动的现代性,不再仅仅是感受力的刹那飘动与更新,同时也有了更深的文化的、主体性的意涵。

二

说到新诗的"现代性",这自然是一个相当大的话题,涉及不断投向未来的时间意识、一种自我提供标准的主体意识,也涉及诗歌想象力与现代历史之间的紧张关系,刹那间的感觉革命,最多是一点点起兴的动力,无法孤零零撑起新诗这一百年。1923年,借称赞郭沫若的《女神》,闻一多就将新诗之"新"的理解,推向了一个更高的层面,他的《〈女神〉之时代精神》一文,开宗明义就写道:"若讲新诗,郭沫若君底诗才配称新呢,不独艺术上他的

---

① 颜炼军:《象征的漂移:汉语新诗的诗意变形记》,广西师范大学出版社,2015年,第93页。

作品与旧诗词相去最远,最要紧的是他的精神完全是时代的精神——二十世纪底时代精神。"①在这里,闻一多使用了一个德国概念 Zeitgeist(时代精神),来表达他对《女神》中动荡不安、激昂扬厉之气息的理解。

"时代精神"的表述,在今天听来,已近乎某种"陈言套语",但需要说明的是,作为一个思想史、精神史的概念,"Zeitgeist"并不是一种实然的存在,被动地等待哲人或诗人的书写。某种意义上,它更多是一种历史的抽象,需要敏锐的心智去命名、去创造出来。在浪漫主义诗人偏爱的隐喻中,诗人的心灵宛若一架风琴,一泓碧水,由看不见的风吹拂、搅动。这捉摸不定、需要"诗心"赋形的自然之风,恰恰就可解作"时代精神"。那么,"二十世纪底时代精神"指的是什么?闻一多进而从"动的精神"、"反抗的精神"、"科学的成分"、"世界之大同的色彩"、"挣扎抖擞底动作"几个方面分别进行了阐述。"五四"时期,民主与科学是新文化的两面旗帜,但显然,闻一多不是在这个层面立论的,他关注的不是具体的时代命题,而是一种内在的精神气质、一种强劲的历史风格。

相对于 19 世纪的漫长,现在学界流行说 20 世纪是一个"短促的世纪",发端于欧战的爆发,终止于冷战两极的解体,革命、战争、乌托邦式的社会构想,是贯穿性的主题。在闻一多这里,"新诗"之所以为"新",不在于白话的有无,也不限于文学感受

---

① 闻一多:《〈女神〉之时代精神》,《创造周报》第 4 号,1923 年 6 月 3 日。

力、想象力的刷新,而在于能否与20世纪之"短促"历史高频共振。后来的新诗人也爱说"现代",但往往流于经验的表象,诸如机械文明的喧嚣、都市生活的纷乱、震惊的感性片段……,相形之下,闻一多立意甚高,眼光也格外深透,内在把握到"短的、革命的20世纪"之飞扬又焦灼的节奏。《女神》中的名作很多,像《凤凰涅槃》《天狗》《笔力山头展望》《地球,我的母亲》《夜步十里松原》等,都脍炙人口,如要找出一首与《蝴蝶》对读的话,那肯定非《天狗》莫属:

> 我是一条天狗呀!我把月来吞了,
> 我把日来吞了,
> 我把一切的星球来吞了,
> 我把全宇宙来吞了。
> 我便是我了!
> ……
> 我是 X 光线底光,
> 我是全宇宙底 Energy 能量的底总量!
> ……
> 我飞跑,我飞跑,我飞跑,
> 我剥我的皮,我食我的肉,
> 我嚼我的血,我啮我的心肝,
> 我在我神经上飞跑,我在我脊髓上飞跑,
> 我在我脑筋上飞跑。

即便从今天的角度看,这首诗也完全写"飞"了、写"爆"了,"我飞跑"、"我狂叫"、"我的我要爆了",这样一个在毁灭中更生的自我形象,完全是20世纪"动的、反抗"之精神的夸张代言,也一直是文学史叙述的焦点。可以注意的是,对于当年的读者而言,这首诗的冲击力,癫狂的复沓的语式,贯穿不变的单调节奏,还在于"狂叫"中羼杂的新名物、新词汇,如"X光"、"Energy"、"电气",至于"我在我神经上奔跑"、"脊髓上飞跑"、"脑筋上奔跑",更是显出郭沫若作为一个医生的本色,"我"的身体像在X光中被透视、被分解,呈现于某种解剖学的想象力中。闻一多当年就目光如炬,点出《女神》作者"本是一位医学专家",那些"散见于集中地许多人体的名词如脑筋,脊髓,血液,呼吸,……更完完全全的是一个西洋的doctor底口吻了"。确实,不单《天狗》如此,战栗的神经、破裂的声带、裸露的脊椎、飞进的脑筋,这些令人惊骇的身体意象遍布于《女神》中,郭沫若在新诗的起点上,就贡献了一个不断爆裂、分解的、逾越内外界限的身体。

在"短的20世纪",破坏就是创造,废墟之上才有历史的重建,这并非"治乱循环"之重演,普遍的社会焦灼、困顿,有了科学的求真意志的烛照,才能引爆出如此巨大的能量。郭沫若笔下的"天狗",一方面疯癫、狂叫,血肉横飞,另一方面,又呈现于解剖学、神经学的透视光线中,20世纪的时代精神、理性与暴力的辩证逻辑,直接内化为一种身体的剧烈痉挛感。《天狗》写于1920年,如果作为时代精神的隐喻,具有超越地域、国家的共通性,——郭沫若的"同时代人"曼德尔斯塔姆,1923年也写了一

首同类型的诗,同样贡献了一个肢体破碎的野兽形象:

> 我的世纪,我的野兽,谁能
> 看进你的眼瞳
> 并用他自己的血,黏合
> 两个世纪的脊骨?
> 血,这建造者,滔滔地从
> 大地的喉腔涌出,
> 只有寄生虫们在颤抖,
> 在这未来岁月的门口。
>
> 生命,在它存活的时候,
> 必定会忍受它的脊骨,
> 看不见的波浪从哪里卷过
> 并顺着脊椎嬉戏。
> 恰像幼儿的软骨一样脆弱,
> 我们这个新生大地的世纪;
> 生命,这已是你献身的
> 时候,如祭坛的羔羊
>
> 而为了让世纪挣脱桎梏,
> 让世界重新开始,
> 为了黏合断裂、脱节的日子,

就需要一只长笛来连接。
这是渴望和悲伤的世纪,
血流从大地的伤口涌出,
而蜷蛇在草丛中静静呼吸——
这世纪的金色的旋律。
……

            1923

俄罗斯的红色革命,在破坏旧世界中建立新的政权,也开启了20世纪的巨大实验。这首诗题名为《世纪》(王家新译),正是写于革命之后艰难而兴奋的空气中,"我的世纪、我的野兽",20世纪精神在诗中同样化身为一只野兽。和"天狗"相比,这只野兽无疑是羸弱、忧郁、矛盾的,它已从旧世界的血泊里站出,不是在飞奔中享受自我破坏的激情,而是被自己的不能连缀起来的脊骨压垮、被新的世纪粉碎。哲学家巴迪欧在《世纪》一书中,曾花了大量篇幅讨论这首诗,将这匹脆弱的野兽,当作20世纪的一种历史隐喻,一种X光的投影。它将生命论、唯意志论、历史的乡愁扭结在一起:"这些不是矛盾,这些是在1923年描述的一个短暂的世纪开端的主体性。这些扭结在一起的骨骼,这些婴儿的软骨,以及碎裂的脊梁描绘了一个罪恶的、狂热的、令人扼腕的世纪"。[①] 这样读来,《天狗》好像写

---

① 阿兰·巴迪欧:《世纪》,蓝江译,南京大学出版社,2011年,第13—26页。

在革命前夜,还没有预见这个世纪直面真实的恐怖,X光的透视尚缺乏那种辩证的寓言性,但这两首诗放在一起,倒真像是一对姊妹篇。

三

在新诗发生的图像中,"蝴蝶"与"天狗",大约只是两个各自振动的小点,并无一定的关联,两点之间却能拉开新诗现代性的宽广频谱。虽然一个身子轻盈,尚在不确定中寻找同伴,一个狂躁不安,要把自己当一枚炸毁宇宙的肉弹,但联系起来看,两个形象作为启蒙时代的自我隐喻,却共同奠基于一种未来主义的意识,一种从原有文化系统、语言系统中脱颖而出的果敢。无论飞离还是炸毁,主体的创造性、可能性,都来自对系统的逃逸、偏离、破坏。这背后依托的,又是一个现代主体的经典构造:一边是真纯、无辜又独创之自我,另一边是"滥调套语"的世界,需要克服或转化的糟糕现实,两相对峙,反复循环,20世纪隆隆作响的现代性"引擎"由此被发动。

"短的20世纪"波澜壮阔,也千回百转,或主动或被动,新诗也一次次作为集体动员、情感塑造的手段,参与到各类宏大的理性规划之中。革命文化对"新人"塑造,也必然包含一种"系统"的重设,在组织中整合独立、真纯之自我,但上述现代性"引擎"却从未真的关闭。尤其是上世纪70—80年代以降,当革命的世纪猝然颠簸并转轨,诗人们也普遍甩脱这一个世纪的沉疴,甩脱它习惯的主题、抱负和情感负担,希望回到自我、回到身体与日常的经验,以及回到语言。但20世纪"时代精神"远远还没有耗尽,它的基本节奏、编码、欲望形式,依然在内部深深牵绊,只不过动的、反抗的、在破坏中再生的能量,不选择外向的集体革命,转而内化到献身语言的幻觉之中。比如海子的写作实验,也一直伴随了分裂、伤痛的身体经验,他笔下的"天马",某种意义上就是"天狗"的变身,也是以牺牲与自我破毁为创造的神圣仪式。踩着如骨骼一样的条条白雪,"天马"踢踏飞奔,在祖国的语言之中空有一身疲倦,最后一命归天。诗人就是天马,诗人的壮烈献身,无疑是以革命烈士为模板。至于那只孤单中自我探索的"蝴蝶",也早已壮大,在当代诗中不乏它的近亲:

> 一群海鸥就像一片欢呼
> 胜利的文字,从康拉德的
> 一本小说中飞出,摆脱了
> 印刷或历史的束缚。
> ——臧棣《猜想约瑟夫·康拉德》

> 致命的仍是突围。那最高的是
> 鸟。在下面就意味着仰起头颅。
> 哦,鸟!我们刚刚呼出你的名字,
> 你早成了别的,歌曲融满道路。
> ——张枣《卡夫卡致菲丽丝》

海鸥、鸟、鹤、凤凰……这样一类"扁毛畜生"依旧一次次地,从当代诗的句子里强劲地飞起。与此相关,各种版本的"飞翔"美学、"轻逸"之说,也最能激动并呵护文艺青年的身心。

无论"蝴蝶"在飞,还是"天狗"狂奔,现代性的"引擎"燃烧了冲决网罗的热情,结合了后现代的语言本体论,当代诗人也普遍信任将万物化为词语,让它们翩然飞舞的观念,这隐隐然已经是当代诗一种主要的"意识形态"。然而,果真可以挣脱吗? 不必精读什么批判理论,凭当代生存经验我们也知道,在消费生产欲望,媒体控制幻觉的年代,飞起的"蝴蝶",又怎能不在有形与无形的系统之中。在广为引用的《朝向语言风景的危险旅行》一文中,张枣将"对语言本体的沉浸",看作是当代诗的关键特征,在他看来,能否具有这种"元诗"意识,也决定了新诗现代性追求的成败。① 表面看,这是一篇学院化的论文,但实质上也可读作一份当代诗的宣言,"元诗"意识的提出,既是历史的回顾,更近乎一种暗中的提倡。多年后,从乡镇到都会,将"写作视为与语言发生本体性追问关系"的写作,果真泛滥成一种常见的类型,为不同背景、地域的诗人所偏爱。可以注意的却是,除了高标词语对现实的无尽转化,某种无法化解的幽闭之感,时常流露在"元诗"作者的笔下,这也包括张枣本人。上面引用的《卡夫卡致菲丽丝》,诗中的"鸟/天使",即便是虚幻的形象,还是代表了一种

---

① 张枣:《朝向语言风景的危险旅行——中国当代诗歌的元诗结构和写者姿态》,《张枣随笔选》,人民文学出版社,2012 年,第 170—174 页。

转机、一种更高的存在,而这首诗一开头,却以"异艳"的笔调,给出了一个当代诗的幽闭原型:

> 我奇怪的肺朝向您的手,
> 像孔雀开屏,乞求着赞美。
> ……
> 我时刻惦着我的孔雀肺。
> 我替它打开膻腥的笼子。

又一次,诗人的想象力像 X 光扫过:"我"敞开的胸肺,渴望赞美,像孔雀开屏向读者、知音敞开,露出的条条肋骨,宛若一个囚住自己的笼子。在 20 多年前的《笼子里的鸟儿和外面的俄耳甫斯》中,诗人钟鸣将这首诗中出现的"笼子",理解为"一种已受到怀疑和否定的生活方式和词语系统",诗人的写作发生于其中。正如卡夫卡所描画的:一只笼子去寻找鸟儿,而不是鸟儿逃离笼子。钟鸣接过这一说法,也认为系统其实是无法挣脱的,在系统之内是无法反对系统的。那怎样寻找一种可能,即使不能破笼而出,至少也要使它对自己有利,他顺势给出了方案:"或许只有不断的警觉",才能保证诗人不致被历史惯性吞噬,在笼中僵毙。[①]

钟鸣的解读,包含了对诗人命运及其和语言关系的洞察。

---

① 钟鸣:《笼子里的鸟儿和外面的俄耳甫斯》,《当代作家评论》,1999 年,第 3 期。

对于张枣而言,这个"笼子"、这个系统,就是他的母语,他既在其外,又在其中。在文化整体被全球资本、知识分工瓦解的时代,对于更多"元诗"作者而言,这个"笼子"就是写作。当"写"的实践游离于大多数社会场域之外,成了"写者"为数不多需要殚精竭虑的现实,如何去"写"也就变成了如何去"活"。联系本文的话题,百年新诗为现代性的引擎推动,所谓"新于诗",不外乎一种"破笼"冲动,而"现代性"不是早被形容成一只铁笼?它广大无边,落下时又悄然无声。

四

随着那篇论文的流布,张枣"元诗"教主的形象,大概会持续地留在读者心中。后来,他将这一理解扩展至对现代诗起点的追溯。不是胡适,也不是郭沫若,他将新诗现代性奠基人的名号,给了鲁迅,因为在《秋夜》等篇什中,鲁迅表现出一种"坚强的书写意志",为中国新诗缔造了"第一个词语工作室"。[1] 在写者姿态的发掘上,张枣毫无疑问是一个坚定的现代主义者、一个新诗现代性的维护者,但他的维护不完全是系统内的自洽,而是包含了内向辨识的维度。

上面提到,"元诗"写作在今日的泛滥,与当代诗所处的位置大有关联。当诗人不再有兴趣扮演启蒙者、反抗者、文化英雄,

---

[1] 张枣:《文学史……现代性……秋夜》,《张枣随笔选》,第 196—197 页。

不必勉强为良知代言,怎样在语言中调节关系,通过不及其余的书写来构造另类现实,更是写者的本分所在。由此一来,所谓"与语言发生本体性追问关系",也就不是什么高深的奥义,不过是室内写作必须面对的日常现实,如张枣诗中所说:"小雨点硬着头皮",不得不把"将事物敲响"。作为笼子里的警觉者,张枣怎能意识不到这一"词与工作室"的幽闭,这一诗歌"流水线"上身心的磨损。在《朝向语言风景的危险旅行》一文的结尾,不常被人提及的是,他其实用了相当笔墨,探讨"元诗"意识的危机,这危机表现为"现代性"与"汉语性"的矛盾:如果"现代性"的写者姿态,依靠的是"词就是物"这一将语言当作终极现实的逻辑,汉语新诗获得了审美及文化自律的同时,也不可避免地"缺乏丰盈的汉语性",只能作为迟到者加入到"寰球后现代性"。

"汉语性"的提法,会让读者联想到张枣嘴里的汉语之"甜",他诗中甜美、流转的古典音势,也一直为周边友人称道。但在这个段落中,"汉语性"的意味要更多一些,不仅指向了汉语亲切性、私密性,还指向了诗文学传统与社会生活、政教系统的广泛关联,即"词不是物"、"诗歌必须改变自己和生活"的立场。相对于"词就是物"蕴含的诗歌自律性尺度,"词不是物"构成了一种反动,坚持的仍是"诗的能指回到一个公约的系统"的假定。由此,在"现代性"与"汉语性"之间,在写作的自律性与公共性、幽闭与敞开之间,一种两难局面出现了。张枣知道,"词与物"的关系不再自明,这是一个基本的现代状况,"危机"也必然是结构性、甚至是起源性的——"一个对立是不可能被克服的,因而对它的意识和追思往往比自以为是的克服更有意义"。因而,也只有"容纳和携带对这一对立之危机的深刻觉悟",汉语新诗才能面向未来展开。①

能在系统中保持"警觉"的,30年代的林庚也算一个。上面提到,比起当时许多"同时代人",他对新诗的"自由"有更内在的体认:"自由诗好比冲锋陷阵的战士,一面冲开了旧诗的典型,一面则抓到一些新的进展;然而在这新进展中一切是尖锐的,一切是深入但是偏激的"。或许恰恰因为这样的体认,他也意识到,尖锐、深入、偏激的"自由",能带来感受力的全面更新,但"若一直走下去必有陷于'狭'的趋势"。② 在林庚的时代,逐步"现代"的新诗日趋繁复,已遭遇到"看不懂"的非议,林庚的警觉在某一点上,与张枣近似,都是担心现代性的过度膨胀,有可能制约新诗作为一种文化方式的公共性,这又与对古典汉语美学传统的追忆相关,"'狭'的趋势"刚好与古典诗的温柔敦厚、普遍亲切形成对照。张枣区分"现代性"与"汉语性",林庚后来也在"自由诗"之外,将格律诗(韵律诗)命名为"自然诗",二者的风度迥异:

---

① 张枣:《朝向语言风景的危险旅行——中国当代诗歌的元诗结构和写者姿态》,《张枣随笔选》,第191—192页。在2000年Anne-Kao诗歌奖的受奖辞中,他以一连串的追问,表达了对新诗处境的类似觉悟:"我们的美学自主自律是否会堕入一种唯我论的排斥对话的迷圈里?对来自西方的现代性的追求是否要用牺牲传统的汉语性为代价?如何使生活和艺术重新发生关联?如何通过极端的自主自律和无可奈何的冷僻的晦涩,以及对消极性的处理,重返和谐并与世界取得和解?这些都是二十一世纪诗歌迫切需要解答的课题。也许答案一时难得,但去追问,这本身就蕴含了我所理解的诗歌本质。"《张枣随笔选》,第241页。

② 林庚:《诗的韵律》,《文饭小品》,第3期,1935年4月。

一为紧张惊警,一为从容自然。

事实上,"'狭'的趋势"不只表现在接受范围不广、共同体感受匮乏这样一些习见的指摘上,引申来看,还有一些相对隐微的层面可以讨论。比如,新诗之"新"的破笼冲动,奠基于"真纯之我"与"糟糕现实"的对峙,诉诸于感受、语言、社会认知的全面更新,这非常适合表达现代个体主义的疏离性、否定性体验。在怎样立足本地的繁琐政治,建立一种与他人、社会联动之关系方面,新诗人并不怎么在行。与此相关,在错综变动的社会结构中,如米沃什所言,诗人也习惯了扮演"外乡人"的角色,习惯用文化"异端"的视角去看待、想象周遭的一切。不必承担系统内的责任,也不必在特别具体的环节上烦忧操心,语言的可能性简化为词与物关系的自由调配,这样一来,反倒失去了内在砥砺、心物厮磨的机会。有的时候,他们会向阶级、族群、自然的情感求助,但这样的情感过于宏大、抽象,还是在"个"与"群"的二元对峙中。久而久之,这也鼓励了一种制度性的人格封闭、偏枯,无论内向抒情,还是外向放逸,由于缺乏体贴多种状况、各种层次的耐心和能力,结果偏信了近代的文艺教条,反而易被流行的公共价值吸附,或在反对的同时,又被反对的"意识形态"收进笼子里。即使感伤自恋,还是难免一股子"硬邦邦的红领巾气"。

扩张来看,扬弃了修齐治平的传统以后,如何在启蒙、自由、革命一类抽象系统的作用之外,将被发现的"脱域"个体,重新安置于历史的、现实的、伦理的、感觉的脉络中,在生机活络的在地联动中激发活力,本身就是20世纪一个未竟的课题。现当代诗

擅长自我开掘的技术,在这方面,其实同样严重不足,以致一位年轻诗人在致敬海子的诗中,竟有这样的坦率提问:

> 这些天我在问我我想也问你
> 为什么你在诗里写到那么多的葬送
> 就好像只有那些终极才是你的疑惑
> 就好像尘世的困境你竟无须管理
> ……
> 今晚我才听建材市场的小老板说要发展自己贡献社会
> 整个祖国被拔地而起的小区覆盖
> "小区",你听说过么?我觉得他们表达了正面的生活
> 而你更像一个精神科的医师
>
> 精神科医师,你见过四世同堂妻和子顺德诗人么
> 还是你光顾着去伸张发达与自由的内心
> 我其实已经被你迷住了,情深意切,不抱怨不讽刺
> 但生活有那么多实与虚的障[1]

这首诗写得率直、语句甚至粗糙,但包含了一种曲折又深挚的对话感。相对"面朝大海"的精神幻象,立足"尘世"的提问,不完全

---

[1] 范雪:《给海子》(2011 年),《走马灯》,华东师范大学出版社,2017 年,第 66 页。

是世俗主义的。"尘世"不是一地鸡毛的平庸琐碎,更不是泡在荷尔蒙里的物质或身体,它同样是一个极其严肃的领域,需要诗人的写作去探索、去塑形。为什么"小区"这个词,凝聚广泛市民阶层的发展与保存欲望,不能正当地成为一个诗学概念?这一提问中洋溢了在社会情感内部正面探讨问题的热情,看来,新一代作者已厌倦了抽象的"否定"系统,开始自我间离,并试着在写作中找出另外的出发点。

五

回过头去,还是说林庚。30年代中期,在申张自由诗的理念之后,他转而考虑新诗格律化的可能,立场的转变稍显突兀,但内在的逻辑并未改变,因为格律(韵律)对他而言,正如"自由"一样,都不是简单形式的问题,他将"格律诗"命名为"自然诗",着眼的就是形式与内容之间的张力以及由此而来的特定风格,根底里,隐含了一种文体性格改善的诉求。相比于自由诗的"尖锐、偏激","格律"提供了一种便利的普遍形式,能将"许多深入的进展连贯起来","如宇宙之无言的而含有了许多,故也便如宇宙之均匀的,之从容的,有一个自然的、谐和的,平均的形体"。[1]在这个意义上,"格律"不是动辄就被当作方向、道路的本体,它的价值体现在功能上,由于读者和诗人都能共享格律的普遍形

---

[1] 林庚:《诗的韵律》,前揭。

式,故而"熟而能自然"。如果"自由诗"像冲锋陷阵的战士、也像初涉人世的少年,每一次都像是第一次,在他人与世界面前保持"紧张惊警";"自然诗"更像一个成年的人,宽厚到顺应一些人情物理的尺度,有公共的法度和礼仪,也才得以"从容自然","行有余力则以学文了"①。

林庚自己的格律诗写作,后来被证明不是一个普遍有效的途径,但通过区分"自由"与"自然",他至少将新诗之"新"相对化了、也问题化了,能在一种文体成长的动态结构中,在纵深的文学史视野中,构想新诗的未来。体认活力又洞察危机,"警觉"于系统之"'狭'的趋势",却没有导致自我的厌弃、否定,转而专注于内部的改善,这样辨证、通脱的态度,比起具体的诗学论断,或许更值得回望。在林庚的心目中,正像在后来的海子、张枣、臧棣的心目中,新诗不仅不同于传统的诗,也并不一定就是它已然成就的样子,或许存在一种更新的、在文化上更成熟的新诗。这样的新诗,不一定就被"破笼"的冲动捆缚,"紧张惊警"又渐进"从容自然",融"自由"于"自然"之中,这其中蕴含了有关新诗文化位置、文体性格及与读者合理关系的可能性构想。

新诗百年之际,用林庚的标准来看的话,沉浸于语言本体的当代诗,是否还偏重"紧张惊警"的路线,这是一个可以考虑的问题。无论怎样,这个"百岁少年",仍需成长,需要"不断进行身体

---

① 林庚:《关于北平情歌——答钱献之先生》,《新诗》,第 1 卷 2 期。对于林庚 30 年代诗学思考及实践的研究,参见冷霜:《分叉的想象:重读林庚 1930 年代的新诗格律思想》,《新诗评论》,2006 年第 2 辑。

和语言的调进"努力,虽然"中年写作"的提法早已陈旧,像贴在当代诗史里一个油腻的标签。这努力之中,就包括一系列重构视野、关系的尝试,即怎样从"真纯自我"与"糟糕社会"的对峙中跳脱出来,进入状况、脉络和层次,怎样在广泛的关联中内在培植丰厚的心智。当年废名在课堂上谈新诗,劈头一句就是"要讲现代文艺,应该从新诗讲起",意思不外乎,新诗之"新"正是现代文艺之尖端;百年之际,再来谈新诗,首先要注意的,倒是"现代文艺"已然作为一个笼子的轮廓,并试着交替站到笼子的内外。

本文初稿原载《读诗》2017 年第 4 期

附录

诗歌想象力与历史想象力
——西川《万寿》读后

在当代诗人中,西川无疑是体量很大的一位,这不单指他身形的魁伟,更是指写作整体的气象、包容性以及语言的吞噬能力。记得第一次接触他的诗,是在20多年前,那时有本诗歌"红宝书"在一代"文学嫩仔"中影响颇大,这就是出版于1988年的《中国现代主义诗群大观:1986—1988》。这本厚厚的红皮诗选汇集了80年代众多神头鬼脑的诗歌流派,其中,西川孤身入选,诗也只有一首,却挂起一面醒目的旗帜:"西川体"。当时没见过西川,也不知他是何方神圣,但感觉这肯定是一个特别"有范儿"的诗人。千军万马之中,一个人,一首诗,就构成了一个流派。

所谓"西川体",大概只是一个偶然的命名,来自友人的戏称,最初并不需要特别认真地对待。然而,自上世纪90年代初的组诗《致敬》,在近20年的写作中,西川的确发展出一种非常独特的、具有个人"品牌"效应的诗歌体式。简单地说,这是一种非常松弛、自如的诗体,由错落的长句、短剧或句群构成,在功能上又熔抒情、叙事、讽刺、箴言为一炉,与其说是传统意义上的诗歌,不如说与方志、野史、笔记、寓言、笑话一类相关。按照诗人批评家秦晓宇的说法,这种诗体包含了一种庞德所说的"碎布头布袋"(ragbag)的模式,它铺排、杂陈、无序,能泥沙俱下地承载各种芜杂的知识、话语、经验,也最大限度地让西川发挥了他"东拉西扯"、"胡言乱语"的展开能力。这种写法构成了80年代所谓"象征主义"、"纯诗主义"趣味的有力反拨,在80—90年代之交这个特定时期,也潜在地对应于精神生活普遍的困顿、紊乱。然而,它的意义或许还不止于此,在我看来,对诗歌包容性、伸缩性的追求,其实还包含了某种明确的文学意识,其重心在于扭转现代诗歌中某种制度性的人格与感受力狭隘,转而将一种开阔、丰富、驳杂的心智,当作是诗歌写作的必要前提。换用西川式的表述,即:要用"伪哲学"来反对"美文学"。

这种胆大妄为的诗体实践,在当时,具有不可复制的独特性,但在某种意义上,也可以看作是80年代诗歌内在抱负——对语言可能性的追求,在特定历史状况中的一种延伸。因为只有着眼于成熟心智的养成,当代诗才有可能打破抒情性的文体限制,从反抗、实验、宣道、戏谑等一系列姿态中解放出来,获取一种真正的宽广性,不仅能承纳"历史强行进入视野"带来的压力,同时也可以在一种文明的层面(而非单纯的审美)重塑自身的形象。多少有点尴尬的是,时至今日,在某些迟滞的批评视野中,西川《致敬》之后的写作,还被当作一种新的尝试、新的实验,需要在"诗美"的标准下,反复权衡它们的合法性。殊不知从《致敬》开始,后经《厄运》、《鹰的话语》、《小老儿》等,"西川体"已经有了20年的展开历史,在语言方式、主题设定、自我形象方面,甚至可以说已然自我"经典化"了,构成了一个相当完备的、可以不断生长的写作系统。

这个"系统"的特征、价值,当然还需进一步的阐发和评价,但对于我这样的"忠实"读者而言,或许更为重要的是,它在拓展、衍生的同时,内部会有怎样的变化与再生。理由很简单,今天的处境与20年前,甚至10年前已经有很大的不同。在这"大河转弯"的20年里,"时势"与"人事"的起伏动荡,使许多原本清新的、富于革命性的方案,已逐渐磨损,甚至失效,急需在内部重新注入新的活力与内涵。西川的写作,即便十分强大,类似的问题也同样存在。如果说在上世纪90年代的氛围中,"碎布头布袋"式结构,张冠李戴、颠三倒四的"伪哲学"立场,其"现实感"来自对文化、知识复杂性的洞察,来自对生活与历史内部不能归类、无法被合理化的经验的呈现;那么在"大河转弯"之方向急需辨认的当下,这种以混杂为崇高的风格,这种以呈现现实悖谬、复杂为重点的写作,在反复的展开中,也可能会逐渐套路化,削弱了曾有的说明力和紧张感。如何在"呈现"的基础上更进一步,如何在"伪哲学"的立场中,培育出更明确的认识骨干,其实是包括西川在内的一批有抱负的诗人,共同面对的挑战。可以观察到的是,西川近年来的写作,也一直伴随了对新向度的开掘,一个突出的表现是,在持续关注当代精神、社会乱象的同时,他似乎对历史的、传统的题材越来越偏爱,具体的作品如以文物、古币、字画为对象的《鉴史》三十章,以及下面要重点讨论的最新组诗《万寿》(刊载于《今天》2012春季"飘风特辑")。

在今天,用西川的话来说,在各种"重口味"的民族主义广泛流行的今天,动辄就将"传统"二字挂在嘴边的,无疑大有人在。即使是在相对封闭的诗歌界,这20多年来,"传统"也是一种颇为强劲的介入性话语。前不久,刚好读到了西川的一篇长文《传统在此时此地》,相当系统地讨论了他对"传统"的认识,涉及的范围相当广泛,包括古典文化的断裂与重拾,"晚世风格"或"晚世情怀"的评价,"新清史"研究提供的边疆、民族视野,20世纪革命历史的巨大影响,以及对唐代思想品质的看法,等等。跳荡、拉杂的谈论,并不影响一种总体性判断的浮现,这意味着"传统"在西川这里,不只是供鉴赏、把玩、胡诌的断简残片,而最终还是要服务一种宽广心智能力的生成,即:"传统可以帮助我们再一次想象这个世界和我们的生活。"

表面看,这一豪言壮语似乎重申了艾略特式的命题:一个诗人如果要摆脱个人限制,获得更重大的自我意识,必须加入到传统之中。然而,这不是一次笼统的、抽象的重申,因为西川对传统的诸多表征,并不是囫囵个地"打包"处理,而是明确做出了自己的甄别、评判。比如,对于一厢情愿地要在现代汉语中嫁接古意的强迫症、对于文艺界流行的细腻把玩性情、词语、感觉、人物的"晚世风格"、对于"聪明人用下巴看世界的浅薄",对于"不在地地主"的习气,他都或隐或现地表达了批评。相形之下,包括清代的边疆视野、"五四"的文化改制、社会主义的革命经验、市场及国际信息的冲击,这一系列更为切近的"现代性"经验,似乎是诗人西川关注的重点。同样作为一种"传统",这些因素或许更内在地、也更为紧迫地支配了我们当下的生活和困境。换言之,传统提供的历史想象力,并非是笼统、抽象的,它必须是从一种"真问题"出发,必须立足于"此时此地"之情景中的认识能力。这种明确的历史意识,相比于90年代提出的"伪哲学"立场,显然已不在同一个层面。

下面就来具体谈谈《万寿》。在长文《传统在此时此地》中,西川表露了他对清代中晚期以后中国卷入"现代"这段历史的兴趣,在某种意义上,《万寿》的写作刚好构成了呼应,因为它明确以晚清到现代的人物,风俗,事件为对象,"万寿"一题,就暗指甲午年慈禧太后的"六旬万寿庆典",这个词汇本身丰厚的历史隐喻,也自不待言。具体说来,这组诗似乎容纳了太多的内容,诸如:戏园子代表的政治传统,作为一种文化现象的"砍头",黄色读物与文明的多面性,天象中的历史变迁,传教士与中西交流关系,印度与鸦片贸易,洪秀全和义和团,夫妻关系与宗教、时间体验,"土产"的资本主义的萌芽及夭折,后来的革命与政变,等等。追溯晚清、关照当下,这组作品像一个个打开的尘封书箱,也类似于一篇篇用诗写成的读史札记。

西川以往的诗歌,不准确地说,似乎意在恢复"怪力乱神"的传统,书写的对象具有高度的含混性、不确定性,即便涉及到历史题材,也多以"胡说"、"歪说"的方式展开。《万寿》一组却要有意进入历史内部,有意揭示交织在中国近现代历史内部复杂的人性、文化逻辑。态度的变化也表现在语言形式上,虽然"札记体"与"碎布头"相差不远,诗中的句子还是保持了长短错落的伸缩性,但总体上看,《万寿》回复到某种传统的样式,每三行或两行一节,非常整饬地推进。留给读者的感觉是,那三行或两行的诗节,仿佛万花筒中变幻的袖珍舞台,让康有为、郑孝胥、庄士敦、利玛窦、康熙、艾儒略、洪秀全、萧朝贵、赛金花,裕隆与慈禧,辜鸿铭,乃至"我奶奶"、当代的布莱尔、小说家莫言,以及骑自行闲逛的诗人自我,都一个个轮着番儿地登台。与此相关的是,读者熟悉的那个东拉西扯,滔滔不绝的诗歌自我,似乎也得到了某种抑制。"我"更多变身为一个冷峻的、反思的读史者,在纵横捭阖的同时,也试图以精炼的笔法,勾勒一个个人物、一件件往事的剪影。像"白嫩嫩的小手,白天握烟杆,夜晚握玉茎"这样一句,写的是赛金花如何忙碌于国事,而下面的一些段落,在庄谐杂出的同时,又时刻保持了一种"箴言"的总结性:

黑道的戏园子传统与白道的戏园子传统
其实没什么两样。人多人少的问题。
……

弹古琴高山流水可以正心诚意不错。
弹三弦的不懂正心诚意就相信了阶级斗争。
既不会正心诚意也不懂阶级斗争的读黄色小说熬夜到

天明。

……

七仙女热爱勤劳质朴的董永。老一套。

皇上的制服。帅气的汉奸。反革命没有立足之地。

农家子弟好身手。推翻帝制的人内心里充满对帝制的迷恋。

……

短促的句群,跳荡的逻辑,形成了一种压迫性的节奏,仿佛要将读者的脑袋塞进历史经验的集装箱里,去"探测到历史伦理的最深处"。

要正面处理晚清以降的历史,一个必须应对的挑战是,《万寿》的写作不可能凌空叠架,必须基于大量的阅读和积累。事实上,无论一手的文献、二手的叙述,还是海内外最新的学术出品,西川也的确展示了他广博的兴趣和视野,对于相关史料、掌故乃至数据的广泛征引、灵活剪裁,也是这组诗最为突出的特征之一。有的时候,他是故意的化用,比如依着法国人谢阁兰的虚构,将勒内·莱斯这个"比利时小白脸",安插在裕隆太后的身边。有的时候,是不经意地穿插,他会突然吟出陈寅恪的名句"晚岁为诗欠砍头",然后又予以辩驳——"什么人的疯话?"。有的时候,西川干脆发扬"文抄公"的作风,直接将文献引入,最为醒目的一处,就是对太平天国史料《天父天兄圣旨》整段地抄录。

作为一部诗作，《万寿》由是也显示出了极强的学术性，这不仅指材料、观点的大量征引，进一步引申的话，诗人处理历史的角度、方式，似乎也暗合于某些"新史学"的理路，比如，关注大传统之外的小传统，重视边缘群体、事件、人物以及日常生活的作用，关切历史如何被叙述、被想象的问题，等等。在当代诗人中，具有类似学术兴趣的，其实不只西川一个，前几年诗人柏桦写出的长诗《水绘仙侣》，就以董小宛、冒辟疆的生活为内容，而台湾学者李孝悌的著作《恋恋红尘——中国的城市、欲望和生活》中的若干文章，就对此诗颇有贡献。

在现代诗歌的传统中，有一种看法颇具势力，即：诗人的想象力，可以与信仰、思想、历史挂钩，但仍然保留了某种"治外法权"。换言之，诗人有自己的玩法，不管如何挪用了其他资源。在这方面，上面提到的艾略特就是一个代表。他就认为虽然但丁的《神曲》背后有阿奎那的神学，莎士比亚的戏剧与蒙田、马基雅维利、塞内加的思想，但两位大师可能只是碰巧利用了这些学说，与他们的情感冲动融合而已，而在思想体系破碎的时期，像邓恩一类玄学派诗人，则更多像一只喜鹊那样，"随意拣起那些把亮光闪进他眼里的各种观念的残片，嵌入自己的诗篇中罢了"。从这个角度看，西川大概也像一只博学的喜鹊那样，叼起历史的残片，纷纷丢入自己的诗篇，而《万寿》写作的目的，也并非是要提供一幅完整的历史构图，只是希望通过碎片式的札记式，打开历史晦暗的、错综的诸多层面。然而，这样的说法，或许只有表面的雄辩性，因为即便诗人的叙述，只是一种"伪叙述"，但这并不等于说,它不需要在一般历史叙述的参照中去检验,更不等于说以想象的名义,历史叙述的难度也随之被回避。事实上,西川没有回避这样的责任,他明确提出"传统"的想象应当是一种认知能力,应当与"此时此地"的问题相关,阅读《万寿》全篇,诗歌想象力与历史想象力之间的紧张角力,也随时能感受到。

首先,由于吞噬下如此庞杂的素材,如何在贴近对象的细节、纹理的同时,又不为对象所控制、所羁绊,保持一种穿梭、通脱的能力,就是《万寿》内部的一个难题。西川自有他的应对,在有限的篇幅内,他一方面穿插、剪裁,安排下众多的人物、事件,另一方面也时刻借助铺排、起兴等方式,拓展自由飞腾的空间——"白云另起炉灶的机会来了。臭虫另起炉灶的机会来了。"这两种方式平衡得好,诗行就显得从容、饱满,有神采,平衡得不好,可能就会有拘谨、松散之感。在个别段落中,由于追求一种豁达的历史洞察,"箴言"对经验的"回收",就稍稍显得有些匆忙,压制了经验的沸腾:

> 康有为作《大同书》,娶小老婆,
> 泛舟西湖复活了苏东坡泛舟西湖的情景。
> 文明的两面:大老婆和小老婆,犹如孔孟之道和黄色
> 小说。

这也是气象很大的一节,关照了文化的整体,但有关"文明的两

面"之总结,似乎有些轻逸了,一下子将丰富的历史直观结论化了。从某个角度看,这种松弛之中的拘谨感,还不只是修辞的问题,它也意味着一些常识化的历史痂壳,尚未被完全粉碎。

其次,《万寿》以"札记"的方式呈现,并不采取完整的象征体系或历史目的论,相反,倒是有意拆解,眼到、心到、手到,力图保持一种即兴的洞察,但散漫的书写之中,未尝没有包含特定的历史观,这包括对所谓"文明的后背身"、"月亮的后背身"之持续发掘,包括对自我欺瞒的"老实人"们的调侃,包括对"本来是打家劫舍,没想到弄假成真"的历史偶然性的讨论。在滑稽、反讽、虚无的语调中,不难听到批判的激情——"什么人的疯话"、"不读就来不及了"、"靠"、"就这样了"、"老一套"、"他们也配!"……无论说书还是讲史,这些粗口的旁白,暴露了北京侃爷的底色,也时刻暗示了一种对历史的"反动"姿态。然而,正如"文明的两面"其实相互塑造、彼此依赖,"反历史"其实也是一种反向支配的历史观。针对革命、国族、启蒙等"宏大叙述",如果只是展示历史局部的、无序的、猥亵的一面,那么作为一种颠倒映像,这种"反动"也可能有些平面。类似的难题不只诗人和作家要面对,在某些"新史学"的研究中同样存在。换句话说,历史书写不能简化成宏大逻辑的展开,但只是单纯解构,展现丰富差异和细节,并不一定能带来真正的历史感。如何挣脱大传统与小传统、正史与野史、文明的两面之二元结构,在局部中考虑历史的纵深感和总体性,本应就是历史叙述的重点。在这个方面,诗人也不必为了抽象的"自主性",而固步自封、止步不前。

自 2008 年 4 月到 2012 年 3 月,《万寿》断断续续写了 4 年,至今还处在"未完待续"状态。作为一部未完成的作品,《万寿》究竟以何种面貌最终呈现,非常值得期待。或许更为重要的是,包括西川在内,当代少数有抱负的诗人,正在挑战诗歌的文体限度,不只是扫描历史风景,而是尝试真正进入其内部,用诗歌的方式去严肃应对重大的思想、历史、政治问题,锻造"此时此地"的历史想象力。这种历史想象力的培植,并非是诗歌自身可以解决的,需要不同领域的人文知识分子的联合,应该自觉恢复包括诗歌在内的文学写作与思想、历史写作的内在有机性。西川过去强调诗人的"伪哲学"立场,所谓"伪",一方面以示区分,诗歌所代表的心智活动与现代知识分工中的专业研究毕竟不同;另一方面,其实也暗示了某种内在的竞争性。换言之,诗歌想象力不仅要向历史想象力"致敬",也要有勇气与之融贯、与之颉颃。

本文原载《读书》2012 年第 12 期

为"天问"搭一个词的脚手架?
——欧阳江河《凤凰》读后

一

欧阳江河的长诗《凤凰》,灵感得自艺术家徐冰的同名作品,一经问世,同样引来了不少关注。围绕如何用批评话语"消化"这只体量庞大的"凤凰",已经出现了一些言说:其总体的史诗性品格,其诡辩式的语言风格及其在当代诗歌谱系中的位置,诸如此类的一些话题,也不同程度得到了讨论。然而,正如徐冰完成的那只翱翔于北京 CBD 上空、溢彩流光的巨鸟一样,《凤凰》带来的冲击力以及伦理立场的暧昧性,单一的文学视角似乎无法全部说明,特别是在当代的艺术逻辑与资本逻辑相互纠葛、渗透的复杂状态之中。换言之,要审视"凤凰"的"飞"与"不飞",要评价这座悬起的"思想废墟",有必要透过 CBD 现场的 LED 灯火、透过修辞幻象的"活色生香",回到某种思想的纵深之中。

在当代诗歌近 20 年的展开中,对一般浪漫、象征模式的挣脱,在一定程度上,起到了强劲的推动作用。脱去"预言者"、"立法者"皱巴巴的制服,换用一种肉感的历史眼光,对大多数务实的作者来说,都意味了伦理和美学的双重解放,正是在对混杂、无序、矛盾乃至草根经验的尽情接纳中,当代诗才有了多种多样对付"混沌"现实的办法。欧阳江河的写作,曾以"左右互搏"的诡辩风格著称,在《凤凰》中,他的表现一方面不出意外:继续用诡辩、悖论的语言,强有力地搅拌政治、历史、社会、金融、地产。但另方面,这首诗最突出的抱负,却似乎不在于此,诗的开头就这样写道:

> 给从未起飞的飞翔
> 搭一片天外天,
> 在天地之间,搭一个工作的脚手架。
> 神的工作与人类相同,
> 都是在荒凉的地方种一些树……

全诗以"飞"为起点,设定了天地之间纵向的垂直紧张,而"脚手架"的出现,像无意暴露的幕后工具,又将一种强烈的施工氛围渲染。在后面的诗行中,飞翔、思想、写诗,与地产商拆房子、盖房子的相关性,也不断被提及,各种各样人类的行为,同样被某种永恒飞升、抽象的欲望所贯穿:

> 人不会飞,却把房子盖到天空中,
> 给鸟的生态添一堆砖瓦。
> 然后,从思想的原材料
> 取出字和肉身

无论是呼扇羽翼,还是形诸文字,还是凭借钢筋水泥,人的欲望、人的劳动是和在"神的工作"的类比中展开的,这是全诗的一个大前提,也是全诗的结构骨干。出于对总体性认知的弃绝,当代体量较大的诗作,大多习惯采用一种并置、杂陈、不受目的论支配的开放结构,但欧阳江河一上来,就竖起了一个超验的框架、竖起了一个观念和词语的脚手架。在这个施工的"脚手架"上来往穿梭,要为时代经验总体赋形的想法,显豁又张扬:"**得给消费时代的CBD景观/搭建一个古瓮般的思想废墟。**"按照中学语文的要求,这两行诗大概是全诗的"中心思想"了吧。

"古瓮"的意象,自然让人联想到济慈笔下的"希腊古瓮"、史蒂文斯笔下"田纳西的坛子"一类的容器,而所谓"**立人心为法**",所谓"**人写下自己:凤为撇,凰为捺**"的豪迈,又在东方传说中混合了浪漫的西方主体性神话。对宗教、神话、哲学、诗学的等等"超验"传统的不断征引,为《凤凰》带来了一种当代诗少有的崇高风格,也催生了全诗向上飞升的整体势能。但,有心的读者不难发现,这种"崇高"具有一定的怀旧性、仿真性。诗人其实心知肚明,"神"早已死掉,天外也早已无天,在后现代的城市、知识景观中,上述"传统"正如那种叫做凤凰的现实:"它的真身越是真的,越像一个造假"。所以,他的"征用",或许是一种自觉的"冒用",他为时代经验赋得的总体性,实际和凤凰一样没有真身,也只能以一堆词语的"废墟"形式呈现。在这一点上,欧阳江河很是聪明。

二

由此来看,"飞"与"不飞",一方面依附于古典、浪漫的超验,一方面又勾连"真身"与"手工"之辨,《凤凰》的"崇高"或许包含了后现代的狡狯。即便如此,飞的视角、鸟的视角、天空的视角,毕竟带来一种形式上的"总体性"(非实质上),空间和时间的两种逻辑,真的像"脚手架"一样,内在推动且支配了全诗运动、飞腾的进程。首先,从空间的角度看,建筑垃圾与工业原料的沉重与凤凰的飞升,二者之间的紧张,配合了人与神、人与鸟的超验结构,由此引申出的上与下、轻与重、大与小、空与实、凝定与分散、整体与部分、历史与当下、望京与北京,这样一系列相互对峙又可以互换把玩的二元关系,牢牢吸附了诗人声称所要处理的当代现实。其中第四节诗,出现了一群内功高超又神秘莫测的地产商形象,他们远离大众,高高站在了星空深处,把星星:

像烟头一样掐灭,他们用吸星大法
把地火点燃的烟花盛世吸进肺腑
然后,优雅地吐出印花税。

地产商吸尽"地火"与血汗,建立起资本高耸的、"易碎的天体",这种高超、漂亮的"吸星大法"同样也为诗人所用。《凤凰》试图以百科全书的方式,处理当下社会生活的方方面面,而在一系列二元关系的垂直牵引下,诗中写到的一切似乎都"铁了心"要飞,要盘旋着、飞升起来,在意象、词汇的华丽转接中,被吸附到巨大的脚手架上。"吸星大法"可以外化为一座回旋、矗立的脚手架,也可依照社会学的常识,被想象为一条"穷途像梯子一样竖起"。在"梯子"两侧,欧阳江河还特定安排了一些时代场景,进行"扶贫式"的描写,包括:拆迁的空地、从叛逆者转为顺民的青年、夜路上瞌睡的民工、几个乡下人、几个城管……,这些同样想飞的底层众生,当然还有 CBD 趾高气扬的跨国白领,以及刷着微博、兼谈时政与文艺的广大屌丝们,举头仰望到的时代总体性,不一定是本雅明式的"思想废墟",却肯定是城市雾霾尽头飘渺的资本"天体",坚挺虚幻如一个"雪崩般的镂空"。修辞的"吸星大法"、思想的"吸星大法"、超验结构的"吸星大法",也正是资本的"吸星大法",诗人的写作总是在不同的范畴之间不出意外地优雅同步。

《凤凰》前 9 节,基本解决了这样一个问题:在人与神、人与鸟的超验结构中,如何塞进了一个"吸星大法"的资本结构。双重的垂直紧张,让"词与物"消除了界限,坦言"铁了心"要飞。然而,为什么要"铁了心"呢? 除了对天外天的渴望、除了对神和鸟的模仿、对于人心和创造的迷信,除了"那种把寸心放在天文的测度里去飞"的强迫症,诗人显然不想进一步耐心提供答案。然而,为了使镂空的凤凰不至于过分空洞,有必要给它赋予一个历史的肉身,因而从 10 节之后,抒情的视角逆转,欧阳江河开始以时间为轴,谈论凤凰的"前世今生"。

据说,《凤凰》的完成,几易其稿。其中一稿出笼后,曾交北大中文系一部分热心的师生研讨,从历史的维度来展开"凤凰"形象,就是研讨中师生提出的建议之一。① 当代学院的知识生产,果真还能帮到当代文学的写作,这或许是破题头一遭。欧阳江河不仅接受了这个修改方案,而且也做了精彩的发挥,不仅从庄子、李贺、贾谊、李白、韩愈,一路写到了郭沫若、艾青,纵横古今,梳理了"凤凰"在传统文化、革命理想、家国想象中的不断变形、涅槃,而且将这个形象请进了日常生活,别具匠心地写出了共和国时代的集体经验:

> 十年前,凤凰不过是一台电视。
> 四十年前,它只是两个轮子。
> 工人们在鸟儿身上安装了刹车
> 和踏瓣,宇宙观形成同心圆,
> 这 26 吋的圆:……

有了这一段展开,"凤凰"便落户在了我们 70 年代的单元房里,

---

① 北大中文系师生的讨论记录,见吴晓东等:《当代神话:"为事物的多重性买单"——欧阳江河〈凤凰〉讨论纪要》,《新诗评论》,2012 年第 2 辑。

落户在了红色的记忆和世界观中。可以说,诗人为这只鸟编订了一份中国当代的身世及"户口",没有这样户籍依托,它仿佛只能作为一个高悬的"天问",而从未拥有一个爱恨交加的俗世真身。

时间之轴,贯穿了古今,贯穿了20世纪,一直横亘到了当下。14节之后,艺术家徐冰、地产大亨李兆基、大富豪兼大收藏家林百里,与"凤凰"有关的大人物相继登场,随后是每个人,乃至全人类,都要轮番地面对"天问",要在凤凰身上辨认出自己,并以"*鸟类的目光/去俯瞰大地上的不动产*"。这个过程类似于一次强迫的集体检阅,类似于一场盛大仪仗的开始,空间和时间的逻辑似乎分别完成了"正反合"的辩证,两重力量汇合在一起,最终在长诗的尾部喷泉一样涌出,从空无的暗夜里翻转出"一个火树银花的星系",令人惊叹地以一场宏大的视觉盛宴作结:

> *水滴,焰火,上百万颗钻石,*
> *以及成千顿的自由落体,*
> *以及垃圾的天女散花,*
> *将落未落时,突然被什么给镇住了,*

艾略特在评价但丁《神曲》之时,曾特别提到了但丁的想象力是视觉性的,它不同于现代静物画家的视觉性想象,因为"但丁生活在一个人们还能够看到幻象的时代"。艾略特所说的"幻象",

意旨基督教时代知识、信仰、感受的统一。① 在消费时代的中国,人们能够集体看到什么幻象呢?像个负责任的魔术师,欧阳江河在晚会落幕时,还是想给他的读者看点真格的,他大概希望这个时代的幻象,也是应该是视觉性的,真的能被我们直接地目击:成吨的垃圾被高高吊起,仿佛巨大的人工喷泉,在"天女散花"一瞬,又突然凝结,"凝结成一个全体"。

三

正像在开头承诺的那样,欧阳江河在盘旋、升腾的时空"脚手架"上,的确搭架了一座"思想的废墟"。"废墟"这个词,很有可能会勾引批评家们联想到本雅明笔下的"历史天使":他的脸朝向过去,被"进步"的风暴无可抗拒地刮向他背对的未来,而他眼前堆积的灾难的尸骸和残垣断壁,越堆越高直逼天际。② 在《凤凰》中的突然凝定的"全体",当然涉及到了一种历史的认知,但显然没有呈现于如此严峻的、末世论的历史哲学视野里,作为一大堆飞起的垃圾、一个雪崩的镂空,"废墟"没有散发寓言的死亡气味,反倒活色生香地怒放着,如北京鸟巢上空大朵绽开的奥运开幕焰火——绚烂后立即消散的"盛世"幻象。徐冰的同名艺

---

① 艾略特:《但丁》,《传统与个人才能:艾略特文集·论文》,上海译文出版社,2012年,第312页。
② 本雅明:《历史哲学论纲》,《启迪:本雅明文选》,生活·读书·新知三联书店,2008年,第270页。

术品让财富中心与建筑垃圾并置,依靠环境与行为的错位,"将资本和劳动在当代条件下的关系以一种反讽的方式呈现出来"。① 同样,长诗《凤凰》的反讽性与暧昧性,也包含于诗歌写作与"盛世"精神的关联之中。

熟悉欧阳江河作品的读者都知道,在各种矛盾、对立之间自由把玩的"诡辩术",似乎是他一项个人的诗歌"专利"。最初,这项"专利"提供了某种生猛有力的认知、感受模式,特别是能利用原有语言体系、意识形态体系的内部矛盾,通过暴露这些矛盾而将其转化为一种可观的修辞"红利",正如国有企业的改制中,突然出现可以攫取的巨大利益。当然,到了《凤凰》的时代,这种修辞"红利"基本被榨干、耗尽,但作为一种"脚手架"上的拆装工艺,仍有效地发挥作用:"把一个来世的电话打给今生","三两只中南海,从前海抽到后海","他组装了王和王后,却拆除了统治","把北京城飞得比望京还小","在黑暗中,越是黑到深处,越不够黑"……在上述的句子中,诡辩的修辞将词的能指和所指自由剥离,将经验的稳定结构自由拆卸,使之成为取用自如的质料,然后通过出奇制胜的再组装,不断衍生出新的感性,这和开发商对与空间的不断拆除、重建,基本遵循了同样的逻辑。如果说"诡辩术"类似于一种语言的拆迁术,词语的流动和资本的流动也取得了相当的一致性,都是一种虚拟的符号行为、一种不断朝向经验最大化、利润最大化的透支行为:"为词造一座银行吧,/并且,批

---

① 汪晖:《凤凰如何涅槃——关于徐冰的〈凤凰〉》,《天涯》,2012 年 1 期。

准事物的梦幻性透支。"欧阳江河对中词语的"透支性",有充分的觉悟,"透支"在他这里,更具体化为一个动作——"掏":

> 他从内省掏出十来个外省
> 和外国,然后,掏出一个外星空。
> 空,本来是空的,被他掏空了,
> 反而凭空掏出了些真东西。

词语的"诡辩"连缀了词语的"透支",就是在词语的拆迁、重组中获取更多的快感,从空中掏出更多的空,以至仿佛掏出了些"真东西",也从一片黑暗,掏出一个"火树银花"的星空。这样看,《凤凰》的写作不仅与徐冰的作品同构,同时也与它试图凌驾的当代经济、消费现场,有着惊人的同构性,充溢了政治经济学、符号经济学的想象力。

依据新潮理论的粗浅说法,金融资本正是通过将一切坚固的、在地的事物摧毁,兑换成可以交换的符号,并透支时间,将未来打包贩卖,以营造城市与发展的"乌有之境"。所谓"乌有之境",就是时空关系的错乱与扬弃,就是消除一切障碍又将一切组合的盛世蜃景。这是《凤凰》的主题,也可以说是"铁了心要飞"的立场:顽固地用词的轻盈取代物的沉重的立场。房地产不断透支我们的未来,词语不断透支我们的感受力和经验,"凤凰"作为现实,也作为思想和词语的废墟,就这样突然飞了起来,被从"空"中掏了出来,瞬间凝定,又可瞬间解体,回到"空"中。因而,"凤凰"的视觉幻象及代表的总体性,是一种不稳定的、透支的总体性,外表华丽,内部镂空,随时生成又随时撤销;因而,它——"去留悬而未决,像一个天问"。

那么,诗人的态度又是如何呢?《凤凰》的确包含强烈的反讽性,欧阳江河似乎通过一种"元诗"式的类比,不断暴露词语、符号、资本之间的"盛世"关联,凝定与解体之间的瞬间转换,也暗示了时代幻象的悲剧本质。然而,当由水滴、垃圾、钻石组装的巨型焰火,高高升起,在凝定的悲剧洞察中,或许还包含了某种心理的抚慰与升华的性质,换言之,一种失败感转瞬化为崇高的审美胜景。崇高,这不单是指"凤凰"的华美,更是指向繁华落尽之后那广大无边的苍茫和黑暗,如此浩渺的宇宙情绪,中国人想必都喜欢。批判又享乐、虚空又豪奢,诗人的反讽包含了相当的狡狯性。

四

对于"凤凰"这一总体造型的脆弱和暧昧,年轻的批评者已经注意到了,并提出要挣脱"词"对于"物"之间的不断透支,应当为当代写作赋予一种充实的形而上学精神内涵,开启一个"神秘玄奥又包含万有的精神空间",这样有利于形成一种独立的诗歌文化。[①] 在虚拟的符号中填充实体的理性精神,这当然是一种

---

① 王东东:《"凝结成一个全体":当代诗中的词与物——以欧阳江河〈凤凰〉为中心》,《新诗评论》,2012 年 1 辑。

可能的选项,但在匮乏的当代思想情境中,形而上学的理性精神由何生发,暂且不论,支撑"形而上学"、"思想废墟"的二元论框架本身,或许也不应落在反思的视野之外。

具体而言,"飞"与"不飞"、"超验"与"经验"、"人工"与"真身",这一系列二元紧张,作为诗人不断征用或冒用的施工"脚手架",是否还具有思想和修辞的活力,是否还能对应于当下中国的现实,可能是需要讨论的。更进一步说,对"超验"的渴望与运动,从某个角度看,恰恰吻合资本运动的内在逻辑,正如"飞"与"不飞"都是手工,将人的本质设定为"铁了心"要"飞",将"透支"设定为词与物的本质,将生理解为消费,将现实想象为"乌有之境",这正是资本时代"盛世"或"末世"幻象的动力装置。欧阳江河的写作无疑触及并揭示了这一装置——"**词根被银根攥紧,又禅宗般松开**",但也最大限度地模拟了、享用着这种装置。在这样的装置中,这样的"吸星大法"中,飞起的"凤凰",虽由劳动垃圾构成,浸透地火与血汗,一方面具有历史的质感与肉感,但一方面,又似乎"镂空"地缺乏一种在地性,因为大地上的人和物,都被迫飞了起来,纷纷扔掉了自己的暂住证、医疗卡和各种各样的问题和情感,只是成为施工的"脚手架"边应手的时代风景而已,可以随手取用,也可随手弃置。资本的剩余物——"劳动",即使被展示出来,历史和劳动的脉络却被拆解、粉碎了,又按照资本的逻辑"重装",并没有真正刻写在凤凰袅娜的钢铁上。生活的实感告诉我们,在当下的中国现场,许多人和物、许多经验和观念,在很大程度上其实是飞不起来的,无法被玄学的逻辑解释、归类,也无法被"吸星大法"彻底吸干。《凤凰》之后,诡辩的技术和语言,怎么去处理那些"飞不起来"的部分,怎样转而"铁了心"不去"飞",转而去对抗以"超验"模式为包装的经验"透支",恰恰正是诗人和艺术家要进一步考虑的课题。

简言之,"现实"与"幻象"、"超验"与"经验",这一典型的二元分裂,可能已不是审视当代中国现实的一种最有效的视角,或者说这种视角本身就是资本制造的幻象之一种。如果意识不到这一点,"飞"起来的批判,不仅无法突破华丽与空无的"盛世"逻辑,而且无形中又会再一次变成对上述逻辑和力量的深深认可和屈从。诗人的地盘是语言,不是思想、不是社会、更不是金融和地产,但有抱负的诗人时刻想变幻身段,成为思想者、社会学者、成为视万事如弈棋、如梦幻的孤独大亨,这为诗歌带来广阔的写作空间。但可能真正需要变换的,还包括我们内在的感受结构、思考结构。"盛世"与"末世"的崇高体验,已迷倒了越来越多的富豪、官僚、大众和精英,这种体验或许活色生香,或许真实凶猛,但除了说明自身、透支自身,已经说明不了更多。为了使所谓"批判"不致在"春晚"式的热闹中疲倦收场,另一种可以思量的选择是,从那些高高耸起、内部镂空的观念和词语脚手架上走下来,更换想象力的认识前提,权且相信当代诗,在"飞"与"不飞"之外,还可以有一个在地的、新的出发点。

本文原载《东吴学术》2013 年第 3 期

后　记

　　这本小集子中的文章,涉及现代诗与当代诗两个部分。从百年新诗的角度看,原本不必有这样的分别,"现代"与"当代"本是同根生,同在一条延伸又纠缠的藤蔓之上,但背后依托的历史势能,以及相应的针对性,毕竟还是有所不同。

　　中国现代诗(新诗)自生成之日起,追求"传统"之外心性和语言的解放,其本身就是"五四"前后激进文化政治的一部分,白话自由的书写中,蕴含了新人、新社会的结构性想象。因而,无论抒情、动员,还是疏离、反讽,其主题和想象力的深度和广度,按了闻一多当年的讲法,都来自于20世纪"时代精神"的紧张对峙或呼应。当代先锋诗,则兴起于革命世纪顿挫、转轨过程中"我不相信"一类精神气场,如何甩脱历史的沉疴,利用"词与物"的分裂来瓦解总体性、真实性的规约,倒成了新的动力之源。当然,基本的人文立场和生存实感,依然在语言内部形成牵扯,只不过,历史"颠倒"的惯性太强,当代写者普遍倾向于以"去结构"、"反结构"为结构,总是惦记了要以风格来消解历史,以想象来释放差异,所谓"历史的个人化"、"个人化历史想象力"等说法,由是成为当代风尚较为恰切的指认。

实际上,在总体性认知"解纽"的年代,历史的"个人化"抑或"稗史化",之所以能成为诗坛上持久的风尚乃至一种原则,仍不过是"时代精神"一种症候式的显现,也配和了当代文化消费的多样性需求。诗人在历史面前,扮演一种"异端"角色,这没什么不好。问题是,时间久了,"异端"的位置安全又自洽,"人性的,太人性"差不多也就成了"任性的,太任性",免不了会造成心智的偏枯与文化整合力的缩减。一种可能的表现是,抽离了个我、他者与社会关系的艰苦辨认,缺失了内在的结构性感受,飘飘洒洒的"个人",反倒容易被成规吸附,落入各种伦理、情感、风格的套路中。这情形,正如钟鸣解读张枣时提到的:要破笼而出的鸟儿,最后被一只只隐蔽的笼子又装了进去。这样看来,能否在社会情感的内部、在与人文思潮、公共领域的联动中,重新安排、强有力地想象"个人",甚或决定了当代诗的前途可否长远。

回过头来看,自己近十年来拉杂写下的批评文字,大致围绕了这一问题主脉展开。尤其是前几年的若干文章,对焦当代诗在"历史想象力"方面的拓展,观察不同路径上的努力、用心,体知其中的艰难,对于突破限度的点滴尝试,也试图有所褒奖、说明。如今,随了写作与阅读媒介的转变,各路资本的介入,以年轻世代的崛起,当代诗似乎迎来了一次小小的"复兴"。在一片嘉年华的气氛中,总是纠结于这样的话题,并不怎么贴合诗歌的美学正确性,也很有中年油腻落伍之感;另一方面,虽然采取内向辨识的策略,但触及核心问题,又不如有的朋友用思深广,敢于正面死磕,勉强提出的一二主张,也仅涣散停留在一般性的吁求层面。结果不免左支右绌,文字缠绕,小集子起名为"从催眠的世界中不断醒来",就意在凸显过程之中亢奋与倦怠的反复交替。

最后,要感谢诗人古冈兄,有了他的邀约,才有机会将这些文字收拢成集,加入"六点"系列。其实"六点"本是老东家,十几年前,我的第一本诗集就在这里出品。现在,绕了一大圈又回来,像是和旧日的师友重逢,欣喜之中,多少还有几分忐忑。

2018 年 6 月

图书在版编目(CIP)数据

从催眠的世界中不断醒来:当代诗的限度及可能/姜涛著.
--上海:华东师范大学出版社,2020.1
ISBN 978-7-5675-5118-3

Ⅰ.①从… Ⅱ.①姜… Ⅲ.①诗歌研究—中国—现代 ②诗歌研究—中国—当代 Ⅳ.①I207.22

中国版本图书馆CIP数据核字(2019)第263567号

华东师范大学出版社六点分社
企划人 倪为国

本书著作权、版式和装帧设计受世界版权公约和中华人民共和国著作权法保护

从催眠的世界中不断醒来:
当代诗的限度及可能

著　　者	姜　涛
责任编辑	古　冈
封面设计	卢晓红
出版发行	华东师范大学出版社
社　　址	上海市中山北路3663号 邮编 200062
网　　址	www.ecnupress.com.cn
电　　话	021-60821666 行政传真 021-62572105
客服电话	021-62865537
门市(邮购)电话	021-62869887
地　　址	上海市中山北路3663号华东师范大学校内先锋路口
网　　店	http://hdsdcbs.tmall.com
印 刷 者	上海盛隆印务有限公司
开　　本	787×1092 1/32
插　　页	1
印　　张	10.25
字　　数	200千字
版　　次	2020年1月第1版
印　　次	2020年1月第1次
书　　号	ISBN 978-7-5675-5118-3
定　　价	68.00元
出版人	王　焰

(如发现本版图书有印订质量问题,请寄回本社客服中心调换或电话021-62865537联系)